对联语言学概论

——基于《刘慕苏对联选编》的研究

刘宇红　著

对外经济贸易大学出版社
中国·北京

图书在版编目（CIP）数据

对联语言学概论 : 基于《刘慕苏对联选编》的研究 / 刘宇红著 : -- 北京 : 对外经济贸易大学出版社，2025. 2. --ISBN 978-7-5663-2670-6

Ⅰ. I207. 6

中国国家版本馆 CIP 数据核字第 2025VF9494 号

对联语言学概论——基于《刘慕苏对联选编》的研究

刘宇红　著

责任编辑：邱　悦

出版发行：对外经济贸易大学出版社
社　　址：北京市朝阳区惠新东街 10 号
网　　址：www.uibep.com
资源网址：www.uibepresources.com

邮政编码：100029
邮购电话：010 - 64492338
发行部电话：010 - 64492342
E-mail：uibep@126.com

成品尺寸：170mm×240mm
印　　张：17.75
字　　数：280 千字
ISBN 978-7-5663-2670-6

印　　刷：北京九州迅驰传媒文化有限公司
版　　次：2025 年 2 月北京第 1 版
印　　次：2025 年 2 月第 1 次印刷
定　　价：78.00 元

感谢江苏省社会科学基金对本书的出版资助
（项目编号 23HQB054）

刘辰诞教授序

宇红教授嘱我为其大作《对联语言学概论——基于〈刘慕苏对联选编〉的研究》作序，甚感惶恐，我既非名家，又非专家，怎敢冒昧置喙？于是我建议请汉语界大家来做这件事，可是宇红弟执意。恭敬不如从命，只好勉为其难。

两年前，我从宇红教授的微信朋友圈看到，他的父亲一生钟爱对联创作，离世前共创作对联好几百副。为了纪念父亲，他决定将父亲的作品集册出版，当时我就对他的孝心非常感佩。但我没有想到的是，这本作品集不仅仅是简单地把父亲的遗作选编出版，还要对每副对联进行注释和赏析，这些注释和赏析，短的百来字，长的近万字，近300副对联的注释和赏析加起来有20多万字。这些注释一定饱含赏析者的大量心血，也一定涉及大量的知识，包括语言知识、文化知识、社会知识、诗词歌赋知识等。对于宇红这样的语言学学者来说，这肯定是一笔极大的财富。果然不久我就听说他开始撰写关于对联的语言学专著，也就是这部煌煌鸿著《对联语言学概论——基于〈刘慕苏对联选编〉的研究》。

宇红教授在语言学领域耕耘数十载，著述甚丰，涉及面甚宽，包括认知语义学、认知语法、隐喻转喻理论、认知诗学、词汇学、修辞学等，甚至对文字游戏和字谜也有涉猎。这给他研究对联语言奠定了雄厚的理论和操作基础。一般来说，我们所说的某某语言学是从语言外部寻找方法与途径来研究语言本体，比如生成语言学从人类语言能力的内在机制解释语言的生成过程，于是就有了一系列生成规则；认知语言学从人类认知和心理视角研究语言的理解和使用，于是就有了一套探讨语言理解和使用过程的认知机制；功能语言学从语言的社会属性入手探索语言组织的规律，于是就有了对应于三大元功能的语法系统。由于建立“对联语言学”是一个崭新的开创性工作，又是一个以研究对象命名的语言学范式，所以一听说宇红要着手建立“对联语言学”，我立刻对其究竟采用怎样一种范式或路径进行理论建构颇感兴趣，甚至出于做研究者的职业习惯猜测他会怎么样做。于是就想起 Beaugrand & Dressler（1981）在建立同样是以研究对象命名的“篇章语言学”（text linguistics）时所使用的范式。1952 年结构语言学家 Z. Harris 提出“语篇分析”这一术语，试图用语法手段解释语篇内各句子的联系方式，此后语言学家纷纷进行尝试。1967 年德国联邦基金甚至资助了一个叫“篇章语法”的项目，可是经多年研究，发现用句子语法无法解释语篇内句子间的联系，后来的项目成果无法用“篇章语法”命名，于是就有了这个著名的 text linguistics。Text linguistics 没有抽象的原则或规则，只是探索出篇章之所以成为篇章所具备的一些条件或标准，包括衔接、连贯、信息性、篇际性、意图性、情景性、可接受性等。看到宇红发来的提要和目录才知道，他将“对联语言学”分为对联词汇学、对联句法学、对联语义学、对联语用学、对联修辞学、对联中的宗教文化等板块进行研究，这与 Beaugrand & Dressler 建立篇章语言学的操作范式异曲同工。我不禁为此赞叹宇红教授的学养和学术功力。

对于对联，我可以说是一窍不通，并不是说我没有阅读和欣赏过对联，毕竟对联在生活中可以说无处不见，对于对联的优劣还是略有一些直感的，可是我的直感仅仅停留在民俗水平，比如在阅读中经常看到诸如“身比闲云，月影溪光堪证性；心同流水，松声竹色共忘机（王剡题天台万年寺联）”“清风明月本无价；近水遥山皆有情（梁章钜沧浪亭联）”“得一官不荣，失一官不辱，勿说一官无用，地方全靠一官；吃百姓之饭，穿百姓之衣，莫道百姓可欺，自己也是百姓（内乡县衙三堂楹联）”这样的妙联，虽然凭平时积累的对联知识也大体能够看出来“闲云”对“流水”、“本无价”对“皆有情”以及楹联中韵律和句法上的对仗，却不知晓这里面有什么样的规律。读了《对联语言学概论——基于〈刘慕苏对联选编〉的研究》，茅塞顿开，其中对上述这些对仗及其规律性、规则性都有独到而令人信服的分析，可以为我们欣赏、评价对联的质量提供理论依据，比如对联在韵律上有什么要求、有哪些韵律结构、哪些名字可以嵌入对联、对联在句法上有哪些结构、哪些句法结构是组合关系哪些是聚合关系、哪些结构可以遮蔽、上下联的语义关联受哪些制约、语境如何决定措辞、语用主体不同对对联创作有哪些影响等。

就我的视野所及，还没有见到过对对联语言进行专门研究的语言学专著，因此可以说本书是一部开创性的著作，它将生活中司空见惯的对联的创作和接受进行理论升华，使之成为一个新的语言学研究领域，不仅具有重要理论意义也具有较高的应用价值，可以作为对联创作和评价方面的重要参考书或教科书。江苏省社科规划项目和勉力向规划办推荐本研究的几位著名学者们慧眼识珠，使得本书得以尽快面世，实乃语言学界的幸事。向宇红教授表示祝贺的同时，顺致对他们的敬意。

忝为序。

刘辰诞

2024 年 3 月 31 日于汴京寓所

自 序

《对联语言学概论——基于〈刘慕苏对联选编〉的研究》就要出版了，心里非常高兴。特撰自序一篇，抒发一下内心的感受和回顾一下此书的创作过程，也表达一下对于江苏省社科规划办的感谢。

2024年2月4日的下午，南京师范大学外国语学院的王院长发来祝贺信息，说我申报的省社科基金后期资助项目“对联语言学概论”获得了立项。这个消息确实让我倍感振奋。

我很在乎这个后期资助项目，因为“对联语言学”是前人没有触及过的全新的领域。说得不够谦虚一点，是一项填补空白的研究成果。到了我这个年龄，早就反感某些人动不动就说自己的研究“填补了某种空白”。但是，到目前为止，确实没有“对联语言学”的相关研究论文，更没有整本的著作，因为在我动笔撰写“对联语言学”的书稿之前，文献检索的工作是比较细致的。有关对联的相关研究，虽然有但是数量不多，而且都是从事中国古典文学研究的专家从音韵、典故、对仗等角度撰写的赏析类通俗读物，除此之外就是五花八门的对联作品集，有古代的，有现代的，有不限地域和主题的，也有专门取自某地域或某景区的，比如故宫里的对联，《红楼梦》中的对联。但是这些集子都和语言学研究没有关系，和语言学家也没有关系。语言学界的同行对这个领域总是避而远之，大概是受了“隔行如隔山”这句俗语的威吓，不敢触碰对联这种非主流的语言现象。对对联这种语言现象观察不足，就谈不上充分的描写，描写不足当然更谈不上有深度的解释了。我的认知显然是服膺于乔姆斯基的“三种充分性”理论：观察的充分性决定描写的充分性，描写的充分性又决定解释的充分性。

中国本土的现代语言学研究，或者说西方语言学的“学术东渐”，始于1898年马建忠先生著述的《马氏文通》。在此之前，中国传统的语言研究叫作“小学”。“小学”这一名字表明，它是一种不登大雅之堂、不能让研究者博取功名的微小的学问，包括文字学、音韵学和训诂学。一百二十多年以来，语言学成为了人文社会科学的显学，国内有数以千计的学者在这个领域贡献了自己的聪明才智，并且在汉语语言事实研究和中国的少数民族语言研究方面也取得了很多成就。但是，把西方的语言理论和语言研究方法和本土独有的对联这种文体或者说这种语用实践对接起来，写出一本煌煌几十万字的专著，并且心安理得地、理直气壮地称之为“对联语言学”，而且又得到了同行专家和评审专家的认可，确实是一件很开心的事情。

很开心的原因其实还有一个。2022年底，我整理和出版了父亲的遗著，书名是《刘慕苏对联选编》，刘慕苏是父亲的名讳，取仰慕三苏之义。至此，我终于完成了父亲在临终时留给我的遗命，我把对父亲的思念和恰如其分的赞美写进了对联的赏析中。书稿完成后，还没等出版，我又开始了撰写《对联语言学概论——基于〈刘慕苏对联选编〉的研究》。此书是以《刘慕苏对联选编》作为语料的理论化的学科建构。我的想法是，此书在它本身的学术价值之外，还可以让更多的读者了解父亲的才学，扩大对联集辑的影响。所以，从这个角度来看，我也有理由开心，因为我加倍地完成了父亲的嘱托。

《刘慕苏对联选编》和《对联语言学概论——基于〈刘慕苏对联选编〉的研究》的关系，恰如“地理志”与“地理学”的关系，或者说“植物志”与“植物学”的关系。“地理志”记录地名、地貌、疆域边界等类信息，“地理学”是体系性更强、专业性更突出的学科领域。与此类似，“植物志”是对植物种类、分布范围、生长习性等的记录，“植物学”是形而上的、有完备术语体系、严谨研究方法、明确研究目标的学科领域。相应地，《刘慕苏对联选编》更像“地理志”或“植物志”，而刚刚立项资助的《对联语言学概论——基于〈刘慕苏对联选编〉的研究》则完全具备了“地理学”和“植物学”的学科地位，而且它是对联研究领域第一本立足语言学学科的理论专著。

《对联语言学概论——基于〈刘慕苏对联选编〉的研究》的创作缘起，还必须从《刘慕苏对联选编》说起。

2020年底，一个特别的善缘让我和凤凰出版社签署了《刘慕苏对联选编》

的出版协议。协议签署之后的2021年，我的工作重心要偏向撰写近300副对联的注释和赏析了。近300副对联，就是近300篇文章，短的百十字，长的上万字，总字数20余万，把赏析写完用去了2021年一半的时间。时间进入到2022年后，我突然觉得对联赏析这种非常感性的文字，太过于文艺范，审美和抒情的文字太多，觉得不过瘾，很多学术性的、规律性的发现值得总结，值得把它们升华为对联语言学的理论体系，于是就开始了撰写《对联语言学概论——基于〈刘慕苏对联选编〉的研究》的书稿。

科研的方法可以总结为两种类型：一种是“蜘蛛”的方法，另一种是“蚂蚁”的方法。“蜘蛛”的方法是先织网，织好了蛛网之后，就可以专等昆虫送上门来了。比如，我的上一本书稿《语言学语域的释义元语言研究》(与本书于同一年由东南大学出版社出版)，主要采用了“蜘蛛”的方法，因为我必须先有理论上的设计，心中有一个研究成果的蓝图，这个蓝图就是“蛛网”，然后在语料统计中去验证我的理论预期，一个一个的理论预期被验证，它们就是撞到“蛛网”上的昆虫。

《对联语言学概论——基于〈刘慕苏对联选编〉的研究》的研究，是典型的“蚂蚁”方法。蚂蚁四处游荡，把可以食用的东西抬回蚁穴，找到什么就吃什么，这种生存方法决定了蚁族的发展。很显然，我就是一只觅食的蚂蚁，我游荡的范围，或者说觅食的范围，就是《刘慕苏对联选编》中的几百副对联，从它们的词汇、句法、语义、语用、韵律、文化要素中去发现各种规律，这些规律就是蚂蚁所找到的一个个饭粒、一块块面包屑、一只只小虫子。每一副对联中可以找到三五个甚至七八个“饭粒”“面包屑”或“小虫子”，思维完全是发散性的，是头脑风暴，完全不给自己设限，没有任何的禁忌或边界，等到各种发现的数量相当地多了，再对它们进行分类、合并、命名、重组，于是就有了对联词汇学、对联语义学、对联语用学、对联句法学、对联修辞学、对联文化学等次级结构的主体内容。

方法对路了，还有一个制约因素，就是对联本身的质量要高，要典型，要有可以发现、值得发现的规律。这一点当然没问题，父亲的才学、对联的质量我完全信赖，所以，《对联语言学概论——基于〈刘慕苏对联选编〉的研究》的撰写虽然是从零开始，白手起家，虽然没有任何可以借鉴的类似著作，但是，从书的结构完整性到内容的全面性和权威性，都令我本人非常满意，省社科规划办的匿名评审专家也认可了我的成就。

蚂蚁外出找回“饭粒”“面包屑”或“小虫子”的过程是非常枯燥的，但是也足够让我亢奋，因为越来越多的语言规律在零碎、杂乱的语言事实面前似乎不断地冒出来，让我一边观察、一边总结，一边提炼、一边完善，素材一天比一天丰富起来，思路一天比一天成熟起来，信心一天比一天充盈起来，创作的冲动一天比一天炽热起来。

所以，到了2022年6月的时候，一学期的教学工作接近尾声了，我终于可以开始撰写《对联语言学概论——基于〈刘慕苏对联选编〉的研究》的书稿了。6月底开始写，从南京写到海口，从海口写到长沙，最后在八月底的时候，又从长沙写到了南京。兜了一大圈，《对联语言学概论——基于〈刘慕苏对联选编〉的研究》的初稿终于写完了。2022年底的时候，此书已经修改得很完善了，到了2023年的上半年，我突然想到可以申报社科基金的后期资助项目。在申报的过程中，特别感谢我的博士生张芳同学，她曾经在社科部门工作的经历为我申报项目帮了大忙，她还为我做书稿查重等工作。我的另一个博士生曹嘉莉同学，也在材料的准备过程中帮了很大的忙，在此一并致谢。

特别值得一提的是在海口妹妹家度过的15天暑假时光。每天大清早起床，在花园别墅的小庭院里打开笔记本电脑，沐浴着清新的海风，在满是椰子树的别墅群里撰写《对联语言学概论——基于〈刘慕苏对联选编〉的研究》的书稿。每天打断我写作的只有两件事，一是吃饭，二是排队做核酸检测。在当时，做核酸检测是像吃饭一样每天不可或缺的。在吃饭和做核酸检测之外，每天写三节，早饭前写一节，早饭后写一节，午饭后再写一节。每次写完一节，下一次又是新的开始，每次都体验到了新的开始和圆满的结尾。在不写的时候，在吃饭、散步、做核酸检测的时候，我的潜意识就在构思，这是另一个“我”在无声无息地整理思路，这种工作是这个清醒的“我”无法观察、无法感受、无法助益也无法遏止的工作。

这种每次写完一节、一天分作三段（有时是两段）的写作经历，曾经也有过一次。那是2002年10月到2003年3月期间，在复旦大学的北区研究生宿舍（105号楼401C宿舍），当时的主要任务也是写书（当时写的是博士论文），也是在疫情期间（当时是SARS病毒肆虐）。二十一年前的那时候，整整半年时间，我就是以这种节奏、以这种方式写完了博士论文。

由于每天的时间抓得很紧，所以到了2022年8月底的时候，我平安地回到了南京，虽然离开海口时的健康码是“黄码”，但是我没有从海口直接回南京的工作单位，而是在长沙住满了七天。在长沙的七天，同样是每天分作三段，每一段写一节，就这样写了七天的书，所以回到南京的时候，我去过长沙的行程码已经遮盖了去过海口的经历。长沙是我家乡所在省份的首府，去长沙是不需要申报的。所以，回到南京后再经过自行隔离，并没有影响到新学期的教学工作，也没有人知道我去过海南。现在把这段经历自己抖出来，聊作一段趣闻轶事罢了。当然，夹杂几分得意和满足是不用说的了。

在课题的申报过程中，感谢钟振振教授、李葆嘉教授和王永祥教授对书稿的推荐，他们用自己的学术名望为我的书稿做了质量担保，感谢他们对我的书稿和我本人的厚爱。为了表达我对三位专家的感激之情，兹将三份专家推荐信贴录如下，让他们睿智的文字和热情的赞美再向本书的读者做一番推荐。

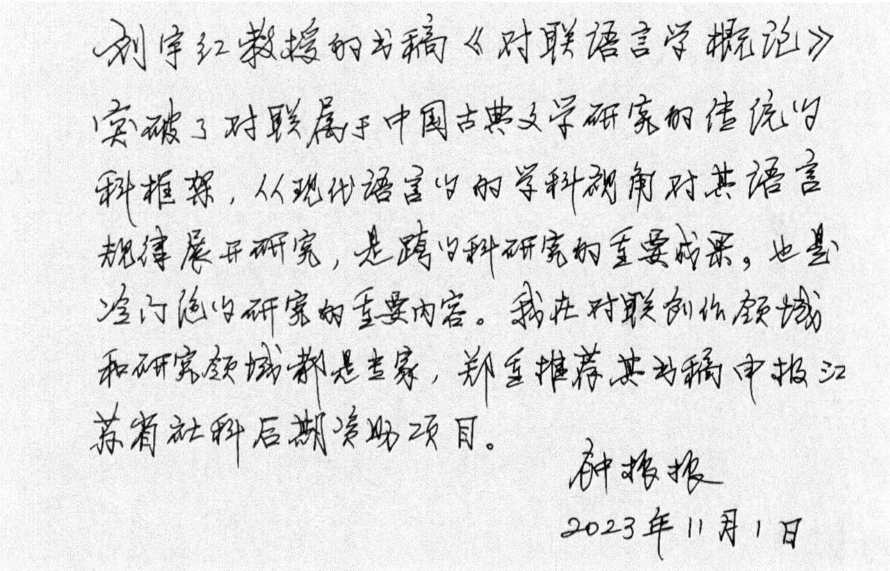

刘宇红教授的书稿《对联语言学概论》突破了对联属于中国古典文学研究的传统学科框架，从现代语言学的学科视角对其语言规律展开研究，是跨学科研究的重要成果，也是冷门绝学研究的重要内容。我在对联创作领域和研究领域都是专家，郑重推荐其书稿申报江苏省社科后期资助项目。

钟振振

2023年11月1日

钟振振教授的推荐：

刘宇红教授的书稿《对联语言学概论》突破了对联属于中国古典文学研究的传统学科框架，从现代语言学的学科视角对其语言规律展开研究，是跨学科研究的重要成果，也是冷门绝学研究的重要内容。我在对联创作和对联研究领域都是专家，郑重推荐其书稿申报江苏省社科后期资助项目。

钟振振

2023 年 11 月 1 日

【钟振振教授简介】南京师范大学文学研究所所长、特聘院教授、博士生导师。教育部外国学者“中华文化研究奖学金”指导教授，兼任中国韵文学会会长、中国宋代文学学会副会长、中国词学研究会副会长、中国诗学研究中心学术委员会委员，美国中华楹联学会学术顾问、全球汉诗总会名誉理事等。

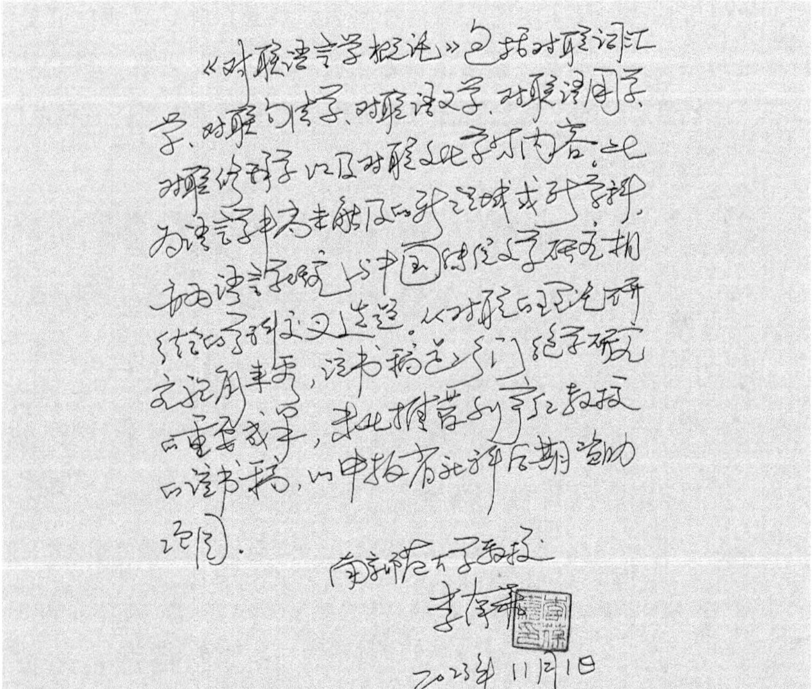
《对联语言学概论》包括对联词汇学、对联句法学、对联语义学、对联语用学、对联修辞学以及对联文化学等内容。此为语言学中尚未能及的新领域或新学科，也是语言学研究与中国传统文学研究相结合的学科交叉选题。从对联的理论研究视角来看，该书稿是冷门绝学研究的重要成果，我推荐刘育红教授的该书稿，以申报国社科后期资助项目。

南京师范大学教授

李葆嘉

2023年11月1日

李葆嘉教授的推荐：

《对联语言学概论》包括对联词汇学、对联句法学、对联语义学、对联语用学、对联修辞学以及对联文化学等内容，此为语言学中尚未能及的新领域或新学科，也是语言学研究与中国传统文学研究相结合的学科交叉选题。从对联的理论研究视角来看，该书稿是冷门绝学研究的重要成果，我隆重推荐刘宇红教授的该书稿申报省社科后期资助项目。

南京师范大学教授李葆嘉

2023 年 11 月 1 日

【李葆嘉教授简介】南京师范大学文学院教授、博士生导师、博士后联系导师，兼南京师范大学语言科技研究所所长、语言信息科技中心（江苏高校哲学社会科学重点研究基地）主任。有论文 150 余篇、著作 18 种行世海内外。

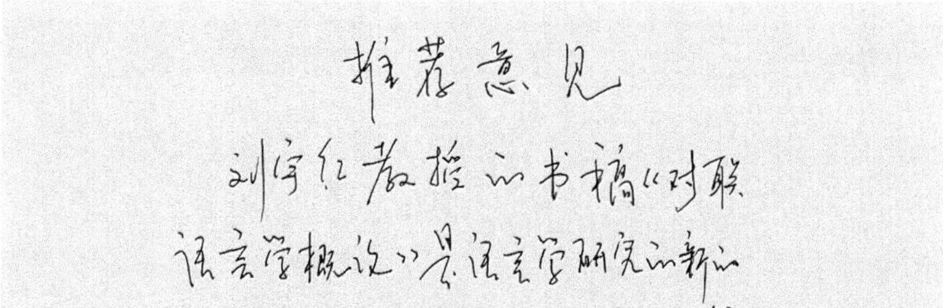
推荐意见

刘宇红教授的书稿《对联语言学概论》是语言学研究的新的学科分支，是西方语言学理论本土化创新的重要成果。该书稿涉及对联词汇学、对联句法学、对联语义学、对联语用学、对联修辞学、对联文化学等内容，是学科融合与冷门绝学研究的崭新尝试。我隆重推荐刘宇红教授的书稿申报江苏省社科后期资助。

王永祥

2023年11月1日

王永祥教授的推荐：

刘宇红教授的书稿《对联语言学概论》是语言学研究的新的学科分支，是西方语言学理论本土化创新的重要成果。该书稿涉及对联词汇学、对联句法学、对联语义学、对联语用学、对联修辞学、对联文化学等内容，是学科融合与冷门绝学研究的崭新尝试。我隆重推荐刘宇红教授的书稿申报江苏省社科后期资助。

王永祥

2023 年 11 月 1

【王永祥教授简介】南京师范大学外国语学院院长、教授、博导；担任 ESCI 收录国际英文期刊 Chinese Semiotic Studies（《中国符号学研究》）主编；中文 CSSCI 收录期刊《俄罗斯文艺》“符号学”栏目主持人。

在本书出版之际，河南大学刘辰诞教授又拨冗为我做序，对本书的成就给予充分肯定，并且给我诸多的勉励和期待。感谢刘辰诞教授如兄长般的鼓励和劝勉。

刘宇红

2024 年 2 月 20 日初撰于湖南省新化县金沙文苑

2024 年 4 月 1 日修订于南京江宁区揽翠苑

内容提要

本书共十章，约二十万字。全书包括如下几个模块的内容：对联词汇学（上）（中）（下）、对联句法学、对联语义学、对联语用学、对联修辞学（上）（中）（下）、对联文化学。

对联是一种“词本位”的语言使用形式。所以，在对联语言学的各个分支中，对联词汇学是最重要的领域之一。所以本书将对联词汇学分为三章。同样，对联具有语言游戏的功能，各种修辞类型及其特定的修辞效果成就了语言的游戏功能，所以对联修辞学也分为三章。

对联词汇学（上）是本书的第一章，涉及对联中的词汇语义与词汇对仗，包括对联词汇学的语义基础、词汇的音形义特征与结构变化、词汇对仗的类型与多维结构关系，以及韵律对词汇选择的制约。对联词汇学的语义基础包括对联词汇语义关系的四种类型，一是同义关系；二是反义关系；三是既非同义关系亦非反义关系，即在语义内容上只体现对仗关系，在语义关系上难以体现明确的范畴类型；四是语义不相关，只是在宏观的词法类别上相同，对仗关系必须由对联的题名和主题来确定。对联中的三种用词规范，第一种是词类范畴相对约定俗成的实词对实词，虚词对虚词，在实词范畴内部，名词、动词、形容词的界限是相对模糊的；第二种是由对联的主题决定的非约定俗成的词类相对；第三种是人名、地名、单位名称等，它们既不体现语义上的约定俗成，也不体现微观语义范畴的相同或相似，但是对联环境决定了它们在当下的微观语境中的词汇语义关联和对仗关系。对联词汇和典故的选用既体现语境的规范功能，又包含语言系统在共时和历时条件下的系统约束，包括语法化对于词汇范畴特征和语义演化的各种规定。对联词汇的对仗关系分为联际对和联内对。联际对体现结构主义语言学所讲的词汇聚合关系，联内对体现组合关系。一般来说，联内对更加精致，也更为基础，在对联创作和对联欣赏中，联内对往往被优先考虑，而且工整的联内对可以产生对于联际对的更多包容。

第二章是对联词汇学（中），包括两部分内容，主要探讨对联中的名字嵌入，也包括对联中的诗文引用。名字不限于人名，也包括地名、店名、事业单位的专名和通名。嵌入的位置，主要是上下联的联首，也可以是对联的其他位置。嵌入的次数，一般是单次嵌入，也可以是多次嵌入。嵌入的方式，可以是上下联分别嵌入名字的一个字符，也可以是整体嵌入到同一联中，在另一联的相同位置用其他的非名字用词与之对仗，此时对仗的双方在语义上没有直接的关联，只有在对联主题的宏观语境下才能实现语义关联，但是，韵律的对仗并不因为语义上没有直接的关联而打折扣。另一种嵌入，是引用型嵌入，即在对联的任意位置，嵌入诗文的篇名，引用一句诗词或大于典故单位的其他文本片段。由于所引用的内容在整体上相当于一个词汇单位，所以适合在对联词汇学中来探讨。引用的方式，可以是在上下联的相同位置分别引用语义上关联的篇名或诗句，也可以是单边引用，另一联的相同位置使用其他词汇成分。

对联词汇学（下）是第三章，是对对联中数目词的使用方式、功能类型与对仗规律的研究。大量使用含有数目词的缩略词语，是汉语的重要特征之一。在对联文本中，汉语的这一特征尤为突出，这是由对联的文体特征和对仗规律所决定的。对联中数目词的使用方式，包括必然性对仗与选择性对仗，它们都基于特定的选用理据，实现特定的语义效果。数目词的功能类型，包括体现物品的数量与物品的呈现顺序，表达极限量，体现祈愿功能与游戏功能，同时也成就平仄对仗。数目词的对仗规律，包括虚实相对，也包括以实对实、以虚对虚。

第四章是有关对联句法学的研究，探讨对联文本中的结构特征，对联词汇如何组词成句，以及单联内部和两联之间的句式对仗关系。除此之外，本章还研究对联的句法结构和词汇语义的界面互动，探讨句法结构的预制件如何组合成为对联文本，以及这一过程的语境选择性和词汇语义限制。

对联的结构包括多种形式的组合与聚合关系，它们遵循组合关系优先、聚合关系次之的原则。但是，各种结构和规则都可能因为对联语境的需要而改变，或者被忽略，我们把这种结构改变称为“结构遮蔽”。在句法层面，对仗关系实现了现代语言学问世之前对于词类范畴的最早启蒙。句法关系的对仗是通过语义范畴的简单化认定实现的，同时，语义关系可以通过韵律结构的驱动实现为不同的句法结构。对联的对仗不一定体现相同的句式对应，因为“同类对”没有句式交错那样的结构变化，在语义和韵律上也不如后者。

句法结构和词汇语义之间的界面互动是指对联的句法结构包含约定俗成的语义预制件，这种预制件体现为长度不等、固化程度较大的词块结构，词块的调用由当下语境驱动，同时也受到句法结构和词汇语义所构成的界面的限制。

对联语义学，即第五章，研究对联词汇以外的语义问题，或者说研究比对联词汇更大单位的语义。由于对联包含上下两联，所以对联语义学相应地分为单联内部的语义学和上下联之间的语义学。

单联内部的语义关系具有基于语境的可预测性，比如词汇的实指或虚指取决于联内语境，也包括情景语境。两联之间的语义关系的可预测性就弱多了，所以，古今的征联游戏总是能给人带来意外和惊喜。

上下联之间的语义关系是更宏观的语义问题，涉及上下联之间的语义关联、下联对上联的逆向制约、上下联之间的语义溢出现象、上下联之间的叙事与非叙事的语义互补以及长对联的复杂叙事功能。上下联之间的逻辑语义关系可以分为语义顺承、语义递进、语义因果和语义并列等现象。

上下联在叙事的时间结构上可以有多种不同的安排，包括上联呈现时间下联提供表达，或者是上下联分别表达时间，所以上下联之间的时间结构可以是线性的结构安排，在时间表述中还可以出现时间以外的语义搭售现象。

第六章的对联语用学是与对联语义学互补的语义研究，探讨对联的语用基础、语用功能、语境关系与语用主体。对联的语用基础包括为什么要有对联、对联的本质是什么、对联创作的条件是什么、对联创作和对联欣赏的关系如何。对联的语用功能包括叙事功能、抒怀功能、劝慰与共情功能、广告功能和教化功能等。对联中的语境关系是一个很大的研究课题，探讨对联中的语境提示功能、语境内嵌功能、语境互文性、对联中的逆向语境关系以及对联语境的多元复杂性。语境的功能体现为语义制约，所以对联语境决定对联的措辞，决定对联的词汇结构变通和语义创新。对联的语用主体包括对联作者、对联委托方、对联当事人等，当然理想的状态是三者重合，但事实上三者总是分离的，因为对联的委托方不一定有创作对联的能力，对联的当事人可能不便于自说自话，所以对联的语用主体是比传统语用学更复杂的研究课题。

从第七章开始，分上、中、下三章研究对联修辞学，内容较多，因为对联是一种诗性语言，具有语言游戏的功能，各种修辞类型及其特定的修辞效果成就了语言的游戏功能。

第七章研究对联中的隐喻与转喻。本章首先探讨了对联中的隐喻理论基础，包括如何鉴定对联中的隐喻、对联隐喻的伴随性体验基础、隐喻的历史文本互文性、隐喻框架的情感派生、对联隐喻的表达方式与表达效果。接下来，第二节总结了对联中的隐喻类型，包括实体隐喻、关系隐喻、次级隐喻、拟物隐喻、字形隐喻、谜语隐喻、否定性隐喻、倒喻与博喻等。第三节是对联隐喻理论建构的进一步延伸，主要探讨对联隐喻的结构特征，包括对联中的常规隐喻结构、偏正结构的隐喻关系、结构要件不完整的隐喻、源域与目标域联际分立的隐喻、包含隐喻推理的隐喻。与隐喻并立的是转喻，所以本章的最后两节分别探讨转喻和隐 / 转喻的互动问题。

第八、九章覆盖隐喻和转喻（即第七章）以外的对联修辞学内容。对联中的双关现象非常常见，类型各异，功能相殊，所以我们拟单独成章，即第八章。第九章涉及其他修辞类型，如比兴手法、互文手法、通感手法、顶针格、委婉修辞、叠音修辞、戏谑修辞、拈连修辞等，也包括对联中常见的文体风格，如雅俗并举、反话正说、反问句、语义曲笔、以讹取娱、谜语风格，还包括上下联的对话结构和视角结构的转换。

第十章对联文化学将重点探讨对联中的宗教文化和民俗文化。宗教文化包括佛教文化、道教文化，也包括宗教文化中的佛道不分现象以及宗教文化与民间文化杂糅的现象。对联中的民俗文化，涉及民俗文化中的“天”概念、草木文化、方位文化、酒神文化和寿诞文化等。

本成果的主要观点，可以粗略地概括出三点：

第一，对联语言学的学科框架与普通语言学具有整体的对应性和兼容性。各模块之间也体现传统的连接与互动关系，比如，韵律影响句法，语义决定语用，语言与文化互动。

第二，现有的语言学的微观分析格局不完全适用于对联语言学，所以在研究对象和规律总结上必须有某些突破，比如，对联语义学和对联句法学都必须分为联内与联际来研究。

第三，单联内部的句法、语义和对仗更加精细，上下联之间的句法、语义和对仗是服从性的，一般是下联服从上联，但也有例外。

在学术创新上，本书是西方语言学理论本土化和中国化的重要探索和重要成果，是中国本土语言学研究的大胆突破与创新，拓宽了普通语言学研究的思路和范围。从长远来看，对联语言学可以成为隶属普通语言学的三级学科。另一方面，对联语言学在较大程度上发展和突破了认知诗学和传统韵文研究的现有范式与研究内容，突破了西方文论和普通语言学的森严壁垒，可以在对联词汇学、认知修辞学、认知文体学领域产出较多的最新研究成果。

本书的学术价值在于它拓展了语言学的学科体系，实现了语言学的学科创新。现代语言学起源于欧美，自《马氏文通》成书以来，欧美语言学理论与古今汉语语言事实的结合取得了丰硕成果，但是，仍有继续努力的空间，也有尚未触及的汉语语料领域，比如对联。同时，本书发现了对联语言学的诸多新规律，以及创建了一些新理论。始自亚里士多德并且在当代得到了充分发展的诗学理论，并不完全适用于对联，而且，诗学是文论领域的理论框架，与语言学的研究范式有较大的差别，所以，必须发现对联中特有的语言规律或者说诗学特征，比如在对联词汇学领域，作者提出了对联词汇语义关系的四种类型以及对联的三种用词规则，在句法领域，提出了对联的四种结构类型和六种句式对仗。

本成果基于近300副高水平的对联作品及其精妙赏析，题材广泛，但是，在后续的修改和完善中，还可以扩大对联作品的选材范围，验证和增补对联语言学的规律。另外，还可以广泛浏览现代诗学和旧体格律诗的研究成果，参考、借鉴和吸收相关的研究成果，对书稿做进一步的修订。

本成果可以用作英语语言文学专业和汉语言文学专业的专业选修课教材，也适合用作全校性的公选课教材，课程名称可以是本书的书名，即“对联语言学概论”。本著作可以拓展本科学生的学术视野，加深对于普通语言学理论体系的理解和应用研究，强化学生的文化自信与民族自豪感。

目　录

第一章　对联词汇学（上）：对联中的词汇语义与词汇对仗

对联是一种“词本位”的语言使用形式。“词本位”是相对于“句子本位”和“语篇本位”的文本呈现方式。在“词本位”的对联文本中，相比于词汇意义所组合的更大语言单位，词汇本身的形式特征和语义特征更受人重视。相对来说，对联句子和语篇的叙事功能和交际功能远远不及对联的词汇和典故选择、结构的横向和纵向对仗、韵律和节奏那么重要，后者可以归结为对联的娱乐功能和游戏功能。所以，在对联语言学的各个分支中，对联词汇学是最重要的领域之一。

为了把对联词汇学的内容尽可能周全地概括进来，为对联语言学其他分支领域的研究打下基础，我们把对联词汇学分成三个部分来讲，包括对联中的词汇语义与词汇对仗、对联中的名字嵌入与引用、对联中数目词的对仗与表义，即本书的第一、二、三章。显然，本章所讲的对联中的词汇语义与词汇对仗更为根本，是对联词汇学的基础部分，涉及词汇语义的本体以及对联中对仗关系的核心部分，第二和第三章分别是两个具体的词汇语义问题，涉及人名和地名等的嵌入以及对于其他对联与诗文词句的引用、对联中的各种数目词的使用与对仗。

本章是对联词汇学的第一部分，包括对联词汇学的语义基础、词汇的音形义特征与结构变化、词汇对仗的类型与多维结构关系，以及韵律对词汇选择的制约。

对联词汇学的语义基础包括对联词汇语义关系的四种类型，一是同义关系；二是反义关系；三是既非同义关系亦非反义关系，即在语义内容上只体现对仗关系，在语义关系上难以体现明确的范畴类型；四是语义不相关，只是在宏观的词法类别上相同，对仗关系必须由对联的题名和主题来确定。

对联中的三种用词规范，第一种是词类范畴相对约定俗成的实词对实词，虚词对虚词，在实词范畴内，名词、动词、形容词的界限是相对模糊的；第二种是由对联主题所决定的非约定俗成的词类相对；第三种是人名、地名、单位名称等，它们既不体现语义上的约定俗成，也不体现微观语义范畴的相同或相似，但是对联环境决定了它们在当下的微观语境中的词汇语义关联和对仗关系。

对联环境不仅决定了词汇和典故的选用，还决定了词汇单位的解构与变形，使得对联词汇呈现出一形多义，拆词成字再以字组词，根据语境和语义要求调用或组建新的叠音词，通过对词汇结构的压缩来实现词汇对仗。

对联词汇的对仗关系分为联际对和联内对。联际对体现结构主义语言学所讲的词汇聚合关系，联内对体现组合关系。一般来说，联内对更加精致，也更为基础。在对联创作和对联欣赏中，联内对往往被优先考虑，而且工整的联内对可以产生对于联际对的更多包容。

所以，词汇对仗是一种多维的结构关系，既有整体的对仗，也有局部的对仗；既有深层的对仗（包括价值与哲学层面的对仗），也有浅层的对仗（体现为常规的词汇语义范畴的对仗）。对仗的过程不仅是音形义的组对和匹配过程，也体现更抽象的意象图式结构的对比与组配，实现对联创作中的语义突兀效果和结构上的陌生化表达。

对联词汇学还有一个重要领域是词汇与韵律的关系。对联韵律不同于音系学的传统研究领域，是现代音系学与传统诗学的交叉领域，既包括古诗文的平仄格律，也包括音步（即节拍）的组合规律。对联中词汇韵律的功用是多方面的，既包括认知心理学所说的“格式塔”完整形态，也包括可以隐喻为“卯榫”结构“去格式塔化”操作，通过上下联的韵律补足，实现对联语气和节奏上的整体完整性。所以，对联中的节奏与韵律既是作者必须优先满足的词句选择，也是作者与读者保持良好情绪沟通的基石，在语言系统内部还体现为韵律对于句法的反噬与成全。

1.1　对联中的词汇语义基础

词汇是句子的建筑材料，对任何文体都是如此，对联也不例外。所以，我们决定从词汇入手，更深入地探讨对联语言学的奥秘。

1.1.1　词汇语义基于概念范畴

词汇语义基于概念范畴的说法是现代认知语言学的基本观点。具体的理论背景是“框架语义学”（Fillmore, 1982），以及更早出现的“语义场理论”（Trier, 1930）。孤立的一个词语只有很有限的语义内容，只有在更大的概念框架中，词语才有更完整的语义内容。这也是索绪尔（2001）的系统论观点，每个词语是词汇概念系统中的一份子，是其他概念单位所不是的那一部分，它与其他概念单位构成互补关系。所以，词语的歧义问题揭示的是词语可以归属不同的概念系统。基于这一理念，我们来分析对联中的词汇语义问题。

我们以刘慕苏（2022: 46[①]）“横阳中学部分毕业生回校联欢”为例：

万里鹏抟，赖母校化雨春风，完六艺部门基础；
一朝鸠聚，凭若辈欢歌笑语，续三年灯火因缘。

这副对联用典较多。上联的“万里鹏抟”，“鹏抟”读作 péng tuán，鹏鸟展翅盘旋而上，比喻人奋发有为。接下来，笔锋一转，同学们为什么能取得了不起的成就呢？“赖母校化雨春风，完六艺部门基础”。原因找到了，离不开母校的培养，是当年在这里打下了良好的基础。“赖”是仰赖、仰仗的意思，“完”指完成、完结，仰赖母校化雨春风般的培育，完成了各个学科领域的知识积累。

下联下笔写“一朝鸠聚”，“鸠聚”指聚集，“鸠”是一种鸟，它有群居性，所以喜欢聚在一起。“一朝鸠聚”指同学毕业后，各奔东西，天各一方，今天荣归母校，聚集在当年的教室里。聚在一起又做了什么呢？“凭若辈欢歌笑语，续三年灯火因缘”，“若辈”指你们，凭你们这样的欢歌笑语，一如当初，又延

---

① 本书的例子选自《刘慕苏对联选编》（刘慕苏，2022），该书共收录近 300 副对联，题材包括新构华堂、嫁女娶媳、寿诞宴请、超度荐亡、节日庆典、时政大事、各种比赛、社团聚会之类。为了方便检索和查验，在引用到某一副对联时，我们在冒号后标注对联的序号，比如刘慕苏（2022: 46）所引用的是第 46 副对联，请读者不要误以为是页码。

续了当年就读时的灯火因缘。缘起缘灭，缘起而聚，缘灭而散。当年同窗读书是一种缘，三年一到，各奔前程。夙缘未尽，师生又见面了。

在此联中，“鹏”对“鸠”，在鸟类概念范畴中体现语义相对；“万”对“一”，“六”对“三”，是数目概念范畴中的对仗。凡是纵向的对仗，在2.2中我们称之为“半聚合关系”。除了纵向的对仗，还有横向的对仗，比如上联中的“雨”对“风”，“部”对“门”，“基”对“础”，都是较小概念系统中的对仗。在较小概念系统中，对仗的一组词语在比较中存在，在互勘中体现彼此的语义差别。下联中的组合关系对仗也是如此，“歌”对“语”，“灯”对“火”，“因”对“缘”。

我们一再提到概念系统，它到底是什么？人所积累的全部概念单位构成一个巨大的概念系统，它每时每刻都在扩充和优化中。在这个巨大的概念系统中，可以根据需要划分和确认出许许多多的小概念系统，它们既有等级关系，又体现交叉叠合的关系，而且边界并不清晰，这种等级关系和交叉叠合也时时刻刻处在更新和优化中。我们说的概念系统就是这样的功能网络中的一个小块。

1.1.2　对联词汇的文体特征与结构规范

对联是文言体，与当下的现代汉语有时间距离，也体现文体差异，并且在对联语境中具有特定的结构规范和结构对仗，所以在对联赏析时忌讳望文生义。

我们来看刘慕苏（2022: 182）“床具店”联：

富丽豪华，得此方能圆好梦；

温馨舒适，伊谁还再慕神仙。

上联说“富丽豪华，得此方能圆好梦”，床具舒适，才能睡得安稳。睡得安稳，才会做出好梦来。

下联的“伊谁”，很容易误解。上联有“得此”，是动宾结构，那么下联的“伊谁”是不是作者的笔误啊？如果是“依谁”，妥妥的动宾结构。而且语义同样通达。念头一起，差点就当真了，还是慎重起见，查查资料。

“伊谁”的意思就是“谁”，或者说“阿谁”“何人”之类。宋代史弥宁有诗，就用到了，且看原诗：

伊谁闯我小窗关，偷却西楼一面山。

谇语白云猜是汝，秋风出意急追还。

“伊谁”正是文言体，不能从现代汉语出发来望文生义，也不能被句法结构的对仗关系所误导。句法关系的规范功能是它的良性运用，通过结构互勘来完成词义提取，则可能被误导。“伊谁闯我小窗关”中的“伊谁”没有结构互勘的干扰，我们误读的概率就小多了。

对联词汇的文体特征与结构规范可能更集中地体现在文言词汇的单音节特征上。与此相对的是，现代汉语词汇主要是双音节。所以，现代汉语的双音节词汇出现在对联中，可能是两个词。

我们再看刘慕苏（2022: 204）“曾元智（凤尧先生之孙）”，对联的当事人曾元智先生是修道之人：

元始真传老君正教；

智能有感道法无边。

“元始”，也称“元始天尊”或“元始天王”，全称“玉清元始天尊”，是道教“三清”尊神之一，在“三清”之中位为最尊。“元始真传”指元始天尊教法中最精华的东西。“老君”是中国道教对老子的神格化，又称“太上老君”。“正教”也是真传的意思。

“智能”指道教的神秘感知能力，是超自然的“智”与“能”。“智能有感”指能够感应到道教各位真人的智慧。“道法无边”指法力无边，神通无限。在这里，“道法”是两个词，“道”是“法”依托与基础，“道”是形而上的，“法”是形而下的。

在下联中，“智能”是超自然的“智”与“能”，不同于现代汉语的“智能”，前者是单音节的两个词，后者是一个双音节词。同样，“道法”是“道”与“法”的并称，在现代汉语中更多地用作偏正结构，即“道之法”。这种分析并不受到上下联对仗的支持，但是，在联内是很好的对仗，“智能”对“道法”，两个并列结构相对。同样，在上联中，“元始”对“老君”是两个专有名词相对。在本书中，我们提出对联对仗的规律之一，是联内对仗优先于联际对仗，下文有专门的章节探讨这个问题。

1.1.3 对联词汇语义关系的四种类型

对联词汇语义关系分为四种类型：一是同义关系，如“载”与“年”；二是反义关系，如“好 / 妙”对“坏 / 败”，“去 / 往”对“来 / 归”；三是既非同义关系亦非反义关系，在语义内容上体现对仗关系，但是在语义关系上难以体现明确的范畴规范，比如在赞颂与贬损等更宏观的语义内容上体现对仗，但是具体的语义内容上差别较大，如“固”对“兴”；四是语义不相关，但是在词法类别上相同，如“佳城”与“后嗣”。

我们以刘慕苏（2022: 152）“游福民墓碑”联为例：

佳城千载固；

后嗣万年兴。

上联，“佳城千载固”是说墓地千年坚固，不会崩坏，也不会被后世打扰。典故“佳城”是语典，指坟墓。

在此联中，“千”对“万”、“千载”对“万年”，属于第一种类型的语义关系，它们是同义关系，是较小概念范畴中的词汇对仗（见 5.1）。“固”对“兴”属于第三种类型，是在更大的语义范畴上或者说在更抽象的概念层次上体现对仗，是在事物的良性属性特征或者是对事物的良好祝愿上，它们找到了共同的语义类型归属，就像两个远房亲戚，在父辈、祖辈都没有直接的亲戚关系，一直追溯到第五代，他们找到了共同的祖先。“佳城”与“后嗣”是第四种语义关系，它们只有最抽象的语义关联，即它们都是名词，是对存在实体的指称，但是在对联语境中，其他词汇单位和其他词汇结构的相似性或可比性，比如“千载固”和“万年兴”的语义对仗和结构对仗，以及墓碑联主题，共同决定了“佳城”与“后嗣”的语义关联和结构对仗。这种自上而下的决定论，以及来自周边成分的语义压力，用现代语言学的术语来讲，是“语义压制”（semantic coercion）（Lauwers and Willems, 2011），是其他成分的语义势能压服了当下的词汇成分，或者说，是当下的词汇语义和结构对仗屈从于其他成分的相似性和共同点。

刘慕苏（2022: 152）的“游福民墓碑”联提供了第一、三、四种词汇语义关系的例证。第二种词汇语义关系必须另找其他对联中的例子。

在刘慕苏（2022: 219）“刘登康求作白事联”中，“来”对“去”就是反义关系的例子：

老父/母辞世，此去飞升仙境；

世人信鬼，也来做会道场。

从题名来看，此联唤作“刘登康求作白事联”。刘登康求作对联时，他的父母肯定都健在，是预备了以后用的。所以，上联中“父”“母”可以任选。

1.1.4　对联的三种用词规则

对联中的对仗首先是词汇的对仗，其次是句式、语义、韵律等的对仗。本章以对联词汇学为题，所以只适合谈论词汇对仗的规则。其他文体将在下文分解探讨。

第一种用词规则是实词相对，如“云”对“雨”、“雪”对“风”，以及虚词相对，如“不”对“无”、“斯”对“尔”。说它们约定俗成了，是因为《声律启蒙》等蒙学课本把这种词汇对仗沉淀并且记录了下来。

我们来看刘慕苏（2022: 66）“孟公镇中学新楼落成联”，此联嵌入了“中学”二字：

中是不倚不偏，若斯楼不屈不移，顶天立地；

学则无涯无岸，喜尔辈无拘无束，破浪乘风。

此联和上文举例的对联一样，对仗分为联内对仗和联际对仗，而且联内对仗更加工整，比如上联中的“倚”对“偏”，“屈”对“移”，“天”对“地”；在下联中，“涯”对“岸”，“拘”对“束”，“浪”对“风”。但是，我们关注的主要是联际对仗，比如上联的四个“不”，对仗了下联的四个“无”，这些都是约定俗成的对仗。

第二种是由对联的主题决定的非约定俗成的同类词汇，比如刘慕苏（2022: 66）“孟公镇中学新楼落成联”中的“顶天立地”对“破浪乘风”，以及这些词组内部的单字，如“天”对“浪”，“地”对“风”。它们之所以能够成对是由对联的标题和主题所决定的双关或隐喻所决定的。“不倚不偏”“不屈不移”“顶天立地”都是双关，既是对楼的描写，也是对同学们人品的赞叹或期许，下联的“无涯无岸”“无拘无束”“破浪乘风”都是隐喻用法，三个都看似言此，其实指彼，用有形的事物来比喻无形的事物，比如，大海“无涯无岸”比喻求学“无穷无尽”，肉身“无拘无束”比喻思想“充分自由”，航海“破浪乘风”比喻事业上“奋勇前行”。从一个认知域映射到另一个认知域是隐喻解读的关键。所以，非约定俗成的词汇或词块，可以在当下的对联语境中成为对仗词汇。

第三种是人名、地名、单位类别名等的多个单字，它们既不体现语义上的约定俗成，也不体现微观语义范畴的相同或相似，比如刘慕苏（2022: 66）“孟公镇中学新楼落成联”中的“中”对“学”，以及上一联（刘慕苏 2022: 65）的“孟”对“公”。刘慕苏（2022: 65）“孟公镇中学新楼落成联”如下：

孟母已三迁而来此地；

公输教百匠以造斯楼。

上联的“孟”和下联的“公”，在对联中分别组词为“孟母”和“公输”，都是专有名词，至于这两个专有名词为什么成对，实在是没有理据的，恰如刘慕苏（2022: 66）的“中”对“学”。所以本节所说的三种用词规则，从第一种到第二种，再到第三种，选词的理据性是依次递减的。

本节和上一节是体现分工的。上一节是从词汇的语义关系来分析对联选词的规律，本节是从词汇的形式层面来分析。四种语义类型构成一个连续体，三种词汇形式也构成一个连续体。

1.1.5 对联词汇再现词汇语法化的起点

所谓“语法化”（grammaticalization）（Hopper and Traugott, 2003）是指现代的虚词都是历史上的实词。实词的语义虚化了，句法功能增强了，这个过程叫作“语法化”。任何一种语言的虚词和某些句式结构都是语法化的产物。而且，语法化的过程不是一蹴而就的，而是一个不断推进的过程。语法化是一个过程，当然也是一种结果。

对联词汇学认为，对联所用的词汇包括很多文言词汇，是在现代语境下使用文言词汇，所以，这就给了我们一个机会来审视语法化的过程，从中窥视语法化的起点。

刘慕苏（2022: 175）“照相馆”联中的“以”是现代汉语语境中的文言词汇，所以体现了语法化的起点。

谁不愿花极短时间，留住峥嵘往昔；

你也能以最佳形象，传诸遥远将来。

下联中“以最佳形象”对上联的“花极短时间”，“以”对“花”似乎还可以商榷，比如认为可以找出一个动词来代替“以”，如用“现”，即佛家所讲的“示现”，或者“呈”。但是，觉得都不如“以”用得顺当。

仔细想想，还是作者用得恰当。“以”在古汉语中本来可以用作动词，只是到了现代，它才虚化成为介词了。比如，在《子路、曾皙、冉有、公西华侍坐》中，孔子对学生说“以吾一日长乎尔，毋吾以也”，此句中的第二个“以”，就是动词，相当于“为”或“做”，全句的意思是说，因为（即第一个“以”）我比你们年纪略大，不要把我当作老师（即第二个“以”），即不要在我面前不敢说话。

刚才说的第二个“以”是完全语法化了，还有的语法化结果是两种情况并存。即古汉语中的动词用法，现代汉语中的介词用法，两者并存。比如“在”。它既可以用作介词，体现语法化的结果，如“在老师的教育下”中的“在”是介词。但是，“你在吗？”“我在呀！”这两个“在”都是动词。

所以，当笔者想到“以”在虚化为介词之前是可以用作动词的，突然觉得还是作者高明。换什么字，都不如用“以”。

1.2　对联词汇的音形义特征与结构变化

1.2.1　对联词汇的一形多义

“一形多义”（homonymy）现象是很普遍的。“一形”所包含的“多义”，可能体现共同的词义渊源，但也不一定。而且，“一形”在体现“多义”时，可能有不同的读音，同样也不一定。

比如“度”，可以是姓氏，念 dù；可以指胸怀、雅量，如“宽宏大度（dù）”；可以表示考量、比较，如“度（duó 动词）德量力”。

在对联语境中，一形多义比较多见的语境是名字嵌入，名字本身是专有名词，有自己的意义，另外名字用字在当下的语境中又有另外的意义，参与建构当下的句子结构和意义。

人名嵌入时词汇的一形多义现象，我们来看刘慕苏（2022: 64）“贺华光、华康兄弟新构”联：

华屋壮奇观，贤昆仲治安多策，营业多谋，际兹元旦来临，齐颂华堂千载盛；
光辉呈异彩，尊乔梓济世有方，育才有道，且喜紫微高照，满门康乐万年长。

这副对联，把华光和华康的兄弟关系、妯娌关系都表达了出来，还有他们的职业，两代人之间的关系，还有本联的主题，即盖新房子，还要表达祝福，这么多的内容要融进几十字的对联里，变量太多，是一个高元高次方程，解起来可真不容易。

先看上联，“华屋”指华美的屋宇，在古代社会指朝会、议事的地方，比如《战国策·秦策一·苏秦始将连横》中的“说（读 shuì）赵王于华屋之下”。在此联中，“华”字的选用还有另一重语义承载，即华光、华康兄弟的“华”字，这就是嵌字联必须考虑的要求，但是不要求一语双关时多种语义体现连贯性，允许其中一种意义偏离当下的语境要求，但此处已经超越了语言学上对于“一形多义”的语义宽容，“华屋”的两种语义都是中规中矩的形义连贯，既是华丽的豪宅，又是华光兄弟之屋。

既然是华光、华康兄弟合建的新屋，只嵌一人的名字，忽略另一人，可不是一件讨喜的事哦。所以，最好的办法是把两人的名字都嵌进去。上联中有两个“华”字，毫无疑问，兄弟俩都有份，但是下联必须在相同位置先出现“光”，后出现“康”，而且顺序不能错，因为长幼有序，这种难度不仅难以应对，还容易被误解，即上联有两个“华”字，下联为什么没有两个“光”字，而是一“光”一“康”，这是不了解语境的读者最容易质疑的。对联嵌入名字的规律，我们在下文将安排专门的章节，在此不再赘述。

同样，下联“光辉呈异彩”，是说新房子光彩夺目，异彩纷呈。同时“光”也是专有名词，因为是房屋主人的名字的一部分。两兄弟中“华康”的名字也体现了一词多义，除了体现名字义以外，在上下联中分别组词为“华堂”和“康乐”。

除了人名嵌入会产生一形多义，地名或其他类型的名字嵌入（下文将有专门的章节探讨这一问题），也会产生一形多义。

比如刘慕苏（2022: 150）“石板山九姑母墓碑”联，把地名“石板”二字嵌入到联首，也体现了一形多义。

石镌千秋节孝；

板书万代蕃昌。

上联“石镌千秋节孝”，不直接说人，拿石说事，“石”者为何？墓碑之石也。下联写“板书万代蕃昌”，“板”字从木，但是此处指石板。石板之书写，当然采用镌刻，上联已有交代。镌刻了什么内容呢？“万代蕃昌”是也。

“石”和“板”除了参与上下联的语义建构之外，我们无论如何也不会忘了“石板山”是地名，这种现象只有在对联中才会出现。我们不妨把同一题材、同一当事人的下一副对联（刘慕苏，2022: 151）陈列如次，联首的“石板”也是体现了一形多义：

石料固佳城胜地永安窀穸；

板书彰盛德英灵长荫儿孙。

“佳城”指墓地。“窀穸”读音 zhūn xī，指墓穴。杜预曰：“窀，厚也。穸，夜也。厚夜，犹长夜也。”比如，清代袁枚《祭妹文》说“惟汝之窀穸，尚未谋耳。”

1.2.2 对联中的词汇解构与词汇还原

现代汉语中高度约定俗成了的词汇，在对联的上下联语境中，由于另一联相应位置的词汇结构特征以及句式的较大稳定性，破坏了当下约定俗成的词汇结构，使之回归到了古汉语的单音节词汇结构状态，这样的词汇结构拆解是结构遮蔽的一种。

比如，在刘慕苏（2022: 50）中，对联标题是“代拟肖君六十自寿联”。

【慕苏公按】：肖君，吾友也，执教三十余年，寿庆时已退休居家，嘱代撰“自寿联”：

花甲喜开颜，愿儿曹发愤图强，为党为民多出力；

古稀欣在望，看老伴宽怀识体，克勤克俭最关心。

下联中“克勤克俭最关心”的“关心”，在现代汉语中主要用作动词，如“关心他人”，或者是名物化，如“领导的关心”。但是，上联的“出力”一词的动宾结构，破坏或者说解构了下联中“关心”的词汇固化特征，把它拆解成为古汉语中更常见的单音节词，即“关”和“心”单独成词。

词汇解构现象，在此是把它看作结构遮蔽的现象之一，或者说是词汇遮蔽的特例。在下文我们还会提到这种现象。

同样，在刘慕苏（2022: 137）“丙子清明，刘氏八修迎谱”中，“故事”一词也是现代汉语词汇解构的例子。解构之后，“故事”的结构还原为古汉语的单音节词，即“过去的事情”，指刘姓历史上比较光彩的事情：

约各地宗亲，扫墓培茔，安排鼓乐迎新谱；

演几桩故事，观今鉴古，教育儿孙学好人。

这里所说的“刘氏八修迎谱”是指由作者（慕苏公）主持的刘姓族谱第八次修撰正式完工了，在清明扫墓时各地刘姓宗亲借扫墓之机奉迎族谱。

词汇解构的另一种情况是把单音节的现代汉语词语直接还原成为古代汉语词语，或者更准确一点，也是把一个双音节的现代汉语词语拆解、还原成为两个古代汉语词语，但是只选取了两个古代汉语词语中的一个。

刘慕苏（2022: 171）“建筑工程队”中的“寻”字，既可以是把单音节的现代汉语词语“寻”直接还原成为古代汉语词，或者更准确一点，也是把一个双音节的现代汉语词“寻常”拆解、还原成为两个古代汉语词“寻”和“常”，但是只选取了两个古代汉语词中的一个“寻”：

凭一纸蓝图，几双巧手；

建千寻大厦，十里长桥。

下联的“寻”，是古代的长度单位，一“寻”等于八尺，倍“寻”为一“常”，也就是说两个八尺就是一“常”。“寻”与“常”合用，比喻短或小。比如，《左传·成公十二年》：“及其乱也，诸侯贪冒，侵欲不忌，争寻常以尽其民。”杜预注：“言争尺丈之地，以相攻伐。”杨伯峻注：“寻常意谓尺寸之地。”

在对联中，词汇解构与还原只是一种可能，并不是必然而为的事情。所以，在刘慕苏（2022: 168）“自来水设施”联中，“寻常”并没有被解构和还原：

能将纯净三江水；

引入寻常百姓家。

下联说“引入寻常百姓家”，是说自来水的流向或者说目的地，即“寻常百姓家”。这里的“寻常”一词与现代汉语中的词义是一致的。究其原因，“寻常”在古代汉语中本来就有两种意义，或者说现代汉语的“平常”义在较早的时候就产生了，比如，鲁迅的《烟水寻常事》：

烟水寻常事，荒村一钓徒。
深宵沉醉起，无处觅菰蒲。

1.2.3　拆词成字，再以字组词

对联中的词汇使用规律，除了词汇解构与词汇还原之外，拆词成字，再以字组词也是一个重要的特色。

我们来看刘慕苏（2022: 116）“村委会门联”：

清者方明，廉者方洁；
腐者必败，贪者必污。

【慕苏公注】此系我地村党支部与村委会领导委托撰写，大力反腐倡廉。因手撰并书如上。

党支部与村委会的门联，最顺当的思路就是拿“清明、廉洁”与“腐败、贪污”来说事。

上联把“清明”“廉洁”这两个词掰开来，插入其他的字，做成“汉堡包”，或者叫“三明治”。“汉堡包”或者说“三明治”夹了什么呢？夹了两个“者”和两个“方”，其实就是为了倡导一种政治文明，即“清明”和“廉洁”。

下联是同样的套路，也包含两个词，即“腐败”与“贪污”。对联必须“对”上，在同一个大主题下，各说各话，各唱各调。关联而不重复，相对而不冲突。秉承这一原则，既然上联说的是正面的、值得提倡的政治文明，那么，下联就应是需要防范的、值得警醒的东西，即“腐败”和“贪污”。下联也是做成了“汉堡包”，或者叫“三明治”。作者把“腐败”和“贪污”这两个词掰开来，夹入了一个“者”和一个“必”。

顺手牵来，出口成句。读起来明快，简洁铿锵，想一想思路清晰，字里行间意趣盎然。

1.2.4　对联中的叠音词

前两节讲“词汇解构”和“拆词成字”，是一个大类，我们统称为“词汇解构”。接下来，本节讲的“叠音词”和下一节的“缩略词”，是另一个大类，是“词汇变形”。

对联中叠字的使用，主要追求的是字形相同，通过叠字的使用增加对联创作的难度，也通过同字重现突出视觉冲击。但是，叠字是同形同义，还是同形

异义，不是考虑的重点，因为语言学的术语体系和研究发现是难以得到民间文化关注的。

叠音词的使用是指联内同一个字多次出现，如刘慕苏（2022: 45）“杨成新新婚”：

成对成双，鹣鹣鲽鲽；

新郎新妇，我我卿卿。

新郎官的名字叫“杨成新”，“成”字开启“成对成双”，又被隐喻为“鹣鹣鲽鲽”（jiān jiān dié dié），鹣是比翼鸟，鲽是比目鱼，语义顺延，取譬自然，太完美了。

下联以“新”字起笔，也是名字嵌入所要求的。新者为何，是“新郎新妇”。韩礼德（Halliday, 1977）认为，只要语境确定，话语就有可预知性。这不就是一个很好的例子吗？言辞语境是“新”字，情境语境是结婚，“新郎新妇”就有了高级别的可预知性。再进一步，以“新郎新妇”开头，再加上上联的“鹣鹣鲽鲽”，后续的“我我卿卿”又是可预知的了。

所谓的“可预知性”就是语境中的唯一性，或者说词句的可选性降到了最低。这种说法似乎表明完美的对联可以轻易成就，但是有一个隐秘的逻辑前提，那就是作者必须有上帝的视野和能力，掌控一切语言资源，对于所有的典故和词汇，必须毫无遗漏地通晓。

1.2.5 缩略词使对仗变成可能

缩略词是本章标题中“词汇变形”的另一种形式。缩略词使对仗变成可能，把所罗列的数量不等的名词，变成了数目词本身的对仗，这样一来对仗就可行了。

我们以刘慕苏（2022: 215）“刘登康求作谢神求福对联”为例：

求五谷丰登六畜兴旺；

愿四时顺适八节平安。

本联是一般的祈福联。先“求”后“愿”，涉及“五谷”“六畜”“四时”“八节”。稍做解释吧。

“五谷”涉及五个字，麻、黍、稷、麦、菽，而“四时”只是春、夏、秋、冬这四个字，不缩写为数目词就没法进入对联。

同样，“六畜”和“八节”也是如此，前者指马、牛、羊、猪、狗、鸡，需要用六个字来指称，八节就更复杂了，涉及十六个字，上元、清明、立夏、端午、中元、中秋、冬至和除夕。只有缩略了，才有可能进入对联。当然，进入对联还有其它要求，如韵律等。这是在字数之外需要考虑的。

缩略词的另一种形式是不借助数量词的压缩词组。比如在刘慕苏（2022：156）“纪念孙中山先生”中：

除帝制以兴邦，功越嬴刘李赵；

扶劳工而联共，名高亚美欧非。

上联的“功越嬴刘李赵”，是说功绩胜过了秦始皇、汉高祖、唐太宗、宋太祖等人。下联的“名高亚美欧非”是说孙中山先生的名望远播于亚洲、美洲、欧洲、非洲。这种缩略方法虽然不借助数目词，但是收到了相同的效果，因为秦始皇、汉高祖、唐太宗、高太祖这种罗列的字数多于亚洲、美洲、欧洲、非洲的字数，不缩略就没有可能进入对联。

1.3　词汇对仗的类型

刘太品（2017）对对联中的文体与修辞进行过比较全面的介绍，包括词汇对仗的类型。下面各位诗家提出的对仗方式，虽然谈的是诗，但是我们认为也适用于对联。

僧皎然《诗议》提出诗有六种对仗方式，对于对联也是适用的：“诗对有六格：一曰正名对。二曰双拟对。三曰隔句对。四曰联绵对。五曰互成对。六曰异类对。”

李峤《评诗格》：“诗有九对：一曰切对。二曰切侧对。三曰字对。四曰字侧对。五曰声对。六曰双声对。七曰双声侧对。八曰叠韵对。九曰叠韵侧对。”

王昌龄《诗格》：“一曰势对。二曰疏对。三曰意对。四曰句对。五曰偏对。”

到宋元时期，宋词元曲的创作实践使得对偶辞格演化出更加繁复的变化形式，以适应于词曲这些新的文体形式的需要，例如，周德清《作词十法》概括出“扇面对”这一对偶格，元人散曲对这一对偶格进行了全方位的拓宽。明代王世贞《曲藻》亦有“对偶，有扇面对、重叠对、救尾对”之说。

明代朱权《太和正音谱》也总结了适用于元曲的各类“对式”：合璧对（两句对），连璧对（四句对），鼎足对（三句对，俗呼为“三枪”），联珠对（多句对），隔句对（长短句对），鸾凤和鸣对（首尾对，如《叨叨令》所对者是也），燕逐飞花对（三句对作一句），叠句（重用两句，如《昼夜乐》“停骖停骖”），叠字（重叠字，如《醉春风》第四句）。

日僧遍照金刚《文镜秘府论》提出的对仗种类更多，居然多达“二十九种对”，太繁琐，不拟一一罗列。

本书从上述文献所介绍的对仗类型中，选择几种较常见的来分析并且举例。

1.3.1　同类对（联际对）

所谓“同类对”，我们的定义是在较具体或者说较微观的概念范畴中找到词汇对仗的用词，比如方位范畴、颜色范畴、数字范畴、时间范畴、干支范畴、食物范畴、趋向动作范畴、建造类动作范畴、赞誉类范畴、属性类形容词范畴、评价类形容词范畴、程度类副词范畴、空间意象类介词范畴等。

同类对属于联际对，是上联与下联之间的对仗。后两节（1.3.4 和 1.3.5）的“互成对”和“当句对”是联内对，即上联内部或下联内部的对仗。在此先交代一下，下文不再重复。

限于篇幅，我们很难每类都举例，只举三个例子。

先看数字范畴的例子。刘慕苏（2022: 27）“贺杨锡清新构”中，上联的“三”对下联的“万”是同类对。

锡赐三多，无如政策英明好；

清流万里，谓有源头活水来。

“锡赐三多”，可以是一种祝愿，愿老天爷赏赐你三多，即多福、多寿、多男子；也可以是一种陈述，杨锡清深得上天眷顾，得到了多福、多寿、多男子的福报。

再看下联。“清流”字面义是“清澈的流水”，喻指德行高洁、负有名望的士大夫。“清流万里”是对“清流”的陈述，把对“清流”的赞叹放大了，自然界没有长达万里的清流。但是，“清流万里”作为一种诗性表达，自然而且雅致。

时间范畴的对仗也是同类对。比如刘慕苏（2022: 4）“贺陈立延新婚”中的“昔年”对“今日”：

立雪在吾门，昔年负笈登堂，视予犹父；

延娇贮金屋，今日齐眉举案，敬尔如宾。

【慕苏公注】陈君立延，幼时从余学，颇恭谨。此联用杨时、游酢立雪程门典故以褒扬，借孔子赞颜回之辞（“回也，视予犹父也！”）以赞赏；下联用汉武帝“金屋贮娇”、梁鸿、孟光举案齐眉、郤缺夫妻相敬如宾诸典故，赞其婚姻之美满幸福。

在刘慕苏（2022: 1）“答老秀才问”中，上联的“老”与下联的“小”对仗。

【慕苏公按】1951 年春，余未至十七周岁，即从受业跃为授业。初入十三区第三中心高小办公室，见东西墙下各坐一人。西座之青年校长阅毕介绍信，云：“新老师来了！”示意余坐其右，即下楼沏茶。东座之邻村老秀才，方与校长交谈，见余来，亦起身相迎。此时端详片刻，似有所思，俄而他顾长吟：

老朽何知？当随后浪催前浪！

随即向余笑问：“新老师高姓大名？”余答曰：

小生刘姓，为学三苏号慕苏。

1.3.2　同字联内重用（联际对）

所谓“同字联内重用”，是指同一个字在同一联的不同位置重复使用。比如刘慕苏（2022: 26）“梁济生新构”，上联的两个“有”，对下联的两个“无”：

济世有方，兴家有道；

生财无算，蕃衍无疆。

【慕苏公注】梁君毕生从医，故有“济世”“兴家”之说。济世必生财，生财必兴家，兴家必蕃衍：此皆情理中事，笔者仅言其所当然。

再举一例，刘慕苏（2022: 33）“刘正永新婚”，上联的两个“正”，对仗下联的两个“永”：

正内正外，乾坤定矣；

永和永好，桃李报之。

【慕苏公注】正内正外，言夫妇分别主持内外各项。语本《易经》。乾坤定矣，喻婚礼造成，夫妇和合。语亦出《易经》。永和永好，桃李报之，语本《诗经》“投我以桃，报之以李”“匪报也，永以为好也”。

又比如，刘慕苏（2022: 101）“唐婶逝世门联”：

元宵节后，慈母忽登仙，一阵凄风夹阵雨；

追悼堂前，儿孙齐洒泪，既哀老父又哀娘。

“一阵凄风夹阵雨”中有两个“阵”字，是隔开了的叠音词连用，是动量词，即对动作过程的数量描述。作为动量词词组，其实动词是省去了的，完整的形式应该是“刮了一阵凄风，又下了一阵雨”，数目词“一”省略了。

当然，后一个“阵”字也可以理解为形容词，表明雨下得急，停得也快。两个同样的字属于不同的词类范畴，表示不同的词义内容。在下联中，“既哀老父又哀娘”，“哀”重叠了，但是，两个“哀”之间有间隔。

“同字联内重用”的集大成者可见于刘慕苏（2022: 70）“鹅塘学区 1993 年庆祝‘六一’会场联”中：

九三年六一来临，处处是歌声琴声笑声掌声，红旗面面迎风展；

千百万儿童庆祝，人人重德育智育体育美育，鲜花朵朵向阳开。

此联极为通俗，原因是对联的读者群体是初中和小学学生。“歌声琴声笑声掌声”有四个“声”重叠，下联对“德育智育体育美育”，有四个“育”重叠。另外，“红旗面面迎风展”中的叠音词“面面”对“鲜花朵朵向阳开”中的叠音词“朵朵”。高密度地使用“同字联内重用”，估计也是为少年儿童着想，读起来更有节奏感，趣味性更强。

1.3.3 同字跨联重用（联际对）

“同字跨联重用”本来是不被允许的，但是部分虚词却是例外。比如刘慕苏（2022: 21）“贺伍开本新构”的上联有“于”字，下联的相同位置也有一个“于”字，它们构成对仗：

开鸿业于后昆，益昌益炽；

本家风于先世，日俭日勤。

此联是嵌字联，把东家伍开本的名字“开本”分别嵌入上下联之首，作为起笔。上文说过，嵌字联是难度较大的撰联方法，要求作者有更多的词汇和典故资源来接续，才能左右逢源，信手挥洒。

上联的“鸿业”指“大业”，多指“王业”，把农家建房子叫作“开鸿业”，显然是大词小用，不过对联属于诗性语言，诗性语言可以不受约定俗成的句法语义约束。“后昆”，亦作“后绲”，指后嗣，即子孙。《书·仲虺之诰》中说“垂裕后昆”。上联中的“益昌益炽”是“昌盛”之义。

再看一个例子。刘慕苏（2022: 23）“贺简绍怡新构”，上联和下联的相同位置都有一个“之”字：

绍继箕裘之业；

怡情山水之间。

此联也是嵌字联，把“简绍怡”的名字嵌入到了上下联。“绍继箕裘”也作“克绍箕裘”（《礼记·学记》），“克”表示“能够”，“克绍箕裘”指能够子承父业。把“克绍箕裘”转写为“绍继箕裘”，显然是为了突出新房主人简绍怡的名字，即在上联中以“绍”开头，在下联中以“怡”字开头。

虚词“之”在上下联的相同位置出现的用法还见于刘慕苏（2022: 174）“玻璃店”联，此联恰似一个谜语，我们将在下文分析这种类型的对联：

是门窗常用之材，雨来挡雨风来挡风，依然肌骨通明纤尘不染；

乃闺阁必需之物，他看像他我看像我，妙在须眉毕肖毫发无差。

其他虚词的跨联重用，还有“者”。在刘慕苏（2022: 116）“村委会门联”中，上联有两个“者”，下联也有两个“者”与之对仗：

清者方明，廉者方洁；

腐者必败，贪者必污。

1.3.4　互成对（联内对）

互成对是两字词语中的单字形成自对的情况，如“江流天地外，山色有无中”即是以“天”对“地”、以“有”对“无”。所以，“互成对”的另一个特点是它发生在单一联（上联或下联）的内部。

刘慕苏（2022: 76）“道九逝世门联”的上联包括“天地”一词，构成“互成对”：

令高堂丧子，儿曹丧父，妻室丧夫，阵阵哀号惊天地；

叹世间无药，天道无凭，阎罗无眼，声声嗟怨对苍穹。

“后”与“前”的互成对，可见于刘慕苏（2022: 138）“伍开旺之父母墓碑联”的上联：

裕后光前　代代清音传美德

钟灵毓秀　重重瑞霭护崇陵

“裕后光前”，指为后人造福，给前辈增光。此语常用于歌颂不世功勋。宋代陈抟《心相编》说“敬老慈幼，必然裕后光前。”

“深”对“浅”，且发生在同一联中，也是“互成对”的例子，如刘慕苏（2022: 5）“吾妹晚姑新婚”的下联中的“深”“浅”对：

晚来秉烛试君才，此日三难，投石尚须提示否？

姑理新妆问夫婿，黛边一笔，画眉深浅入时无？

1.3.5　当句对（联内对）

“当句对”是指二字及二字以上的词，包括短语和句子，在同一联之中形成前后对偶的情况，如陈双田（转引自刘太品，2017）的猴年百佳春联之一“春雨和风，堂前椿茂连萱茂；小家新梦，膝下大娃逗二娃。”“春雨”与“和风”自对，“小家”与“新梦”自对，“大娃”与“二娃”自对，“椿茂”与“萱茂”自对；再如彭善民（转引自刘太品，2017）的猴年十佳春联之一“十三亿决胜十三五；第一春先登第一程。”以“十三亿”与“十三五”自对，“第一春”与“第一程”自对。

在刘慕苏（2022: 20）“贺慕英新构”这副长联中，我们可以找到很多“当句对”的例子：

先看上联内部的“当句对”，我们把成对的“当句对”用下划线表示：

慕胜地，起宏图。成霸非仙，担水有井。汲猪洞甘泉，酿重阳甜酒。取石罐，执金壶。题龙凤挂榜，看狮虎雄姿。朝东岭，倚西荡。睹阳和之景，完建屋之功。祥发田家，茅生癞子。仰望北京城，衍百代风流人物。

再看下联中的“当句对”，我们同样用下划线标记成对的“当句对”：

英杰才，经纶腹。赤心向党，全力为公。事业余教育，搞文艺宣传。读宝书，攻理论。尊马列精神，学工农品德。沐春光，沾夏雨。兴肯构之歌，得迁乔之喜。欣逢大治，预卜繁昌。紧跟华主席，奔万里锦绣前程。

上下联各嵌入名字中的一个字：“慕”和“英”。下面逐句来解释一下。

“慕胜地，起宏图”，喜欢这块风水宝地，就选在这里建了一栋砖瓦房。

“成霸非仙”，新房的东南方位几百米处，有一处仙成坝，是一个天然的石坝，一整块石头，相传为仙人所造。此坝把石坝江拦腰截断，并形成一个瀑布。在丰水期，瀑布甚为壮观。“霸”谐音“坝”，“成霸非仙”的意思是，虽然是人中豪杰，但离神仙还差一点点。

“担水有井”，是离新房稍远处的一口老井，叫作“担水井”。邻村人大多在这眼井挑水喝，为了音韵和对仗，把“担水井”扩充成为“担水有井”。

“汲猪洞甘泉，酿重阳甜酒”，涉及两个地名，“猪洞甘泉”本名称作“猪婆洞”，泉水名，位置在仙成坝和新房的中间位置。“重阳甜酒”指的是重阳田井。重阳田是一丘田的名字。重阳田井是重阳田角落里的一眼井，此井在新房的正南边，隔着石坝江。

“取石罐，执金壶”，这是要豪饮三百杯的架势，取来石罐，估计是盛酒的大器，又要执金壶，按理说，是从石罐里把酒盛到金壶里，再一杯一杯地喝。这是望文生义，但未必不是作者的本义。其实，“石罐”和“金壶”是两个地名。“石罐”指石罐子长丘，是家门口一块状似石罐的田，“金壶”指“壶丘”，是新居以西一块壶状的田。

“题龙凤挂榜，看狮虎雄姿”，包括三个地名，“龙凤挂榜”指“挂榜岩”，新居以东大约三公里处的一处陡峭的山岩，看“狮虎雄姿”，是狮子崂和老虎岩的合称，两处山名，位于新居东南方。因为此处有“狮虎”二兽，所以“挂榜”前面也增加“龙凤”二物，以便保持节奏的相应。另外，因为“挂榜岩”有“挂榜”二字，是什么“榜”？作者肯定是想到了殿试的金榜，是乡下人跃上龙门的终极企盼，所以加上“龙凤”二字，就合成了“龙凤挂榜”。龙凤之挂榜，当然得题写榜文，所以才有“题龙凤挂榜”的豪迈，也成就了“看狮虎雄姿”的微观对仗。“狮虎”二兽，当然只是“看”，不敢再有别的亲狎之举，既然是“看”，何不加上“雄姿”呢？这样一来，“看狮虎雄姿”就成就了与“题龙凤挂榜”的极妙组合。

“朝东岭，倚西荡”包含两个更大的地名。“东岭”在当时是乡政府的所在地，现在是游家镇东岭管区的治所。“西荡”是新居以北的地名，是北边邻村的地方。

“睹阳和之景，完建屋之功”含两处地名。“阳和之景”指阳和岩，新居西南的村名。“建屋”也是地名，即“建屋场”，是新房主人所在的村名。“睹阳和之景，完建屋之功”，此语两处双关，目睹阳光和煦的景致，成就了建造新屋的成就。

“祥发田家，茅生癞子”，也是两个地名，也有两处双关。“田家”指主人所在的村名，即田家村，是一个村级行政单位，在当时叫“大队”，即“生产大队”，一个生产大队管十几个生产小队。“茅生癞子”，指癞子傍，地名，位于新居正后方。因“癞子”一词略显不雅，作者反其义而言之，故有“茅生癞子”之说，“癞子傍”是地名，生“茅”不生“毛”，二字谐音，以“茅”代“毛”，自有妙趣。

下联比较好懂，只解释一下“兴肯构之歌，得迁乔之喜”。“肯构”出自“肯构肯堂”。“堂”，立堂基。“构”，盖屋。原意是连房屋的地基都不肯做，哪里还谈得上肯盖房子，后反其意而用之，比喻儿子能继承作者的事业。“乔迁”，鸟儿飞离深谷，迁到高大的树木上去，“乔迁”是贺人迁居或贺人官职升迁之辞。此典出自《诗·小雅·伐木》：“伐木丁丁，鸟鸣嘤嘤，出自幽谷，迁于乔木。”在这里，“兴肯构之歌，得迁乔之喜”以并列的方式，两次提到建新房，是本联的主题。

1.4 词汇对仗的多维结构关系

1.4.1 对仗中的整体与局部

对联的对仗是全方位、多层次的，所以，既有整体的对仗，也有局部的对仗。

全方位、多层次的对仗，我们将在第四章做出归纳，如“对联的五种结构”（4.1.1）。局部的对仗，1.3 以“词汇对仗的类型”做了较全面的概括，包括“联际对”和“联内对”。

本节以对联对仗的标准为题，对对联结构的好坏优劣提出一系列的标准。

我们先看一个对联对仗的范例。刘慕苏（2022: 56）“贺某翁伉俪同日六旬寿庆”：

二甲重开，双星并耀；

一觞同祝，百岁相偕。

【慕苏公注】六旬寿庆，二甲重开；夫妻寿域同登，极婺双星并耀。举一觞为祝，愿百岁相偕。其言甚简，其意弥深。

联题说到“某翁伉俪”，“伉俪”（kàng lì）最早出自《左传·成公十一年》，指夫妻，也指女子嫁为人妻。古汉语把自己和配偶谦称为“夫妇”，“伉俪”则是对别的夫妻的称呼。现代汉语中和了两者的差别。

先看上联。“二甲重开”，“二甲”本来指两个甲子，即一百二十岁，在这里“二甲”的用法创新了，伉俪二人都满六十岁，合起来是“二甲”。“双星并耀”，本义指两颗星星一起闪耀在天际，在此比喻两个寿星一起做生。“耀”指“照耀”。“星”指“寿星”，又称南极老人星，古代神话中的长寿之神。

再看下联。“一觞（shāng）同祝”出处“一觞一咏”，指文人喝酒吟诗的聚会。出自《兰亭集序》：“一觞一咏，亦足以畅叙幽情。”“百岁相偕”的“百岁”指“一生”，虚指，“相偕”指“一起、偕同”。

此联对仗工整，从整体来看，上联两句对下联两句，韵律对仗工整，上联以仄声收尾，下联以平声结束，甚为工整。从微观来看，“二甲”对“一觞”，“双星”对“百岁”，“重开”对“同祝”，“并耀”对“双偕”。无一处不工整，无一处不完美，与《声律启蒙》的对仗语料库相比，规范性和典雅性不差分毫。

对仗的工整程度不仅体现在词汇的字面义，也体现在修辞和语义的衍生层面。比如，刘慕苏（2022: 183）“理发店”：

逐一周旋，似向头丝课税；

再三修饰，全凭手艺挣钱。

整体和微观两个层面的对仗都很完美。在词汇选用上，“逐一”对“再三”，“似向”对“全凭”，“课税”对“挣钱”。我们要再次强调的看点是，上联的“周旋”既是双关，也是隐喻，下联的“修饰”也是双关，也是隐喻。“周旋”既有与顾客言语交流之义，也有顺着头顶旋涡的方向梳平、剪齐的意思。“修饰”既可以指言语斟酌，也可以指发型的再三调整以及须眉的装饰。

修辞的对仗，还可以发生在典故的使用上。上联的典故对应下联的典故。

比如刘慕苏（2022: 190）“再题理发店”：

可在其间三握发；

也宜此处一弹冠。

上联的“三握发”是周公的故事。周公原名姬旦，周武王的弟弟。武王在建立周王朝两年后病故，年幼的成王即位，由周公来辅佐。从成王十三岁到二十岁，周公代行天子职权。一心朝政，忠心不二。据孙世祥的文集《神史》中的“第八十节”记载，周公“一沐三捉发，一饭三吐哺，起以待士。”意思是，洗发时多次挽束头发停下来不洗，进食时多次吐出食物停下来不吃，急于迎客。后遂以“三握发”比喻为了招揽人才而操心忙碌，形容礼贤下士，求才心切。

下联的“弹冠”既是双关用法，也是典故。理发师傅理完头发，帮顾客取来帽子，附带用手指弹去冠上的灰尘，是为了拉近与顾客的心理距离，图个回头客。双关的另一面，“弹冠”指准备做官，典出《汉书·王吉传》:“吉与贡禹为友，世称‘王阳在位，贡公弹冠’，言其取舍同也”，说的是一个叫王阳的人上位当了官，他的好朋友贡公也弹一弹（或者是掸一掸）自己帽子上的灰尘，准备做官。后来用“弹冠相庆”指一人当了官或升了官，他的同伙也互相庆贺。

总而言之，词汇对仗要讲求工整，对仗整齐，就是要在最小概念范畴中来找相对的词汇，以确保词汇之间的最大关联。可参上文 1.1.1“词汇语义基于概念范畴”。

1.4.2 对仗中的深层与浅层

上一节（1.4.1）分析的整体对仗和局部对仗都是浅层的对仗，即词汇形式层面的对仗。本节要分析的是比词汇形式层面更深层的语义对仗。深到什么程度？深到哲学、道德、认知层面的对垒和比较，体现哲学上的主客对立，道德上的善恶对立，认知上的真假对立等。

我们来看刘慕苏（2022: 148）“先严、先慈墓冢联”：

仪型垂里郘；

德泽荫儿孙。

“仪型”同“仪刑”，做楷模，做典范。语出《元典章·礼部三·祭祀》:

“已上係自古忠义直烈，仪型后世。”“里”和“鄙”（音义同“党”）都是古代的基层组织单位。古代以五家为邻，五邻为里，五里为族，五族为鄙。

“德泽”指“恩惠”。再细查，“泽”指水积聚的地方，如大泽、湖泽、润泽。所以，“德泽”是一个隐喻，把本体“德”和喻体“泽”连缀起来了，其实是“其德如泽”的压缩形式。

“仪”与“德”体现为表与里、浅与深、外与内等的对比，因为“仪”对应表、浅、外，而“德”对应里、深、内等。对联只是把这种对比加以延伸，在述谓关系、因果关系、对比关系等维度上增加了表达的内容和深度。所以我们认为，“仪”与“德”的对仗是更深层的对仗。那么，浅层的对仗是怎样的呢？如果“仪”对“容”或“表”，就是浅层的对仗。

如果从“同类对”（见 1.3.1）来看，“仪”对“容”或“表”，显然是更合理的。但是，对仗关系可以从浅层进入到深层，突破常规，摆脱因循，体现民族文化中更隐晦的东西，也许是更好的对仗。这种现象比较抽象，我们不妨再举一个例子。

刘慕苏（2022: 72）“肖本寿新婚”联：

本非天上神仙，却做月宫攀桂客；

寿及人间仁者，居然榜首探花郎。

【慕苏公注】非仙而能攀桂，仁者而高居榜首，确是神奇。至若增其寿算，则系古人所言，此处顺为祝福。寿及人间仁者，本《论语》“仁者寿”之句。

“天上”是一个空间概念，浅层的对仗可以是“地下”，也是一个文化和宗教概念，作为文化和宗教概念，“天上”当然要对“人间”了。

1.4.3　联内精对，联际粗对

“联内”与“联际”对举，在 1.3 的各节标题中已经出现了。在本节中，我们要提出一种对仗的标准，即“联内精对，联际粗对”。

我们来看刘慕苏（2022: 204）“曾元智（凤尧先生之孙）”，对联当事人是从事道教修炼的人：

元始真传老君正教；

智能有感道法无边。

先看上联内部，“元始”指元始天尊；“老君”是中国道教对老子的神格化，又称“太上老君”。两个专有名词相对，是微观概念领域的对仗，是精妙的对仗，我们称为“精对”。“真传”对“正教”，都与教义传承有关，而且都体现法统的正当性和纯正性，也是“精对”。

再看下联。“智能”，“智”在古汉语中通“知”（即属于“通假字”）。《荀子・正名篇》：“所以知之在人者谓之知，知有所合谓之智。所以能之在人者谓之能，能有所合谓之能”。此处“智能”指道教的神秘感知能力，即超自然的智慧。“道法”在现代汉语中是一个词，泛指宗教的学说与法术。在此联中，道法指两个不同的层面，“道”是形而上的层面，“法”是“道”之用，属于形而下层面。所以“智能”对“道法”，单音节并列结构对仗，语义也体现关联，是很好的联内对仗，也属精对。

从联际的视角来看，“元始”对“智能”，以及“老君”对“道法”，都是“粗对”，比较粗疏，谈不上精妙。联内、联际的这种差别是对联的真实情况，非常普遍，可以称为规律。

规律具有普遍性，但是孤证不立，所以再举一个例子吧。刘慕苏（2022: 149）“湛氏墓碑联”非常典型：

德劭才高克昌尔后；

地灵形胜长发其祥。

“德劭（shào）才高”，《小尔雅》释“劭”，美也，又高也。所以，“德”对“才”，“劭”对“高”，都是极好的联内对。

下联，“地灵形胜”的“地灵”是指地有灵气。地是宝地，宝地当然有灵性，有灵性当然所求必应。“形胜”指地势优越便利，都是对长眠之地的赞叹。所以，“地”对“形”，“灵”对“胜”，都是很好的联内对仗。

相比于联内对，联际对略显逊色：“德”对“地”已显勉强，“克”对“长”就必须有更强的包容能力。

所以，联内对仗的精致特征是为联际对仗的粗疏预备一种包容能力，因为从对联的欣赏过程来看，阅读的线性过程决定了读者必定是先读完上联，再读完下联，最后才对上下联进行比较，比较的内容包括对应位置的词汇范畴、语义类别、韵律、平仄等，在比较之后才得出整体的评价：这对联太妙了，或者是白璧微瑕，抑或是差强人意。

1.4.4　词汇的意象图式结构

对仗中的意象图式结构（image schema structure）对比也是词汇对仗的规律之一。意象图式结构是美国语言学家雷科夫（Lakoff, 1987）所提出的人类认知最基础的几何结构关系，比如上下关系、运动路径关系、里外关系、环绕关系等。

我们以刘慕苏（2022: 197）“又拟某山村联”为例。

财源广阔水源长，外地焉能比此；

农业丰收诸业旺，他年远胜乎今。

上联说“财源广阔水源长，外地焉能比此”，“财”与“水”有天然的可比性，一如“薪水”和“一百万元的流水”之说。解释了“水源长”之后，上联就顺当了，因为“财源广阔”是祝愿时最常见的口惠。

下联“农业丰收诸业旺，他年远胜乎今”。有了“农业丰收”，就会有“诸业旺”，这种因果关系不难理解。有饭吃，有余粮，其他各业就会兴旺起来，比如酿酒业、副食品业、养殖业，如此等等。“他年远胜乎今”，说“他年”是指从今往后。“远胜乎今”，是说日子会越过越好。

理顺了对联的语义内容，我们再来看词汇所隐含的意象图式结构。上联的“外地焉能比此”，“外地”与“此”体现的是边缘与中心结构，是一种拓扑化了的同心圆结构。下联的“他年远胜乎今”，“他年”是“今后”之义，体现的是时间的线性延伸关系。向心结构与线性结构是两种不同的意象图式结构，是对联成“对”的方式之一。

对联中词汇的意象图式结构特征还体现在对联语境对典故场景的意象图式结构的改变。意象图式本身的语义特征是中性的，因为它是抽象的，把具体的语义关系抽象掉了，所以无所谓褒义或贬义，但是对联语境并不是中性的，它要么表达赞美义，要么表达贬斥义，这时候就需要对联作者在语义属性上作出调整，调整的方式之一是改变意象图式的结构，调整的结果可能是从一种意象图式换成了另一种意象图式。

举一个例子。在刘慕苏（2022: 68）“杨溆新新婚”中：

溆水流兮，银河渡也；

新人至矣，金屋贮之。

“溆水”是一条河的名字，从人间的溆水想到天上的银河，是一种发散式的隐喻思维，当下的语境是新婚，一对新人燕儿呢喃，如胶似漆，银河的阻隔意象，即银河把牛郎和织女分隔开来的断裂意象显然不符合当下的语境期待，所以，断裂意象被置换了，变成了“银河渡也”，是一个由起点、路径、终点组成的表示空间位移的意象图式。

1.5 词汇与韵律

1.5.1 什么是韵律

韵律（prosody）指对联中的平仄格式，引申为词汇的节奏规律，即音步（即节拍）的组合规律。对联的韵律和诗歌的韵律不完全一样，诗歌除了平仄格式外，还要求押韵，对联只讲求平仄的对仗，对押韵没有要求。

对联的平仄定义完全是对单字声调的分类。一声为阴平，音高而平；二声为阳平，音由下往上。阴平和阳平统称为平声。三声为上声，音由上往下再往上，四声为去声，音由高往下，这两种统称为仄声。

对联的平仄对仗，秉承“平对仄、仄对平”的原则。另外，对联的上联，尾字必须是仄声，下联的尾字必须是平声。

清代李渔的《笠翁对韵》对不同长度对联的对仗规律进行了总结，包括举例和平仄对仗的方法：

一言句：墨（仄）泉（平）

二言句：戌狗（平仄）亥猪（仄平）；绿叶（仄仄）红花（平平）

三言句：独生子（平平仄）特种兵（仄仄平）；龙胆草（平仄仄）马兰花（仄平平）

……

李渔还总结了对联中的几种特殊的韵律格式，用实物的形状来命名韵律格式，妙趣横生：

鱼竿韵：平平平平仄，仄仄仄仄平。

扁担韵：仄平平平仄，平仄仄仄平。

笔架韵：仄平仄平仄，平仄平仄平。

竹竿韵：仄仄仄仄仄，平平平平平。

除了上述四种韵律，马蹄韵是更常见的类型，不同长度的对联都可以使用马蹄韵：

四言联

上联：平平仄仄

下联：仄仄平平

五言联

上联：仄平平仄仄

下联：平仄仄平平

上联：仄仄平平仄

下联：平平仄仄平

六言联

上联：仄仄平平仄仄

下联：平平仄仄平平

七言联

上联：平平仄仄平平仄

下联：仄仄平平仄仄平

上联：平仄仄平平仄仄

上联：仄平平仄仄平平

分句联

上联：仄仄平平，平平仄仄；

下联：平平仄仄，仄仄平平。

上述韵律只有统计学上的突显性，实际的对仗不一定严格遵循这一规律。

1.5.2　韵律对字数的要求

韵律对字数没有严格的要求，可长可短，最短的可以只有一个字，长联可以超过一百字，甚至更多。

但是，不管是单句联，还是多句联，字数为单数的对联居多，如五字、七字、九字、十一字等。至于为什么单数居多，我们在 1.5.3 要做出解释，并提出“韵律上的卯榫结构”。在本节中，我们只对字数规律这一现象进行总结。

我们统计了刘慕苏（2022）的前二十副对联的字数规律，基本上支持上面发现的规律。前二十副对联的标题、本体如下，在每一联之下，我们统计了单联的字数：

1、答老秀才问

老朽何知？当随后浪催前浪！

小生刘姓，为学三苏号慕苏。

4+7

2、乡政府1956年元旦门联

万众欢腾，庆祝一九五六年元旦；

全面规划，迎接合作化运动高潮。

4+9

3、贺刘凤恒昆仲新构

凤舞绕金壶，冀他年佑启人文，宗功锡赐三多福；

恒星环水口，喜今日高歌轮奂，闾里欣看百世昌。

5+7+7

4、贺陈立延新婚

立雪在吾门，昔年负笈登堂，视予犹父；

延娇贮金屋，今日齐眉举案，敬尔如宾。

5+6+4

5、吾妹晚姑新婚

晚来秉烛试君才，此日三难，投石尚须提示否？

姑理新妆问夫婿，黛边一笔，画眉深浅入时无？

7+4+7

6、挽雷锋

九年血泪，洒尽辛酸：父被活埋，慈母又蒙污自缢；兄遭惨死，弱弟复饿肚而夭。无依无靠，如犊如雏；影只形单，茕茕孑立。住窝棚，吃霉米，挑柴卖，受刀伤。猪且共温，狗偏为敌；数遭侮辱，备受欺凌。逃入穷谷深山，何其险也。昔日仇深似海，怨重如山。生活太凄怆，湘水无声咽苦雨！

一阵春风，吹来幸福。天非救主，共产党才是恩人；病已大瘳，彭乡长堪称义士。又喜又惊，且哭且拜；年轻志大，耿耿忠心。当警卫，建农村，去鞍钢，服兵役。疮虽脱体，痛岂忘怀；几度迁移，屡评先进。忠于革命事业，岂是傻乎？斯人义著千秋，芳流百世。言行多隐德，神州到处仰高风！

单联 130 字（含标点），尾句 7 字

7、贺高绍槐父子新构

绍志且充闾，振高氏家声，宗其义、宗其礼、复宗其智；

槐前还植柳，仿先贤宅卜，必也兴，必也富，亦必也昌。

5+5+3+3+4

8、代贺陆咨尧新构

咨札鲜呈，未知当代羲之，可曾正是乘龙客？

尧天再现，请效昔时秦穆，一样修成引凤台。

4+6+7

9、吾家厅堂联

奔红专道路；

继勤俭家风。

5

10、1971 年元旦门联

七十年代开新页；

卅亿人民望北京。

7

11、代拟邱君六十自寿联

人力可回天，矢志不移，定教家乡成大寨；

年华方度甲，壮心未已，要为革命立新功。

5+4+7

12、题吴晓平尊照

晓于事，慎于言，视长如兄，视幼如弟；

平其心，静其气，逢强勿怕，逢弱勿欺。

3+3+4+4

13、戏题伍蒲兰新房

蒲叶荫浓，花径不曾缘客扫；

兰阶苔绿，蓬门今始为君开。

4+7

14–15、哀悼周总理逝世

一

为恤民情，乃赴人间施政务；

因为仙约，忽升天上正乾纲。

4+7

又

中外赞人豪，惟林肯尚堪比匹；

古今夸相业，舍诸葛谁与侪俦?

5+7

16、哀悼毛主席逝世

天欲鼎新，马恩列斯迎大驾；

地犹多故，亚非欧美失良师。

4+7

17、题王大新新婚洞房

大治年头，要苦干还要巧干；

新婚夫妇，做日班更做夜班。

4+7

18、贺杨师傅新构并娶媳

又获丰收，更喜长征跨大步；

修成金屋，便交哲嗣贮阿娇。

4+7

19、贺刘治中新构

治国抓纲初见效；

中华人民大有为。

7

20、贺慕英新构

慕胜地，起宏图。成霸非仙，担水有井。汲猪洞甘泉，酿重阳甜酒。取石罐，执金壶。题龙凤挂榜，看狮虎雄姿。朝东岭，倚西荡。睹阳和之景，完建屋之功。祥发田家，茅生癞子。仰望北京城，衍百代风流人物。

英杰才，经纶腹。赤心向党，全力为公。事业余教育[①]，搞文艺宣传。读宝书，攻理论。尊马列精神，学工农品德。沐春光，沾夏雨。兴肯构之歌，得迁乔之喜。欣逢大治，预卜繁昌。紧跟华主席，奔万里锦绣前程。

单联 94 字（含标点），尾句 7 字

统计发现：

尾句（含单句联）字数是 5 的对联有一副；

尾句（含单句联）字数是 7 的对联有十五副；

尾句（含单句联）字数是 9 的对联有一副；

尾句字数是 4 的对联有三副。

从上面的数据可以看出，尾句是单数字数的占到 85%，而尾句是 7 字的占到 75%。

为什么尾句大多是单数字数呢？我们在下一节来分析原因。

1.5.3　韵律上的卯榫结构

上联以单数字数的结构呈现，并且以仄声收尾，在声气上是“憋住”的，是“不平衡”的，是“紧张”的，这种“憋住”“不平衡”与“紧张”直到在下联中找到了同样是单数字数的结构，并且以平声收尾，在声气上才得到“释放”，在结构上才获得了“平衡”，在语气上就变得“舒缓”了。

这种在声气上的局部畸变、整体完整的结构，形成了声律上的“卯榫”结构，如图[②]：

① 请注意断句，“事”做动词用，即从事，“事业余教育”即从事业余教育。

② 图片引自：https://gimg2.baidu.com/image_search/src=http%3A%2F%2Fpic.51yuansu.com%2Fpic3%2Fcover%2F01%2F66%2F71%2F5957d43acaf26_610.jpg&refer=http%3A%2F%2Fpic.51yuansu.com&app=2002&size=f9999,10000&q=a80&n=0&g=0n&fmt=auto?sec=1661568742&t=97659bc7b86ae81ed71c2f641216b076

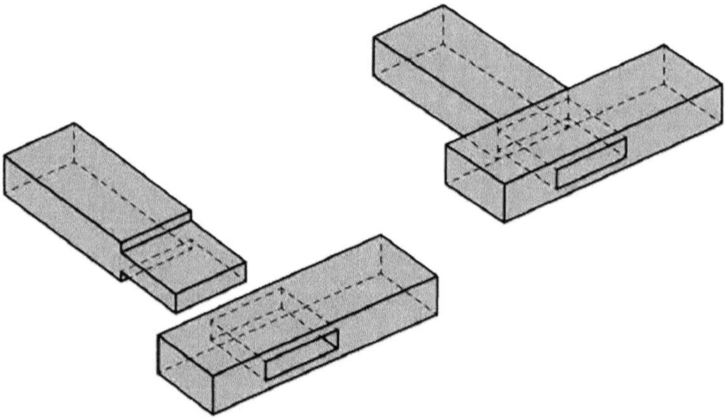

图：卯榫结构的单件（左）与卯榫结构的组合件（右）

卯榫结构：包括卯眼和榫头，上联的单数字数和仄声所形成的声气结构是不平衡的，它会产生一种结构期待，像一个榫头（凸型），下联的单数字数结构和平声收尾的结构平衡了上联的结构缺陷，是一个卯眼（凹型）。榫头与卯眼结合在一起，卯榫对接，就有整体感了，这样就“对”上了，形成一副完整的对联。

我们对“卯榫”隐喻加以推演，即进行隐喻推理，对联作者就是“木工”。“木工”怎样把原木加工成为一卯一榫的结构呢？我们来看一个例子。

刘慕苏（2022: 147）“先严墓冢联”如下：

地应千秋发；

功贻百代光。

上联的“千秋发”对下联的“百代光”，前者是“千秋发达”的省略，后者是“百代荣光”的省略。

我们把隐喻推理再推进一步。“千秋发达”和“百代荣光”是两块原木，木工的加工过程是斧劈凿锉，把“千秋发达”劈去“达”这一部分，把“百代荣光”锉去“荣”这一块。于是上联就成了“榫”，下联就成了“卯”。

1.5.4 词汇韵律的功用

词汇韵律的功用是多方面的，我们从认知和情绪两方面来探讨。

从认知的角度来看，对联的整体结构是完美的，是一个认知心理学所说的“格式塔”[①]完整形态，而“卯榫”结构的两个构件都是不完美的，两者分别都是有缺陷的。对联创作是一种文化传统驱动下的文学创作，在阴阳二分的哲学传统和审美习惯驱动下，文人有意创造出二元结构的韵文作品，这是作者的创作意图，也是一种认知上的“格式塔”。受这种创作意图的驱动，就必须把“格式塔”的两个构件进行“去格式塔化”，才能获得最终产品的完整性，或者说满足“格式塔”的特征。为什么要对两个构件进行“去格式塔化”，因为只有“去格式塔化”，两个构件之间才能产生足够的结构稳态。就像水泥路面的加固改造，必须先把路面刨去一层，制造出凹凸有致的不平整状态，这样新铺上去的水泥层才能与原来的水泥层黏合在一起。所以，“卯榫”结构是“格式塔”认知要求驱动下的刻意而为，与路面改造时人为制造不平整黏合面的做法也是一致的。

从情绪心理学视角来看，对联在用词和韵律上如果是约定俗成的完美对仗，一如清代李渔的《笠翁对韵》和《声律启蒙》（车万育，2002）中的词汇对子，甚至还有某些创新，就会在读者心中产生强烈的共鸣，如果违反或偏离了约定俗成的对仗，会给懂对联的读者带来强烈的不悦与排斥。所以，这种约定俗成的对偶关系，既是作者必须优先满足的词句选择，也是作者与读者保持良好情绪沟通的基石。

清代李渔的《笠翁对韵》和《声律启蒙》中的韵律对仗，我们分别引用几行，以便给读者增加一点感性认识。

《笠翁对韵》:“天对地，雨对风。大陆对长空。山花对海树，赤日对苍穹。

① 格式塔心理学（gestalt psychology），又叫完形心理学，是西方现代心理学的主要学派之一，诞生于德国，后来在美国得到进一步发展。该学派既反对美国构造主义心理学的元素主义，也反对行为主义心理学的刺激—反应公式，主张研究直接经验（即意识）和行为，强调经验和行为的整体性，认为整体大于部分之和，主张以整体的动力结构观来研究心理现象。“格式塔”是一种非自主的认知策略，人们在追求“整体性”的前提下，总是倾向于把不完整的或有缺陷的感知对象加以补充与修复，产生出完整的感知结果，比如，欣赏天上的云朵时，把它们说成是大象、河马等，就是通过“格式塔”策略去掉了某些部分，又增加了某些部分。听觉、触觉等其他感知也是一样，我们总是用自己熟悉的某种完整结构来命名感知对象，比如小孩听到牛叫声以为是在喊某人的名字，因为某人的名字小孩很熟悉，是一种声音“格式塔”。盲人摸象时的触觉印象，说大象是“高墙”，是“扇子”，是“绳子”，都是格式塔认知的产物。

雷隐隐，雾蒙蒙。日下对天中。风高秋月白，雨霁晚霞红。牛女二星河左右，参商两曜斗西东。……”

《声律启蒙》:“云对雨，雪对风，晚照对晴空。来鸿对去雁，宿鸟对鸣虫。三尺剑，六钧弓，岭北对江东。人间清暑殿，天上广寒宫。两岸晓烟杨柳绿，一园春雨杏花红。……”

1.5.5 韵律决定句法

韵律决定句法，或者说韵律改变句法，是一门新的语言学学科。专门研究这种语言现象的语言学学科是“韵律句法学”，该学科由哈佛大学东亚语言文化系冯胜利教授所首创。读者可以阅读冯教授所著的《汉语韵律句法学》（冯胜利，2013）。

我们来看一个例子，刘慕苏（2022: 83）“题‘玉兔’牌香茶”。

玉润珠圆，一缕香凝杯盖；

兔飞乌走，三馀茶入书房。

这又是嵌字联，分别嵌入了“玉”和“兔”。古往今来，针对某一类商品的对联，其数甚多，尤其是烟、酒、茶之类。但是，此联描述的不是商品，而是品牌。

韵律影响句法的现象，此处最为典型。在这里，“一缕”是数量词结构，它的中心词“香”与它结构紧密，所以“一缕香”是拆不散的组合关系，但是，三加三的结构“一缕香，凝杯盖”读起来全无美感，像是在读童谣。这时候，韵律强行改变了三加三的结构，读起来是这样的:“一缕，香凝杯盖”，或者是“一缕香凝，杯盖”，韵律上很优美，但是，句法关系全被扭曲了。陈述对象是“一缕”，它怎么样啊，它“香凝杯盖”。或者，“一缕香凝”独立成句，后续再交代场所名称，是在杯盖上。韵律改变句法，是通过对新的句法结构的压制完成的，“压制”是现代语言学的术语，在压制面前，不行也得行。

再看下联。“三馀茶入书房”，是“三馀”加“茶入书房”的结构，在语义上，是“利用三馀时间来读书，此时，闻到了茶入书房”，韵律句法学的规律又要展开压制功能，把原来的结构压制成为“三馀茶入，书房”，与上联句法结构被压制后的“一缕香凝，杯盖”完美应和，也印证了韵律句法学的分析路径。

韵律句法学的基本理念是韵律优先于句法，句法服从于韵律。我们再看一个例子。

刘慕苏（2022: 212）“刘本煌（新颜村刘泽洪，彦安之孙，游晚玉之子）”如下：

本本宗之潜心读南华宝籍；

煌煌堂矣俯首求东土仙真。

此联嵌入“本煌”的名字。上联的“本本宗之潜心”，以本宗（即道教）的潜心修炼为本，本宗如何修炼呢？那就是读经典。《庄子》被道教奉为《南华经》或者《南华真经》，即此处所说的“南华宝籍”。读经的功德无量，不光是道教有如此的主张，佛教也有同样的主张。

下联，“煌堂”是道教的修炼场所，“煌煌堂”的第一个“煌”，是动词，使光彩夺目，“煌煌堂”是说使辉煌的坛场更加辉煌。

我们来看句法如何服从韵律：上联“本宗之潜心”对下联的“煌堂矣俯首”，“之”对“矣”，在韵律上是平声对仄声，没毛病。但是，在句法上“之”表示的是所属关系，“矣”是语气助词，显然在句法结构的对仗上是有缺陷的，但是，为了韵律对仗的完美，句法选择服从了。

第二章　对联词汇学（中）：对联中的名字嵌入与诗文引用

本章包括两部分内容，主要探讨对联中的名字嵌入，也包括对联中的诗文引用。名字不限于人名，也包括地名、店名、事业单位的专名和通名。嵌入的位置主要是上下联的联首，也可以是对联的其他位置。嵌入的次数一般是单次嵌入，也有的是多次嵌入。嵌入的方式可以是上下联分别嵌入名字的一个字符，也可以是整体嵌入到同一联中，在另一联的相同位置用其他的非名字用词与之对仗，对仗的双方在语义上没有直接的关联，只有在对联主题的宏观语境下才能实现语义关联，但是，韵律的对仗并不因为语义上没有直接的关联而打折扣。

另一种嵌入是引用型嵌入，即在对联的任意位置，嵌入诗文的篇名，引用一句诗词或大于典故单位的其他文本片段。由于所引用的内容在整体上相当于一个词汇单位，所以适合在对联词汇学中来探讨。引用的方式可以是在上下联的相同位置分别引用语义上关联的篇名或诗句，也可以是单边引用，另一联的相同位置使用其他词汇成分。

2.1　可以嵌入对联的名字

2.1.1　人名嵌入对联

人名嵌入是最常见的名字嵌入。我们以刘慕苏（2022: 29）“贺刘易庭新构”为例：

易首卜元亨贞利；

庭前颂福寿康宁。

【慕苏公注】元亨贞利，本作“元亨利贞”，语出《易经》。福寿康宁，语出《书经》。“元亨利贞”与“福寿康宁”，虽只八字，可谓集吉祥语之大成。贺人新构，故多作吉祥语，以为颂祝。我谓“编新不如述古”，自是至理名言。

刘易庭先生是新构（即新房子）的主人，此联把他的名字分别嵌入到了上下联，上联说“易”，下联说“庭”，从语义学来看，人名的“易庭”两字，与对联中占卜的“易”，实在是一形两义，互补为用，在此我们不展开讨论，我们只关注人名嵌入的动机。

2.1.2 职业名称嵌入对联

职业名称嵌入对联不是很常见。但是在高水平的对联作者笔下，还是不难找到例子。

刘慕苏（2022: 42）“孟公学区第一个教师节联”中，嵌入了“教师”这一职业：

教书教人，教学相长；

师承师训，师道不衰。

“学区”是乡镇一级的教育行政管理范围，“孟公学区”是湖南省新化县孟公镇的初中和小学的统称。第一个教师节是 1985 年的教师节。此联的联首，分别嵌入了“教师”二字。而且，“教师”一词还是多次嵌入，全联共嵌入三次。和单次嵌入相比，多次嵌入当然难度更大。

2.1.3 具有指别功能的数字嵌入对联

当数字具有指别功能时，双位的数字也居然可以拆分开来，分别嵌入上下联中。比如刘慕苏（2022: 196）“十一侄健红新居落成宴客”中，联首嵌了“健”“红”二字，还嫌不够，作者又把“十一”这个数字拆开了，反复嵌入，上联嵌四个“十”，下联嵌四个“一”。

需要交代一下的是，数字“十一”之所以可以拆开来反复嵌入，是因为“十一”完全代替了“健红”作为称呼和指别之用，或者说“十一”成了“健红”的别名或绰号，小时候称“十一伢子”，到了中年又被称为“老十一”。我们看看“十一”是如何拆解和嵌入的：

健步稳行，居十字口，筑十间房，蒙十方关怀，谢十分厚意；

红星高照，具一片心，备一杯酒，陪一班巧匠，宴一应嘉宾。

上联“居十字口，筑十间房”，前一句是实指，后一句是虚数。屋前道路十字分叉，东西南北四条路子，人来人往，招财进宝。“十间房”其实是虚数，上下里外加起来，应该不止十间。“蒙十方关怀，谢十分厚意”，从叙事转为抒情，代老十一感谢亲朋好友。各种关怀、厚意，此处一并谢过。

下联是“红星高照，具一片心，备一杯酒，陪一班巧匠，宴一应嘉宾”。先说“红星高照”，实乃吉星高照，称吉星为“红”，是嵌入名字的需要。此吉星唤作紫微，又称太白金星。紫微高照，鸿运千年。“红星高照”，正宜营构新居，所以“具一片心，备一杯酒，陪一班巧匠，宴一应嘉宾”。“一片真心”，无有虚假谗曲。“一杯美酒”，溶入一片真心。精心运作，只为答谢各位能工巧匠，还有各位前来庆贺的好友嘉宾。

2.1.4 店名嵌入对联

店名嵌入对联是指商店的专名嵌入到对联中，所以与人名或地名嵌入具有较大的相似性。在刘慕苏（2022: 63）“枝林森店开业”中，店名有三个字，可以选择性地把其中两个字嵌入，另一个字在对联中附带用到，即“林”。

【慕苏公按】该店地处村镇边缘，经营南杂、百货、烟酒、熟食诸业。擅长翰墨之陆君嘱撰此联，以贺该店开业。联曰：

枝枝缀绿叶红花，林园竞秀，庭院增辉。问诸君兴致何如？且请斟半瓶美酒，点一支香烟，品两碟佳肴，尝几盘熟食；

森森画苍松翠柏，店铺招商，厅堂设宴。既此处风光不俗，正好约八路仙真，延四邻新友，会九州豪杰，迎千里宾朋。

枝林森，一木，二木，三木。聚木成林，林多成森。店家把店名叫作枝林森，无非是看重了积少成多的字形结构，积少成多对于商人来说是一个良好的隐喻设定，聚沙成塔，集腋成裘。店家风趣，作者更加风雅，从一木、二木、三木做起了文章。

店名有三个字“枝林森”，但是上下联只能嵌入两个字，怎么办呢？嵌一头一尾吧，刚好“枝枝”和“森森”可以叠音呈现，“林林”组词较难入句，所以只好嵌入“枝”和“森”了：“枝枝”形容树枝杈丫纷出，“森森”形容树木茂盛繁密。

此联嵌入甚多，除了“枝”和“森”被嵌入外，上下联的数字也值得细品一下。上联有“半”“一”“两”“几”，从小到大，由少到多。下联有“八”“四”“九”“千”，没有按严格的逆序呈现，看来在卓文君和司马相如的大作面前，还是必须谦逊一二。

2.1.5　地名嵌入对联

地名嵌入的案例较多，我们不妨举两个例子。

先看刘慕苏（2022: 65）“孟公镇中学新楼落成联”，此联把地名“孟公”嵌入对联中：

孟母已三迁而来此地；

公输教百匠以造斯楼。

【慕苏公注】用孟母三迁而至学宫傍以教孟子的故事，借鲁班（公输子）为百匠之师的民间传说，用典而切情切景嵌名，九字句亦尚称流畅，然终不敢效卖瓜的老王。

上联“孟母已三迁而来此地”，说的是孟母，亚圣孟子的母亲，攀上一个历史名人，而且与校名相关，孟母的故事又与三迁求学有关，更主要的是“三迁而来此地”，这块风水宝地瞬间高大上起来，是独一无二的校址选择。

下联“公输教百匠以造斯楼”，对仗上完美无缺，从整体的句子意义上来看，“公输”是墨家这派的创立者，它追求的是科学真理，包括各种新奇的技术性应用。所以，公输有能力也有兴趣教会百般工匠，培养出各种能工巧匠。

再看一个例子。刘慕苏（2022: 99）“题东岭中学联”：

东山桃李三千顷；

岭上楩楠十万株。

“东岭”是地名，拆开来后分别组词，分别赋义。我们在 1.3 中已有较多分析，此处不再重复。

2.1.6　单位类别嵌入对联

把单位的类别嵌入到对联中，也是一种很有趣的对联创作技巧和名字嵌入方法。比如刘慕苏（2022: 66）“孟公镇中学新楼落成联”，上联嵌入“中”，下联嵌入“学”：

中是不倚不偏，若斯楼不屈不移，顶天立地；

学则无涯无岸，喜尔辈无拘无束，破浪乘风。

“中学”一词拆开之后，得到两个语素“中”和“学”，它们重新组词，“中是不倚不偏”，“中”是“中庸”或“居中”的缩略，“学则无涯无岸”，“学”指“学习”或“求学”。所嵌之字对上了，这其实是简单的事，只要位置相同，语义就会照顾好自己，这是结构主义语言学的取义之道，难的是重新组合的词必须结构相近，语义相关或相对，在这里“中”和“学”都是缩略词，所以形式上是隐性的，但语义解读上具有明确性和无歧义性。

再看一个例子。刘慕苏（2022: 38）“横阳区供销社批发部联”，嵌入了“批发”二字。“批发”二字作为单位类别，是通名类名字，它不同于专名类名字，如 2.1.4 中的“枝林森”店这样的专名。“横阳区供销社批发部联”如下：

批极左思潮，是富国强民之所自；

发最佳俏货，愿远商近贾以俱来。

【慕苏公注】横阳区之有批发部，于此始破天荒。若非改革开放、批极“左”思潮，曷能有此？故上联盛赞此举之功，下联则以最佳俏货向商贩推荐。

要理解对联和作者的批注，必须知道对联创作的时间是 1984 年 5 月，改革开放刚刚拉开序幕，极“左”思潮在当时仍很顽固。“改革开放”与“批极‘左’思潮”是一体不二的，两相并举，不可偏废。

2.1.7 商品品牌名嵌入对联

商品品牌名嵌入对联，我们先看例子，再做分析。刘慕苏（2022: 82）“题‘红梅’香烟”：

红到枝头香益烈；

梅笼烟霭景尤奇。

嵌字对联，嵌的是“红梅”二字，而不是“香烟”，因为嵌入品牌更有区分度。既然是“红梅”牌香烟，上联刚用到“红”字，已经在谈“梅”了，“红到枝头香益烈”。下联“梅笼烟霭景尤奇”，顺承上联的主题，还是在谈红梅。

“烟霭”是自然之物，是云雾缭绕的气象，而不是吞云吐雾的残留。似是而非，想与香烟建立关联都难，可惜了。但是，文学意象间的联系，主要靠联想，是思绪的飞跃，把一个意象远程联系到另一个意象。作者有了这种能力，就能创造出诗性话语来；读者如果没有这种能力，就无法理解诗性话语的意象衔接。

下联“梅笼烟霭景尤奇”，主要是说阳春三月，烟雨迷蒙，梅花笼罩在一片烟霭之中。另一方面，“烟霭”是自然之物，是云雾缭绕的气象，把它理解成为吸烟者吐出的烟气，关联的紧密程度略显不足，至少大部分读者难以准确把握。

嵌入品牌名字，而不是泛泛地谈论某类商品，对于对联作者来说，又找到了一个新的挑战领域和一种新的挑战方式。这样一来，古往今来的套话就被作者主动地放弃了。

再看一个例子“题‘玉兔’牌香茶”：

玉润珠圆，一缕香凝杯盖；

兔飞乌走，三馀茶入书房。

上下联分别嵌入了作为品牌名称的“玉”和“兔”。上联起笔用上了“玉润珠圆”，“润”指细腻光滑，像玉石一样光润。“珠圆”是说像珠子一样圆。“玉润珠圆”通常比喻歌声婉转优美，或文字流畅明快。但是，“玉润珠圆”既非茶树之外形，也非茶叶之形状，连茶杯也沾不上边。嵌字的任务是硬性任务，这就要考验作者的才智了。真为作者捏了一把冷汗，只见紧接着写下“玉润珠圆，一缕香凝杯盖”，此处的“玉润”和“珠圆”指的是杯盖上凝结的水珠。这种引导妙得出奇，不直接说杯盖上的水珠，而是先写“一缕香”。“一缕香”飘起来了，它的载体是水汽，水汽飘过，必定先在杯内憋屈了一阵，在杯盖上留下了水珠。雅士哪能不留意杯盖上留下的“玉润”和“珠圆”呢？若是俗人，揭开杯盖，一通咕咚，定然忽略了杯盖上的景象，所以，上联间接地赞颂了杯的主人，茶的主人，也就是饮茶者的雅趣。

再看下联，“兔飞乌走，三馀茶入书房”。“乌”指乌鸦，古代传说日中有三足乌，故称太阳为金乌；“兔”，古代传说中月中有玉兔，故称月亮为玉兔。出自唐·韩琮《春愁》诗：“金乌长飞玉兔走，青鬓长青古无有。”“三馀”出自董遇的“读书三馀”，即“冬者，岁之馀；夜者，日之馀；阴雨者，时之馀也。”冬天，是一年中的空余；晚上，是一天中的空余；雨天，是农事劳动后的空余。

2.2 名字嵌入对联的方式

名字嵌入对联的方式是一个很专业的学术问题，可以有不同的研究视角。本书采用结构主义语言学的研究方法，主要从组合关系与聚合关系的类型来研究，同时兼顾引用型嵌入和非引用型嵌入的对比。最后，我们还将探讨一下名字嵌入的尊卑顺序，即在必须嵌入多人名字时遵循什么样的原则。

2.2.1 名字的全组合式嵌入

我们先看组合式嵌入。组合式嵌入可以分为两种：全组合式嵌入和半组合式嵌入。我们先看全组合式嵌入。

所谓全组合式嵌入是指一个或多个名字，每个名字一般是两个字符，都出现在对联的同一联中，要么是上联，要么是下联。这种情况一般是需要嵌入多个名字时的变通处理方式，因为两个或两个以上的名字，字符数多于两个，上下联无法满足这么多字符分别嵌入，所以，办法之一是把多个名字字符放到同一联中，先把名字安顿好，再管另一联的对仗。

我们来看刘慕苏（2022: 7）“贺高绍槐父子新构”联。

【慕苏公按】高姓在我地仅此一家。绍槐叟有三子，名宗义、宗礼、宗智。新构时，邻人求作贺联云。

此联嵌入了父子四人的名字，除父亲的名字分嵌在上下联的联首之外，三兄弟的名字宗义、宗礼、宗智，在上联中嵌入为“宗其义、宗其礼、复宗其智”：

绍志且充闾，振高氏家声，宗其义，宗其礼，复宗其智；

槐前还植柳，仿先贤宅卜，必也兴，必也富，亦必也昌。

虽然给下联预设了较大的对仗压力，但是对于人名嵌入的处理还是有效的。

2.2.2 名字的半组合式嵌入

名字的半组合式嵌入也涉及多个人名，一个完全嵌入，上下联各包含一个字，其余的名字部分嵌入，即不体现兄弟们非共享的字符，比如刘慕苏（2022: 3）“贺刘凤恒昆仲新构”。

【慕苏公按】凤恒叔与其弟佑恒、锡恒三人，营杰构于我地之水口山前、金壶坵后，因作如是说：

凤舞绕金壶，冀他年佑启人文，宗功锡赐三多福；

恒星环水口，喜今日高歌轮奂，闾里欣看百世昌。

此联的最佳看点是极为巧妙地嵌入凤恒、佑恒和锡恒三人的名字，在上联中一气呵成，全无生硬之感，分别是“凤舞”“佑启”和“锡赐”，三个名讳不仅分别成词，又在更大的句子语境中完美和顺地衔接在一起，构成了连贯的句子语义。

下联先提“恒星”，选“恒”字与上联的“凤”字相对，是三兄弟中老大的名字，“凤”“恒”两字分别嵌入上下联。另外，三兄弟各有一个“恒”字，照理，下联要嵌入三个“恒”字，但这是无法实现的要求，因为上联没有三字重现。所以，三兄弟的名字中，两个弟弟的名字只是分别嵌入“佑”和“锡”。长兄为大，嵌字也只好如此。

2.2.3　上下联半聚合式嵌入

所谓上下联半聚合式嵌入是指上下联相同位置的用词具有部分的聚合关系，“半聚合”与“半组合”相对。关于“半组合关系”的定义，我们在 2.2.2 中已经做了阐释并且还有举例，在此不再赘述。

我们以刘慕苏（2022: 28）“贺陈历祥新构”为例。

【慕苏公按】陈君先任党政领导，后调回西河镇领导商业。其家附近有天马山，是当地名胜。其联曰：

历经政务，旋领商场，从来全意全心，举社干群称美德；

祥发西河，灵钟天马，赋得如松如竹，阖家老幼乐安居。

此联在联首分别嵌入了新构主人“陈历祥”的名字。我们之所以把“历”和“祥”看成是半聚合关系，因为它们虽然不能像索绪尔的常规聚合关系那样体现充分的可替换性，但是在当下的对联语境中，具有结构和语义上的部分可替换性，比如上联中“……经政务”是动宾结构，下联的“……发西河”也是动宾结构，它们左边的空位对于填充物的句法和语义有了更多的共性要求，正是这种共性要求体现或成全了部分的可替换性。所以，这种部分可替换性是对联语境营造出来的，在当下语境以外的其他场合，“历”和“祥”是不具有任何可替换性的。所以，人名嵌入的关键，是对联作者必须有能力营造出适合名字的两个字符的同质语境，在这样的同质语境中，可以成全人名字符的半聚合关系。

同质语境为什么能够成全半聚合关系，是因为它们能够让非同质的语义成分以同质的嵌入方式出现在同一位置，形成既有语义差别又体现结构关系的兼容性，正是这种矛盾关系成就了半聚合关系。这种说法比较抽象，我们结合例子来分析。上联中的“……经政务”和下联中的“……发西河”都有施事主语嵌入的可能性，这是两个语境的句法共性所决定的。但是，实际嵌入的字词，却可以体现不同的句法结构关系，比如“历经政务”中“历经”构成并列关系的联合词组，它与“政务”体现动宾关系；相反，“祥发西河”中的“祥发”是主谓结构，它与“西河”的关系是事件与场所的关系，即“祥发于西河”。句法结构的期待是一回事，实际的组合关系是另一回事，这里的差别产生了半聚合关系。对半聚合关系的解读过程需要经历结构压制和语义压制的过程，才能产生对于对仗结构规范的认可。

我们再看一个例子。刘慕苏（2022: 29）“贺刘易庭新构”：

易首卜元亨贞利；

庭前颂福寿康宁。

“易”和“庭”在词典语义层面是无论如何也不会具有聚合关系的。当然，在“首”和“前”所分别构成的空间位置关系中，已经体现了“易”和“庭”部分的结构相似性，再加上“元亨利贞”和“福寿安宁”所表达的吉祥义的内涵限制，给“易”和“庭”的半聚合关系的建立提供了语义关系的制约要求。

2.2.4 引用型名字嵌入

引用型名字嵌入，不同于前面三小节（2.2.1~2.2.3）所分析的常规的名字嵌入。差别在于，常规的名字嵌入体现更紧密的句法结合和更连贯的语义植入，在句法和语义上都体现浑然一体的文本结构特征。相反，引用型名字嵌入是把名字作为引用的对象嵌入对联文本中，被引用的名字可以加上引号，当然在对联文本中，标点符号的使用可能影响对联文本书写的齐整性和文字排列的对称性，所以实际上不可能加上引号。从被引用名字和引用的主体结构来看，它们是目标语言和元语言的关系，即被引用的文字是目标语言，而确保引用关系连贯、流畅的外围文字就是元语言。

我们来看刘慕苏（2022: 87）“金沙村工农桥联”。

【慕苏公按】金沙，村名。该村有山冲，名“高笕冲”，其处有小溪，溪上架桥，由社教队倡修并资助，村民踊跃出钱出力所建，故名曰“工农桥”。联曰：

桥号工农，人争贡献；

水流高笕，地富金沙。

此联中“桥号工农”是对桥名的引用，可以写作桥号“工农”。被引用的名字只有一种意义，即名字本身的意义，它参与对联的线性语义建构时也体现字面义，而不像常规的人名嵌入那样，以“一形多义”的方式参与线性语义建构。

引用型名字嵌入的特点是名字整体嵌入，而不是把名字拆分开来分别嵌入上下联。既然是整体嵌入，那么在另一联中就可能没有名字与之相对，也可能是另一个地名。比如在此联中，“水流高笕”中的“高笕”是村名，但不是引用型嵌入，而是表示水流的路径，是水流事件中的一个语义成分。

非引用型名字的整体嵌入可能在嵌入语境中被非专有名词化了，是以非专有名词的形式参与当下语境的意义建构，比如，“地富金沙”中的“金沙”是村名，但是由于它不是引用型嵌入，所以体现专有名词和非专有名词两种意义，作为专有名词，“地富金沙”指“金沙这个地方富庶”，作为非专有名词，指“这个地方富有金质的沙子”。非专有名词化之后，在另一联中也对应一个非专有名词，即“人争贡献”。

我们再看一个例子，它既体现了名字嵌入的拆解操作，又是引用型嵌入的典范。刘慕苏（2022: 96）“香港回归志感”，此联创作与 1997 年 6 月 30 日夜间：

港以香名，自是因风传万国；

旗呈米字，从兹随主遁重洋。

利用词汇内部结构的语义透明性，把名字拆解成为专名和通名两部分，是名字引用的另一种形式，通名参与句子的结构构建，专名成为被引用内容。此联涉及两个名字的嵌入和引用，即“香港”和“米（字）旗”。

上联将“香港”二字拆开，实为文字游戏，因为地名是约定俗成的，词汇化程度高，一般情况下不允许拆解。拆解之后，从专名中析出“香”字是为了开启一个新话题，即“香”可以“自是因风传万国”。“自是”即“从此”，指从回归之日开始，“香风”指美名，寄托了作者对香港回归后的美好憧憬。香港的未来更美好，它的美名将传扬万国。

下联说旗呈“米”字，是指英国的米字旗，也是引用型名字嵌入。回归之后，香港不会再有铺天盖地的“米”字旗，取而代之的是五星红旗。一个“遁”字，体现了作者朴素的民族情感和形之于色的爱恨情仇。主权和平移交，何来“遁去”一说？各种情愫，于一字而尽显。

2.2.5 多个人名嵌入时的尊卑顺序

多个人名嵌入时的尊卑顺序是社会伦理价值在对联文本中的体现，所以，社会伦理要求什么样的排序习惯，对联人名嵌入就怎么排序。在本节中，我们总结了刘慕苏（2022）中的几种排序习惯，它们完全体现了中国社会的尊卑顺序。

第一种排序习惯：夫前妻后。我们以刘慕苏（2022: 52）“刘敏贤、杨绿云新婚联”为例，敏贤是夫，绿云是妻。“夫前妻后”的人名嵌入结果是这样的：

敏捷赋新诗，红叶昔曾流绿水；

贤郎挥彩笔，画眉今又理云鬟。

“敏捷赋新诗”暗含了“红叶题诗”的故事，是说唐朝年间后宫的宫女用红叶题诗，掷入洛水，希望拾起的有情人能有意外的回应。下联“贤郎挥彩笔，画眉今又理云鬟”，赞叹新郎官情深意重，为新娘子描眉、梳头。

此联的人名嵌入是在联首嵌入了新郎官的名字，在倒数第二个字又嵌入了新娘子的名字。

同样的人名嵌入顺序在刘慕苏（2022: 226）“先辉、秋花新婚”中也有体现。新郎官“先辉”的名字，嵌在联首，新娘子的名字嵌在第三个字的位置：

先邀秋夜团栾月；

辉映花前窈窕妆。

第二种排序习惯：兄前弟后。比如在刘慕苏（2022: 3）中，嵌入了凤恒、佑恒、锡恒三兄弟的名字，是半组合式的人名嵌入（详见 2.2.2），凤恒的名字分别嵌入上下联的联首，两个弟弟只取单字嵌入其后。嵌入的顺序体现三兄弟的年轮顺序：

凤舞绕金壶，冀他年佑启人文，宗功锡赐三多福；

恒星环水口，喜今日高歌轮奂，闾里欣看百世昌。

第三种排序习惯：父前子后，兄前弟后。在刘慕苏（2022: 7）“贺高绍槐父子新构”，绍槐是父，宗义、宗礼、宗智三兄弟按顺序排列（对此联的分析可见 2.2.1）：

绍志且充闾，振高氏家声，宗其义、宗其礼、复宗其智；

槐前还植柳，仿先贤宅卜，必也兴，必也富，亦必也昌。

2.3　名字嵌入对联的双关效应与文化制约

2.3.1　名字嵌入对联的双关效应

我们以人名嵌入为例来探讨名字的双关效应。在刘慕苏（2022: 26）“梁济生新构”中，我们找到了体现人名嵌入双关效应的例子。

【慕苏公注】梁君毕生从医，故有“济世”“兴家”之说。济世必生财，生财必兴家，兴家必蕃衍：此皆情理中事，笔者仅言其所当然。联曰：

济世有方，兴家有道；

生财无算，蕃衍无疆。

我们来分析一下双关效应。此联是嵌字联，把“梁济生”的名字嵌到了上下联的首字位置。先看上联。“济世”指救世，济助世人。济世的首要行当，便是治病救人，既嵌入了东家的名字，又指出东家的职业，这就是高妙之处，也是人名嵌入的双关效应。

“生财无算”是说所挣的钱不计其数，极言其多。也算是双关效应，因为行医是相对的高收入行当，“生财”是“济世”的逻辑延伸。

人名嵌入的双关效应不一定体现为人名与职业的双关，还可以体现为人名与身份的双关。比如刘慕苏（2022: 4）“贺陈立延新婚”：

立雪在吾门，昔年负笈登堂，视予犹父；

延娇贮金屋，今日齐眉举案，敬尔如宾。

【慕苏公注】陈君立延，幼时从余学，颇恭谨。此联用杨时、游酢立雪程门典故以褒扬，借孔子赞颜回之辞（“回也，视予犹父也！”）以赞赏；下联用汉武帝“金屋贮娇”、梁鸿、孟光举案齐眉、郤缺夫妻相敬如宾诸典故，赞其婚姻之美满幸福。

求联者是学生，唤作“陈立延”，上联嵌入“立”字，是专有名词，组词为“立雪”，体现了当事人的身份是学生，这就是双关效应。

“立雪”的故事涉及杨时和游酢两位古人。故事大意是：有一天，杨时和游酢前来拜见程颐，在窗外看到老师在屋里打坐。他俩不忍心惊扰老师，就静静地站在门外等他醒来。可天上却下起了鹅毛大雪，并且越下越大。杨时和游酢仍一直站在雪中。等程颐醒来后，门外的积雪已有一尺厚了。这时，杨时和游酢才踏着一尺深的积雪走进去。后来，杨时成为天下闻名的大学者，这件事也被作为尊师重道的范例，传为学界佳话，由此演变成成语“立雪程门”。

在下联中“延娇”一词也体现了双关效应。首先，“延”是人名的一部分，属于专有名词，其次“延娇”作为典故，与当下的场景高度相关。“延娇贮金屋”是成语“金屋藏娇”的结构变体，成语讲述汉武帝四岁时为胶东王，说如果能娶到表姐陈阿娇做妻子，会造一个金屋子给她住，“若得阿娇，当以金屋贮之”。

2.3.2 对联中拆名组词的文化制约

上一节讲人名的双关效应，隐含了人名拆开后重新组词并且重新赋义的操作过程。本节在此基础上展开研究，即人名拆开后重新组词所受到的文化制约。

文化制约只是各种制约要素的一种，除此之外，还有词汇资源有限性的制约，还有句法与韵律的制约。这些制约暂且忽略，我们只谈文化制约。

在刘慕苏（2022: 99）“题东岭中学联”中：

东山桃李三千顷；

岭上楩楠十万株。

【慕苏公注】桃李，喻门生，本《唐书》“天下桃李，悉在公门矣”句。

楩楠，喻能胜大用之良木。《公输》：“荆有长松文梓楩楠豫章。”

东岭中学是作者家乡东岭乡所在地的中学。“东岭”是地名，拆开后分别嵌入上下联中，并且分别组词成为“东山”和“岭上”。我们来分析一下这样组词的合理性，即文化理据，或者说文化制约。

文学作品中表达方位，如果无须表达具体的方位名称时，“东”与“南”通常是首选，大抵因为东山向阳，是一种充满阳光和希望的不定指。所以才有“东山再起”之说。“南山”也是如此，因为南方通常代表温暖向阳，所以陶渊明也有“悠然见南山”。若是说“西方”和“西山”则让人想到衰败和亡故，因为是日落的方向。南唐李煜的《相见欢》，下笔就写“无言独上西楼”，国破家亡，寄人篱下，写“独上西楼”是一个合适的衰败凄凉意象，“上东楼”就是败笔了。“北方”和“北山”也是如此，还有苦寒之义。所以，当“东岭”析离出“东”字时，组词为“东山”是一种自然的、合理的组词方式。

在解释“东山”组词的合理性时，我们其实更像在解释地名“东岭”这一地名的合理性，因为先有“东岭”这一专名，才有拆解后组词为“东山”的可能。不管怎样，“东”这个方位的文化内涵是值得关注的文化现象。读者如有兴趣，可以关注地名学或术语学的相关研究成果。

“岭上”的意象也很有讲究。“岭”是一个斜坡，可上可下。一般来说，人站立在山坡，大都爬到“岭上”去，至少登高可以望远，视野更加开阔，这种解释从它的隐喻意义也可以得到验证，“步步高升”比喻一步步进入更美好的境界，相反，“走下坡路”是远离人生辉煌的比喻。所以“东岭”这一专名一旦被拆分，再次组构的词汇，选择“东山”和“岭上”是一种可以预见的结果。

在农村，“东山”和“岭上”最适合做的事情当然是稼穑或种植，作者没有标新立异的发挥，果然选择了种植。“东山桃李三千顷”和“岭上楩楠十万株”。要种就多种一点，“三千顷”“十万株”。这两个意象又通过桃李满天下和门生遍四海的关联成为对东岭中学育人无数的隐喻性赞颂。

2.4　名字嵌入对联的条件与代价

上文说到，有人名嵌入的对联对作者的要求更高，在本节中我们来具体分析一下名字嵌入的条件与代价。本节的标题说的是“名字嵌入”，是比人名嵌入更宽泛的范围，包括 2.2 所说的各种嵌入类型。条件和代价是多方面的，我们做了总结和归纳，提炼出两个条件和三个代价。

2.4.1 名字嵌入对联的条件之一：对作者才智的要求

名字嵌入是一种文字游戏，也是一种智力游戏，所以，从事这样的游戏是有一定的门槛的，首先是才智的要求。想玩一把这种游戏的人很多，偶尔能玩出一把这种游戏的人也不少，但是能够随心所欲地玩这种游戏，比如刘慕苏（2022），说明作者有较高的才智。心有余者众，力可及者少，就是这个道理。

怎样才能证明名字嵌入对作者才智有较高的要求？我们认为，同一个名字、同一个主题、同一个委托人、同一个事由，产生了多次的人名嵌入，撰写了多副签字联，而且每副对联都是上乘之作，这种情况应该可以证明对联创作对作者才智的要求。

我们举两组例子。第一组例子是刘慕苏（2022: 39–41）“益君新婚联”，三副对联都嵌入了新郎官“益君”的名字：

（一）

益者三友；

君子好逑。

（二）

益见其欢矣；

君与同乐焉。

（三）

益在其中乐亦在其中矣；

君知乎此侬未知乎此焉。

三副对联嵌入了同一个人的名字，每一副都趣味清新，立意的角度全无雷同，或长或短，或庄或谐，每副都是睿智之作。

如果读者意兴未尽，或者还没有信服，我们不妨再看一组对联。刘慕苏（2022: 204–206）“曾元智（凤尧先生之孙）”，也是三副对联，也是三次嵌入了当事人“曾元智”的名字。曾元智君是修道之人，名字嵌入之外又增加了一个主题上的要求，对作者才智的要求又多了一层，因为给修道人撰联，不能信马由缰地赞美当事人有潘安之貌、有子建之才、有君子之风、有各种世俗的德行，这些都不可以，只能赞叹与道教有关的修为。所以，作者的才智必须有更多的积累才能撰写出一系列的嵌字联。

且看这一组对联，别忘了当事人叫“元智”：

（一）

元始真传，老君正教；

智能有感，道法无边。

（二）

元气斯全，炼得玄机真妙诀；

智能称妙，皈依无上太慈尊。

（三）

元阳称上品；

智虑继先师。

2.4.2　名字嵌入对联的条件之二：必须有可供利用的语言资源

条件之二，是必须有可供利用的语言资源。上一节（2.4.1）讲条件之一时，我们说到“心有余而力不足”是没办法随心所欲地撰写出嵌字联的，这句俗语用得恰到好处。本节讲条件之二，我们又想到了一句俗语，“巧妇难为无米之炊”。所以，本节来谈谈“米”，就是可供利用的语言资源，说得专业一点，是语言的形义资源。

要证明语言的形义资源是高水平的嵌字联的条件之二，我们没办法使用常规的证明方法，因为无边无际的语言资源确实成就了无数的上乘的嵌字联。我们不妨换一下思路，采用反证法，即在语言资源不足以支持的情况下，作者如何委曲求全，如何退而求其次，并且让读者也感受到了这一点。当然，这里对读者的才智和语言资源又有了要求。我们可以把读者分为三个层次。最低层次的读者，感觉不到对联还可以更好一点。中等层次的读者，感觉到了对联有某些不足，但是却归因于作者，认为是作者没有做到极致的美，没有做到极致的典雅。高水平的读者，与作者惺惺相惜，体会到了作者的苦衷，这是语言资源本身的欠缺，制约了作者才智的发挥。每一种语言都是不完美的，所以语言总是在发展。

说得够多了，我们来看例子。此例是语言资源本身的不足影响了作者才智的最佳展示的例子。刘慕苏（2022: 77）“题曾益廉遗像”。

【慕苏公按】曾君年仅二十余岁，构筑新屋时因架电引水，触电身亡，遗有孀妻弱子。新屋建成后，其父奉尧先生嘱撰联书于曾君遗像之侧，以纪念死者，教育死者妻儿。联曰：

益发伤怀，见屋思人人不见；

廉能养志，兴家望子子当兴。

此联嵌入亡者名字“益廉”二字，上联嵌入完美无缺，“益”字引出“益发伤怀”，体现语义的递进和哀怨的升级，幸亏有情境上的呼应，不然理解就有难度了：曾君亡故时房子正在施工，房子建成了，当然会比当初更加悲伤了，因为睹物思人，益加哀痛，这是人之常情。所以，“益”字的嵌入实在是语义对词汇的最优触发，原因也交代得清清楚楚，是因为“见屋思人人不见”。

下联从“廉”字入手，“廉能养志”。从整体上讲，语义是没毛病的，符合某种价值观和立身处世的原则，从嵌字的要求来看，也达到了目的，与上联的“益”形成了良好的呼应。但是，与情境的契合就差了，非官非吏，无俸无禄，为什么拿“廉能养志”来说事呢？亡人当然是“廉”的，但却是被动的“廉”，因为没有机会“不廉”。

这里又涉及一个问题，是客观上“廉”的全部语义内容不允许有其他的组构潜能，还是主观上作者受到语义知识的局限，以至于其他的组构可能超出了作者的语言能力或涉猎范围？从单字来讲，“廉”有几个义项是可以检索的，而且必定是可以穷尽性地检索的。所以，这一细微的缺陷是语言系统本身的不足造成的，怪不得作者。作者有什么办法呢？办法还是有的，那就是不嵌入名字，回避名字嵌入。这样一来，笔者就只能闭嘴了，因为当下的话题坍塌了。

2.4.3 名字嵌入对联的代价之一：词汇选用偏离主题

说完了人名嵌入的条件，接下来我们说一说人名嵌入的代价。其实，“条件”和“代价”是捆绑在一起的，满足条件是有代价的，不能满足条件也是有代价的。这两个问题完全不同，要说清楚的难度也各不一样。我们选择说说不能满足条件时，而且作者偏要嵌入当事人的名字，会有什么代价。所以，这里所说的“代价”，其实指的是“后果”，比如，上一节（2.4.2）刘慕苏（2022: 77）“题曾益廉遗像”中，语言资源不足造成了一点点的缺憾，就是这种类型。

上一节是偶尔涉及了“代价”问题，在本节中我们要从多个方面，具体地来分析一下名字嵌入对联的代价。本节先看词汇选用偏离主题这一代价，其他代价在后两节分别探讨。

所谓词汇选用偏离主题这一代价，是说人名嵌入限制了对联的思路，只能在人名有限的组词范围内进行构思，其结果是对联可能在一定程度上偏离了当下的主题。比如刘慕苏（2022: 75）“刘基勇新婚联”，对联联首分别嵌入了“基勇”二字：

基地育苗绵瓜瓞；

勇夫循径入桃源。

上联“基地育苗绵瓜瓞”的“瓜瓞”读作 guā dié，比喻子孙蕃衍，相继不绝。上联借大瓜小瓜比喻子嗣繁盛，这是贺人新婚的常见意象和通用主题，“育苗”让人想到“育儿”，“瓜瓞”是一根蔓上的大瓜小瓜，对应的是大郎、次郎、三郎、四郎。但是“基地”一词实在用得有点勉强，“基”是新郎官的名字的一部分，也暗示了种瓜所需的泥土，偏偏“基地”一词有点别扭，因为“基地”是一个固化的词汇单元，有比较狭窄和比较明确的指称对象。这就是本节所说的代价：为了嵌入人名，在人名用字的组词上受到限制，不能随心所欲地放纵自己的思路，这是必须付出的代价。对应 2.4.1 所说的条件，是指人名嵌入限制了作者才智的发挥。

当然，“基地”一词的选用，很难说是人名“基”字的限制所致，因为从下文的词句来看，“育苗”和“瓜瓞”等词汇都要求有一块土地，所以“土地”是既定的概念设定，再加上人名的“基”字，共同设定了“基地”一词是不二的选择。但是，在当下的语境中，我们不能也无法怪罪其后的“育苗”和“瓜瓞”等词语的选用，所以付出代价的“锅”只能让人名嵌入来背。因为，“育苗”和“瓜瓞”等词语的选用也受作者才智和语言形义资源的限制，这样一来，“代价”的归因就越搞越复杂了。

2.4.4　名字嵌入对联的代价之二：对联结构有违规范

为了嵌入人名，尤其是嵌入多个人名，而且多个人名有共同的用字，那么上下联用字不能重复（个别虚词除外）的结构规范就必须被打破了。这就是我们所说的代价之二：对联结构规范难以保全。

我们以刘慕苏（2022: 64）“贺华光、华康兄弟新构”为例。同时嵌入两兄弟的人名时，而且两兄弟有共用字，如此联的华光、华康兄弟，在对仗用字上就必须“破戒”了，即上联的两个“华”，在下联中却是两个不同的字，“光”和“康”。所以，读者必须有更大的包容，用同时嵌入两个字的惊喜来冲抵对对联“戒律”的些许突破。在美学鉴赏中，美学价值的整体判断肯定是对优点和缺点综合权衡的结果，用缺点抵消一部分优点，看看多出的优点总数还有多大。

华屋壮奇观，贤昆仲治安多策，营业多谋，际兹元旦来临，齐颂华堂千载盛；
光辉呈异彩，尊乔梓济世有方，育才有道，且喜紫微高照，满门康乐万年长。

2.4.5 名字嵌入对联的代价之三：立意与情状略显偏颇

立意与情状如何，很难归结为某一个词，或某一个结构，因为，“立意”与“情状”是更宏观的语义层面的单位，不以某一个词或结构作为载体。所以，立意与情状略显偏颇，这一代价必须单独拎出来说一说。我们把“立意”与“情状”并列来说，两者其实是一体两面的，“立意”是心智层面的概念要素，“情状”是“立意”形之于文字的外显特征，所以，本节把两者并列起来，但是却把两者合二为一来看待。

我们来看刘慕苏（2022: 23）“贺简绍怡新构”联，上下联的联首嵌入了“绍”和“怡”：

绍继箕裘之业；
怡情山水之间。

“绍继箕裘”也作“克绍箕裘”（《礼记·学记》），“克”表示“能够”，“克绍箕裘”指能够子承父业。把“克绍箕裘”转写为“绍继箕裘”（“绍”在古汉语中的意思是“继承”），显然是为了突出新房主人简绍怡的名字，即在上联中以“绍”字开头，在下联中以“怡”字开头。

从整体来看，这副对联的立意和词句选择有点随性，因为在农村地区“子承父业”是普遍的情理，父亲种地，儿子当农民，这有什么可说的呢？或者说这有什么特别之处，值得拿来说事？如果父亲干的是千百人难以涉足的事情，儿子又刚好“子承父业”，比如父子俩开当铺、开银号、开药铺、开镖局等，那是值得一说的。至于“怡情山水”，唐突的成分更多。建了一栋新房子，怎么就想到“怡情山水”了呢？给人的感觉是，为了嵌入名字，上下联的立意和词句选择都被名字牵着鼻子走了。这就是名字嵌入的代价，不得已而为之。

至于原因，也许是作者没有尽全力，也许是语言资源限制了作者的思路。要做出准确的判断，笔者必须有上帝的视角以及上帝的全知全能。一部对联选编，几百副对联，是很难经得起这样挑剔的。智者千虑，难免一失。这是假定语言资源本身尚可挖掘的前提下，为对联作者做出的申辩。

2.5 书名、篇名、诗句等的引用型嵌入

书名、诗句等出现在对联文本中，与其说是嵌入，还不如说是引用。如前所说，由于所引用的内容在整体上相当于一个词汇单位，所以适合在对联词汇学中来探讨。除此之外，本节还要探讨嵌入的方式，书名、诗句等的引用可以是在上下联的相同位置分别嵌入语义上关联的篇名或诗句，也可以是单边嵌入，另一联的相同位置使用其他词汇成分。

2.5.1 对联中引用书名或诗文篇名

对联中嵌入诗文篇名不必有定义性的表述，因为顾名思义，一目了然。至于为什么要嵌入诗文的篇名，却是一个很有趣的话题。一方面，诗文篇名的熟知程度较高，读者不必通过检索就可以了解篇名表达的主题；另一方面，篇名表达的主题意义可以直接植入到当下语境中，不会在当下语境中产生太大的排异反应。有了这两个保障，作者就乐于嵌入篇名了，因为篇名嵌入有两个好处。一方面，可以增加对联的典雅性，太直白的词句当然也可以成为对联，而且可以受到低水平读者的喜爱和追捧，但是，从总体上说，对联是一种典雅的文字游戏，太俗就背离了这一初衷。另一方面，对联作者也有选择典雅的主观愿望，因为，能够展示文才的时候，就应当充分展示，不然就有“衣锦夜行”的遗憾了。

道理说透了，我们就来举例子。刘慕苏（2022: 80）“退休前不久口占”联，就嵌入了两个诗文篇名，在上下联的相同位置，相映成趣：

读《归去来辞》，两袖清风朝后转；

听《阳关三叠》，一江春水向东流。

《归去来兮辞》创作于作者辞官之初，叙述了他辞官归隐后的生活情趣和内心感受，表现了他对官场的认识以及对人生的思索，表达了他洁身自好、不

同流合污的情操。作品通过描写具体的景物和活动，创造出一种宁静恬适、乐天自然的意境，寄托了他的生活理想。

《阳关三叠》，古代送别的曲调，也比喻离别。阳关：古关名，在今甘肃敦煌市西南。阳关初见于唐·王维《渭城曲》诗，“渭城朝雨浥轻尘，客舍青青柳色新。劝君更尽一杯酒，西出阳关无故人。”三叠：反复歌唱某一句。

既然是篇名的整体引用，原本是可以享受结构、语义、韵律上的某些豁免权的，即可以允许某些例外。但是在此联中，结构、语义、韵律都做到了极致的优美。

再看一个例子。刘慕苏（2022: 90）“题‘醒醉’联”，上下联分别嵌入了《离骚》和《水浒》，也是诗文篇名嵌入，并且构成对仗。不仅语义上相互关联，而且在韵律上，《离骚》是两个平声，《水浒》是两个仄声，刚好相对：

醒者克全忠！仰屈子泽畔形容，一部《离骚》留浩气；

醉人沽大勇，羡武二景阳身手，半回《水浒》着英名。

2.5.2 诗文句子的原版嵌入与变通型嵌入

诗文嵌入对联中分为两种方式，一种是原版嵌入，另一种是变通型嵌入。我们先看前者。

我们在上一节（2.5.1）刚刚引用过的对联，刘慕苏（2022: 80）“退休前不久口占”联，除了嵌入了两个诗文篇名之外，也原原本本地嵌入了“一江春水向东流”这样的诗文句子：

读《归去来辞》，两袖清风朝后转；

听《阳关三叠》，一江春水向东流。

“一江春水向东流”出自五代李煜的《虞美人》：

问君能有几多愁？恰似一江春水向东流。

“一江春水向东流”比喻愁思不尽，贴切感人。1947年，蔡楚生、郑君里导演并编剧，拍摄了电影《一江春水向东流》，该片讲述了一个家庭在中国抗日战争巨变之时发生的悲欢离合的故事。自此，“一江春水向东流”更加家喻户晓了。

诗文句子的原版嵌入，在刘慕苏（2022: 13）“戏题伍蒲兰新房”中引用了杜甫的两句诗：

蒲叶荫浓，花径不曾缘客扫；

兰阶苔绿，蓬门今始为君开。

杜甫《客至》诗的原话是：

舍南舍北皆春水，但见群鸥日日来；

花径不曾缘客扫，蓬门今始为君开。

诗文句子的变通型嵌入改变了原来的句子结构和表义方式，是语言表达自身的手段，并且通过不同的信息结构和主位－述位结构（theme–rheme）表达除信息内容以外的其他意义（Halliday, 1985）。我们来看例子。

刘慕苏（2022: 179）“酒店”的上下联都有对古人诗文句子的变通型嵌入：

酒出杏花村，三五个牧童遥指；

店居阳谷县，十八碗武二曾来。

上联隐含了唐代杜牧的《清明》诗：

借问酒家何处有？牧童遥指杏花村。

为了嵌入“酒店”二字，把杜牧的诗调换位置，先说“酒出杏花村”，后说“三五个牧童遥指”。把牧童的数量定格为“三五个”，是虚指，而且下联必须得有“十八碗”，所以数量词在当下的语境中是难以挑剔的。

下联出自《水浒》中的武松故事。武松来到阳谷县，欲上景阳冈，在山脚的小饭馆里吃酒。小饭馆有告示，“三碗不过冈”，但是，武松一口气喝了十八碗。喝完酒，带着醉意在暮色中上山，把山上的吊睛猛虎打死了。

变通型的诗文句子嵌入，在数量上应该远远多于直接的原版嵌入。因为结构变通就赋予了作者极大的自主权去调整所引用文字的长度、句法结构，并且可以因此满足韵律和平仄上的要求。如果没有变通，光是字数相同就可遇不可求，更不用说语义和韵律了。

变通型的诗文句子嵌入可能涉及一组诗文句子的变通与嵌入。如果是这种情况，也可以看成是原来诗文句子的变通与扩充，主体和客体的关系改变了。比如刘慕苏（2022: 91）“贺一舟乔迁联”：

一望无垠，随地可栽楼凤竹；

舟行有责，巡江勤护化龙鱼。

“庭栽栖凤竹，池养化龙鱼”语出《增广贤文》，意思是在庭院里种下了给凤凰栖居的竹子，在水池里放养可以变为龙的鱼。

“贺一舟乔迁联”是在“庭栽栖凤竹，池养化龙鱼”的基础上，对原句进行大胆变通和扩充，进入了“化”的境界，化而用之，成就了一副新的对联。

首先，“庭栽栖凤竹”，栽竹需要有土地。广袤的土地，叫作“一望无垠”，这样一拓展，就把“一”给嵌入了，“一”是受贺人“一舟”的名字的一部分。

下联的语义拓展和名字嵌入的手法完全一样。“池养化龙鱼”是语义原点，“化龙鱼”这个意象是可以取用的，也是必须取用的，但是“池养”二字在语义上的限制性太强，“池子”太小，束缚了鱼长大成为龙的体格，当然这是基于传说的民间信仰。尽管如此，“池养”二字必须放弃了。未化之鱼，仍是凡间俗物，它的成长需要呵护，呵护者可以是天上的神仙，也可以是佛菩萨。这样一来，呵护者和被呵护者的二元关系就确立了，把这个框架映射到当前情境中，呵护者是作者，被呵护者是儿子，既奉承了儿子，又美化了父亲，一好俱好，这就是境界！

2.5.3 对联中的成语引用

对联中的成语引用是指嵌入除熟知的古代诗文以外的惯用语，通常是四字格的惯用语。成语嵌入也能增加对联的典雅程度。

比如刘慕苏（2022: 178）“缝纫店”联：

都夸量体裁衣手；

足慰依人作嫁心。

上下两联分别嵌入两个成语，“量体裁衣”和“依人作嫁”，前者广为人知，后者的通俗化形式“做嫁衣”更家喻户晓。此处“依人作嫁”是完整的书面语形式。它们都是成语嵌入，或者说惯用语嵌入。

“量体裁衣”指按照身材裁剪布料，比喻办事要切合实际。《南齐书·张融传》：“今送一通故衣，意谓虽故，乃胜新也，是吾所着，已令裁减称卿之体。”

下联的“依人作嫁”，原意是说穷苦人家的女儿没有钱置备嫁衣，却每年辛辛苦苦地用金线做刺绣，给别人做嫁衣。比喻空为别人辛苦。

2.5.4 现成对联的单边引用

现成对联的单边引用一般是指上联是现成的，下联是当下的另一个作者所做，所以，单边引用相当于对下联。

对下联是怎么回事，上文引用过的刘慕苏（2022: 1）“答老秀才问”就是典型的对下联，出现在刘慕苏（2022）中也算是单边引用，所不同的是上下联的成联间隔很短罢了。

【慕苏公按】1951年春，余未至十七周岁，即从受业跃为授业。初入十三区第三中心高小办公室，见东西墙下各坐一人。西座之青年校长阅毕介绍信，云：“新老师来了！”示意余坐其右，即下楼泡茶。东座之邻村老秀才，方与校长交谈，见余来，亦起身相迎。此时端详片刻，似有所思，俄而他顾长吟：

老朽何知？当随后浪催前浪！

随即向余笑问：“新老师高姓大名？”余答曰：

小生刘姓，为学三苏号慕苏。

我们再看一个更经典的成语嵌入的例子。刘慕苏（2022: 85）“曾君六十、其母八十同日寿联”。上联是前人所作，顺手牵来，下联才是慕苏公自己所作，这种作法又显作者率性、随意的风格：

天增岁月人增寿；

母杖朝廷子杖乡。

上联“天增岁月人增寿”是明代潮州状元林大钦所写的一幅极受人欢迎的春联对子。借用状元公的上联，这不是抄袭，其实是给自己出了个题目，在下联中必须严丝合缝地对上，这才是挑战。

状元公和作者的合作联，前者的通用性更强，后者是应景而作，有具体的语境，是一对母子，分别是八十岁和六十岁，同日做生。如果状元公再生，此番情境，估计下联正是“母杖朝廷子杖乡”。

下联的“杖廷”和“杖乡”，出自《礼记·王制》：“五十杖于家，六十杖于乡，七十杖于国，八十杖于朝，九十者，天子欲有问焉，则就其室，以珍从。”意思是说，五十岁在自己家里可以拄拐杖，六十岁在自己家乡可以拄拐杖，七十岁可以在国中任何地方拄拐杖，到了八十岁，可以在皇帝面前拄拐杖。年过九十，如果天子有什么问题想要请教，天子不能吆三喝四地把人叫了来，必须亲自上门访问，还要带上一点好吃的东西作为见面礼。

“杖廷”和“杖乡”也可以看作是嵌入成语的例子，不过本节谈的是上联的单边引用。

2.6 对联中的典故

2.6.1 典故的二元结构

典故的二元结构是指典故分为两种分庭抗礼的类型，即语典和事典。所以在本该给典故下定义的时候，我们先把它们分开来，然后再分别下定义。

我们先看语典的定义。所谓语典，就是在可以用通俗的现代汉语词汇表达的地方，用语体上较不通俗的古人的话语来代替，所以，语典体现语言形式层面上的借代，是语言转喻的一种。

比如，在刘慕苏（2022: 81）的“退休抵家口占”联：

松菊犹存，屈指睽违卌六载；

琴书自乐，宽心再度二十年。

上联中的“睽违”，指“分离”，即不在一起（旧时书信用语），典出南朝梁国何逊《赠诸游旧》诗，“新知虽已乐，旧爱尽睽违。”用“睽违”代替“分离”，就是语典的例子。至于“睽违”为什么是语典，因为它出自《赠诸游旧》。

再看事典的定义。事典是用历史或文学作品中记载的事件的一部分，如人物、事件的一部分或与事件有关的工具、方法等，来与当下的事件对接，并且通过部分内容的相似性或可比性来指称或关联当下的事件。

比如，刘慕苏（2022: 31）的“为某中学 1983 年毕业典礼撰联”：

他日高飞，勿忘此三年立雪；

今朝盛典，相期尔万里乘风。

上联的“三年立雪”是事典，典出《宋史·杨时传》:“杨时见程颐于洛，时盖年四十矣。一日见颐，颐偶瞑坐，时与游酢侍立不去。颐既觉，则门外雪深一尺矣。”学生去洛阳见程颐老师，老师正在小睡，不忍心叫醒老师，就在一旁侍立，天下起雪来，等到老师醒来，雪都有一尺深了（另一种说法是禅宗二祖慧可与初祖达摩初次见面时发生的故事，说的是慧可去见达摩时不敢惊扰定中的达摩，所以侍立在洞外，天下大雪仍不肯离去。）。这是学生对老师恭敬的体现，在后世的使用中，“程门”被泛化了，可以指站立在任何老师的门前。“立雪”的意思也扩大了，泛指师生关系。

下联“相期尔万里乘风”中的“乘风”也是事典，因为“乘风”是文学作品中记录的事件，它不一定是真实的事件，也可能是想象的或虚妄的事件。典出《列子·黄帝》，“列子师老商氏，友伯高子，进二子之道，乘风而归。”这个典故的出处就不是真实的故事，而是一个传说故事。

刚才说到，事典也好，语典也好，都要有出处。但是，语典和事典都可能没有明确的出处，或者说，虽然有但是我们没必要也很难找到具体的典籍来支持它的语典或事典的身份。

比如，刘慕苏（2022: 53）的“刘崇乐新构联”。

【慕苏公按】刘君新构，嘱以主人口吻撰联，向工匠及亲朋作谢，乃代书如次：

崇岭遴材，巧匠良工皆出力；

乐于助我，高朋贵戚尽操心。

上联感谢各种工匠，下联答谢亲朋好友。上联的“崇岭遴材”，是木工选取木料。但是，在当今社会，砖石是主要的建材，木材为辅，但就算是选择木料，也由不得你去崇岭间挑选，这是始皇帝建造阿房宫的做法。“崇岭遴材”这种说法，不一定是典籍中明确记录的事件，至少《阿房宫赋》中没有这一词句，或者其他文本中有类似的说法，但是，多次的转载或转述对原来的记录有了改变，所以最初的出处就很难找寻了，这就成了一种集体无意识，或者说成了知识人群的集体记忆。

2.6.2　事典和语典的关系

事典和语典的关系不是一两句话能讲清楚的。本节的阐述主要涉及事典和语典的统一性，两者的交叉性，还有两者的模糊边界。

事典和语典的统一性是说事典中的事件要素在当下语境中找不到对应内容的情况。在这种情况下，事典与语典的使用一致起来了，因为语典是符号能指层面的转喻，它在所指层面可以不具有现实的对应项。比如，在刘慕苏（2022: 86）“堂嫂伍氏逝世门联”中：

助夫成家，竭力持家，何事抛家离故地？

断机教子，伤心哭子，今朝寻子赴泉台。

“今朝寻子赴泉台”中的“赴泉台”是传说故事或者说民间信仰中的事件，

所以是事典，但是，谁也不会相信真有一个叫“泉台”的地方，谁也不会相信真有一个或一批风尘仆仆奔赴泉台的人。所以，既然语义层面的真实性靠不住，那么，我们宁愿把“赴泉台”看做语言形式层面的“换言之”说法，如果这种说法可以接受，那么“赴泉台”就更具有语典的特征了。这就是我们所说的语典和事典的统一性。

应该说清楚的是，语典和事典的统一性只针对部分典故，而不是所有典故的共同属性。比如刘慕苏（2022: 86）“堂嫂伍氏逝世门联”中的“断机教子”就是典型的、不折不扣的事典，因为孟母真的干过这样的事，是一个真实的历史故事。

所谓语典和事典的交叉性是针对所有的典故来说的。我们发现，所有的事典具有语典的特征，因为事典是历史上发生过的事件，之所以流传到现在并且被现代人所知晓，是因为有书面文献的记录。我们认为，区分语典和事典的依据在于，前者是“换言之”，与当下的说法具有同义或近义的关系，后者是历史事件或场景的一部分。

在刘慕苏（2022: 81）“退休抵家口占”中：

松菊犹存，屈指睽违卅六载；

琴书自乐，宽心再度二十年。

上联的“松菊犹存”出自晋陶渊明《归去来兮辞》中的词句，是陶渊明在“归去来”时的亲眼所见，因为“归去来”是一个真实事件，那么，“松菊犹存”就应该同样真实起来，至少是事件的构成因素，所以也具有事典的特征。但是，我们一旦读到“松菊犹存”，马上想到的是晋陶渊明《归去来兮辞》中的词句，是语言作品中的语言片段，所以语典的身份就挥之不去了。这就是我们所说的交叉性。至于下联中的“琴书自乐”，是《归去来兮辞》中“乐琴书以消忧”的改写，它的事典特性更加独立，也更加突出。深思两者的差别，我们不得不把这种差别归因于词语本身的语义特性：表达静态语义的典故更接近语典，表达动态语义的典故更接近事典。在此联中，“松菊犹存”是对存在状态的描述，是静态语义；“琴书自乐”表达的是动态语义，虽然“乐”是一个心理状态动词，但是琴是用来弹的，书是用来读的，“弹”与“读”就是动态动词了。

事典与语典的模糊边界本来可以概括在“统一性”和“交叉性”中，但是，我们看问题的视角是不一样的，我们是从语段文本内嵌与动态的事件过程的特性来分析的，所以，事典与语典的模糊边界毕竟不同于语典与事典的“统一性”和“交叉性”。来看例子。

刘慕苏（2022: 162）“挽邓小平”：

梁木其坏乎，二代伟人，千秋事业；

功勋尤著者，两制构想，四字方针。

“梁木”，用来支撑建筑物或棚架的木条。“梁木其坏”是一个语典，是说屋梁损坏，比喻贤哲死亡。语出《礼记・檀弓上》：“孔子蚤作，负手曳杖，消遥于门，歌曰：‘泰山其颓乎？梁木其坏乎？哲人其萎乎？’”

翻译成白话文：孔子早上起来，背着手拖着手杖，自在地倚在门边，并且长歌（应该是类似吟诵）道：“泰山要倾倒了啊！梁木要腐坏了啊！人也要枯萎了啊！”

在此例中，“泰山其颓乎？梁木其坏乎？哲人其萎乎？”是孔子所说的话，显然是语典，但是在更大的语境中，是一系列有关孔子的行事过程，孔子所说的话内嵌在事件系列中，那么，我们是承认语典内嵌在事典中，还是把更宏大的、范围更广的典故类型做更微观的审视？这是一个很有趣的问题，但是研究的价值毕竟有限，我们不妨用“边界模糊”来表达好了。

2.6.3　典故的认知功能

典故（尤其是事典）的功用体现为当下文本中的认知功能，即为理解当下情景提供一个事件场景框架。我们以刘慕苏（2022: 52）“刘敏贤、杨绿云新婚联”为例。

【慕苏公按】新人之家长嘱将二人名字镶嵌其中，未敢拂其意：

敏捷赋新诗，红叶昔曾流绿水；

贤郎挥彩笔，画眉今又理云鬟。

一副对联，联首把新郎官的名字嵌进去，在下文的另一位置，再把新娘子的名字嵌进去，此种文字游戏，实在太难。

“敏捷赋新诗”，必须先解释“红叶题诗”的故事。

唐朝年间，后宫的宫女人数众多，而身处深宫的大多数宫女，却只能一生遂向空房宿。相传，彼时无数的上阳宫女题诗红叶，抛于宫中流水，寄怀幽情。诗人王建曾写诗赞曰：“上阳花木不曾秋，洛水穿宫处处流。画阁红楼宫女笑，玉箫金管路人愁。”这个所谓的人间仙境宫苑，只不过是唐王朝千百宫女惨淡人生的囚牢，身处这种寂寞和悲惨的境遇的上阳宫女就用红叶寄情，反映的是整日闭锁深宫中宫女的寂寞与悲哀。如果红叶漂到某个遥远的去处，被某个多情的读书人捡拾起来，简直就是一个寄托情思的漂流瓶，也许还会激起一段没有回馈的迷思。

想到了“红叶题诗”，这是必须用上的典故，如何把它与新郎官的名字连接起来呢？是放到上联，还是放到下联？这就是对作者才思的考验。

“红叶题诗”，不是每个宫女都能做到的，不仅要有诗才，还要机敏，不能让宫中太监知道了，所以“敏捷赋新诗”就衔接成功了，八成是赞叹宫女，新郎官只占了一个“敏”字，而赞颂的对象却变成了新娘子。但是，在当下的语境中，各种正面的或负面的评价，都净归当下的事主，不是新郎官，就是新娘子。

“红叶昔曾流绿水”，当年，在大唐时代，被写上新诗的红叶是要投到洛水中去的，洛水水质怎么样，不得而知，或许如阿房宫外的流水一样，尽是胭脂油腻，但是，绿水是一种被期待的颜色，所以，与新娘“绿云”的名字“绿”对接上了，这种顿悟般的思维成就是特别能给作者带来当下的满足感的。这是文人之乐，外人不得窥见其中之乐。

再看下联。上联中的“敏捷赋新诗”要求下联以“贤”字开头，这是硬任务，除非作者改变了思路。上联写红叶赋新诗的才情，下联还得围绕这个主题来写，当然换个角度，只要是恭维的喜庆话都可以。

“贤郎挥彩笔，画眉今又理云鬟”，好歹从夸新娘子变成了赞叹新郎官了。夸的内容也变了，不是才情，而是蜜意，为新娘子描眉。二人之间，密室之内，何事不可？何情不诉？画个眉，梳个头，算得了什么呢！但是，在摹状蜜意的同时，还是需要一点才情的，画眉深浅入时无？新郎官啊，画眉梳头也是要水平的。

上面的介绍是必要的，接下来我们来分析典故的认知功能。

事典“红叶题诗”激活了对联叙事的整个场景，也是整个对联的骨鲠。当整个场景被激活之后，场景中的要素和特征就可以成为当下语境中的备用材料。比如“红叶题诗”这一典故场景中，在红叶上题诗后，要把红叶投入水中，而且，红叶题诗需要才思敏捷，所以在上联中出现了“敏捷”“绿水”等词语，而且，对各要素还可以进行语义要素和时空特征的修饰，比如，“红叶题诗”可以体现古今时空的对比，所以就有“新诗”与当年的旧诗的对比，也有“夕曾”与当下的对比。所以，调用一个典故可以为一句对联提供一个场景框架，在这样的场景框架中可以找到多个场景要素，成为当下语境中的叙事要素。

有的典故为叙事内容提供整体的认知框架，更多的典故是当下的微观叙事内容的一种“花式”表达，表达者和被表达者通过概念内容的关联而体现由此及彼的语义通达，这就是转移认知的机理。

来看刘慕苏（2022: 50）“代拟肖君六十自寿联”。

【慕苏公按】肖君，吾友也，执教三十余年，寿庆时已退休居家，嘱代撰“自寿联”：

花甲喜开颜，愿儿曹发愤图强，为党为民多出力；

古稀欣在望，看老伴宽怀识体，克勤克俭最关心。

“花甲”和“古稀”分别指六十岁和七十岁，“儿曹”指儿女辈，“宽怀识体”指胸怀宽广，识大体，不会因小失大。这些词语都是语典，都具有转喻的特征，在对联文本中行使转喻认知的功能，即从较典雅的词汇形式通达更通俗的词义载体。

接下来，我们总结一下使用典故的理由，其中主要是认知功能：

一、每一个典故，尤其是事典，就是一个历史场景，涉及一系列的人物角色和较完整的事件过程。所以，一个典故就是一个内容丰富的信息包，或者说信息胶囊，可以用较少的文字表达更多的信息内容。

二、对联是文言或半文言体，文字上更典雅，内容上更传统，与典故在形式和内容上更兼容。对作者来说，一旦进入文言写作状态，更容易调用典故；对读者来说，在对联中读到熟悉的典故，更容易对作品实现文采上的认可，也更容易对自己的学识产生自信。

三、第三点与第二点相关，文人为了显露自己的才华，同时也为了得到读者的认可和好评，主观上也有使用更多典故的意愿。

2.6.4 典故的使用方法

典故的使用方法似乎是一个尽人皆知、不值得一提的话题，但是，对联的语境特异性决定了对联中典故的使用有它的独特之处。这也是对联语言学作为一个独立的分支学科存在的理由。下面我们分四个方面来介绍、举例并分析典故在对联中的使用方法。

第一，对联的结构变通。对联有不同于常规语言使用的结构要求和韵律、平仄规范，还要考虑上下联的对仗以及人名嵌入等额外要求。所以，为了顺应这许多的要求，对联可能必须改变典故的结构（包括语典和事典）。

看看刘慕苏（2022: 55）“胜红新婚联”。

胜友如云观花烛；

红星有烂照新房。

【慕苏公注】“胜友如云”“红星有烂”，一见于《滕王阁序》，一见于《诗经》。如云胜友，为观花烛而来；朗朗红星（为“明星”所改），照新房而有烂。花烛、新房，于斯为美。

这又是一首嵌字联，上联开头用上了“胜”，下联以“红”字开头。“胜友”，指良友。“胜友如云”是事典，指许多良友聚集一处。出自唐代王勃《秋日登洪府滕王阁饯别序》：“十旬休暇，胜友如云。千里逢迎，高朋满座。”

胜友如云，高朋满座，来干什么呀？必须点题了，来“观花烛”。“花烛”即“洞房花烛”，在没有电灯的时代，点蜡烛是通常的照明方式，红色的蜡烛，更显喜庆之气。

下联“红星有烂”也是事典，是从《诗经》“明星有烂”改写得来。这里出现了典故的结构变通。“红星有烂照新房”把“明星”换成“红星”，显然是为了嵌入名字的需要，《诗经》中的句子“子兴视夜，明星有烂”本来是写夫妻恩爱的句子，再把它与“照新房”连缀起来，和主题的联系更加紧密了。

完全相同的结构变通，还可见于刘慕苏（2022: 196）“十一侄健红新居落成宴客”。

健步稳行，居十字口，筑十间房，蒙十方关怀，谢十分厚意；

红星高照，具一片心，备一杯酒，陪一班巧匠，宴一应嘉宾。

联首嵌入“健”“红”二字，还嫌不够，还要把“十一”这个数字反复嵌入，上联嵌四个“十”，下联嵌四个“一”。嵌入越多，难度越大。

下联是“红星高照，具一片心，备一杯酒，陪一班巧匠，宴一应嘉宾”。其中“红星高照”，实乃吉星高照，此吉星唤作紫微，即紫微星，又称太白金星。紫微高照，鸿运千年。称吉星为“红”，是嵌入名字的需要，也是对联语境的特定要求对典故的结构做出了改变。

第二，对联中典故可能具有歧义性。这也是由对联语境的特异性决定的，因为对联惜字如金，不允许对典故有一词一句的解释，除非在另一联中也可以有相应的解释。

刘慕苏（2022: 39）“益君新婚联”中有对联典故歧义性的例子。

益者三友；

君子好逑。

益君就是新郎官，人名嵌入如常。望文生义者，必定认为上联的“三友”是指松、竹、梅，即“岁寒三友”，结果是大错特错了。这就是对联典故的歧义性。《论语·季氏》说：“益者三友，损者三友。友直，友谅，友多闻，益矣；友便辟，友善柔，友便佞，损矣。”谓益友和损友各有三。原来，“益者三友”，另有出处，是说对我有利的有三件事：直言相劝，原谅我的过错，知识广博，随时接受我的求教。

这就是对联典故的歧义性。化解歧义的方法是增加语境，对“三友”做出解释，比如把上联写成“益者三友友直友谅友多闻”，但是下联不可能有相应的内容与之对应。当然，以作者才思之精巧，也许可以把下联推倒重写；但是，对联还有一个忌讳，那就是不能太直白。所以，对联中典故的歧义性不仅难以避免，而且可能有它存在的合理性。

第三，对联中典故还具有隐晦性。我们以刘慕苏（2022: 52）“刘敏贤、杨绿云新婚联”为例。上文写典故的认知功能时，我们曾经分析过此联。

敏捷赋新诗，红叶昔曾流绿水；

贤郎挥彩笔，画眉今又理云鬟。

此联的看点之一是分别嵌入了新郎和新娘的名字，全无刀劈斧凿的痕迹。此副对联中典故的隐晦性，是说“红叶题诗”这一典故（事典）隐晦地存在于“敏捷赋新诗”这一句之中。为什么要隐晦地嵌入其中呢？因为当下的对联语境要求嵌入人名“敏”，再组词为“敏捷”，所以，“赋新诗”就只能隐晦地对应“红叶题诗”了。隐晦地嵌入一个典故，对高明的作者来说，只是一念之功，而且还有额外的收益，因为“文似看山不喜平”（清代袁枚《随园诗话》），但是，对于读者来说，对知识面的要求又多了一点点。

第四，典故使用有大量拼凑与单列使用之别。所谓“大量拼凑”是指多个典故比较密集地出现在对联中，这种现象与典故的单个使用（即“单列使用”）形成对照。

刘慕苏（2022: 8）“代贺陆咨尧新构”是比较典型的例子。

【慕苏公按】挚友伍君，与陆先生之女恋爱。陆老曾加否定，恋爱降温。数月后，陆家新构，伍君求我撰联，俾致玉成其事。乃欣然撰此，署伍君之名以贺：

咨札鲜呈，未知当代羲之①，可曾正是乘龙客？②

尧天再现，请效昔时秦穆③，一样修成引凤台。

【慕苏公注】是联借王羲之坦腹东床，桓叔元两女乘龙故事，委婉设问，并劝其勿错过尧天之良辰，仿秦穆公故事，修成引凤楼台，俾女儿择婿，跨凤高飞。陆氏父女心领弦外之音，知署名赠联者即当代羲之，亦即吹箫萧史，与伍某重修旧好。意在言外，情在理中。伍君成就美满姻缘，良有以也。“愿天下有情人，都成了眷属。”

---

① 王羲之东床坦腹食的故事：南朝宋·刘义庆《世说新语·雅量》记载，“王家诸郎，亦皆可嘉，闻来觅婿，或自矜持，唯有一郎在东床上，坦腹卧，如不闻。”说的是王羲之众兄弟，听说有人要从他们中间选一个女婿，个个装模作样，神态动作都不自然。只有王羲之不当一回事，光着膀子，泰然自若，还吃着小零食。没想到，未来老丈人就看中了王羲之的泰然自若。因他坐在东床（指东边的凳子）上，所以“东床”就成了“女婿”的转喻称谓。

② “乘龙客”也称“乘龙快婿”，意思是称意的女婿好比乘坐于龙上得道成仙，典出《魏书·刘昞传》。

③ “秦穆公筑引凤台”的故事源于秦穆公之女弄玉的传说，即“弄玉吹箫”。相传，春秋时代，萧史善吹箫，作鸾凤之响。秦穆公有女弄玉，善吹笙，公以妻之，遂教弄玉作凤鸣。居十数年，凤凰来止。公为作凤台，夫妇止其上。数年，弄玉乘凤，萧史乘龙去。这是一个优美的爱情故事，秦穆公的女儿弄玉和夫君萧史两情相悦，笙箫和鸣，这样的一对神仙眷属，终因恩爱有余，感动上苍，升至仙界。

在此联中，“东床坦腹食”“乘龙快婿”“尧天舜日”“秦穆公筑引凤台”等多个典故密集使用。这一现象当然是对联语境决定的，因为对联需要结构的紧凑性，所以在其他的通俗文体中，虽然也可能使用典故，但是不可能如此密集地使用。

2.6.5　语典与事典例词

为了帮助读者了解和对比语典与事典，学习对联中的语言学规律，同时也帮助读者接触更多的常用典故，增加古汉语和古典文学的修养，我们在本节中把《刘慕苏对联选编》（刘慕苏，2022）中的常用典故做一个罗列和解释。

事典例词（按音序排列）

“抱恨终天”，谓终身悔恨。《三国演义》41 回：“今老母已丧，抱恨终天。”见刘慕苏（2022: 230）。

“摽梅”，赞爱情专一忠贞，择配得人，并言婚期适时。“梅实叁兮”（“叁”可以写作“三”），出自诗经《摽有梅》（摽：biāo，意思是掷或抛），摽有梅，急婿也。陈奂说：“梅由盛而衰，犹男女之年齿也”。“梅”与“媒”声同，故诗人见梅而起兴，意思是赶紧的嫁了吧，娶妻吧，不要成为剩男剩女。诗经《摽有梅》原文：摽有梅，其实七兮。求我庶士，迨其吉兮。摽有梅，其实三兮。求我庶士，迨其今兮。摽有梅，顷筐塈之。求我庶士，迨其谓之。《摽有梅》上述句子的意思是说：梅子落地纷纷，树上还留七成。有心求我的小伙子，请不要耽误良辰。梅子落地纷纷，枝头只剩三成。有心求我的小伙子，到今天切莫再等。梅子纷纷落地，收拾要用簸箕。有心追求我的小伙子，快开口莫再迟疑。见刘慕苏（2022: 25）。

“乘风”指顺风，凭借风力。语出《列子 · 黄帝》，“列子师老商氏，友伯高子，进二子之道，乘风而归。”见刘慕苏（2022: 31）。

“程门立雪”语出《宋史 · 杨时传》：“杨时见程颐于洛，时盖年四十矣。一日见颐，颐偶瞑坐，时与游酢侍立不去。颐既觉，则门外雪深一尺矣。”学生去洛阳见程颐老师，老师正在小睡，不忍心叫醒老师，就在一旁侍立，天下起雪来，等到老师醒来，雪都有一尺深了。这是学生对老师恭敬的表现，在后世的使用中，“程门”被泛化了，可以指站立在任何老师的门前。“立雪”的意思也扩大了，泛指师生关系。见刘慕苏（2022: 31）。

“慈乌”，指乌鸦反哺，常以之喻孝子。出自元代无名氏《薛苞认母》第二折：“常言道马有垂缰，犬有那展草，踹踏街心，慈乌反哺。”见刘慕苏（2022: 24）。

“弹冠”，本义指理发师傅理完头发，帮顾客取来帽子，附带用手指弹去冠上的灰尘。“弹冠”也指准备做官。语出《汉书·王吉传》：“吉与贡禹为友，世称‘王阳在位，贡公弹冠’，言其取舍同也”，说的是一个叫王阳的人上位当了官，他的好朋友贡公也弹一弹（或者是掸一掸）自己帽子上的灰尘，准备做官。后来用“弹冠相庆”指一人当了官或升了官，他的同伙也互相庆贺。见刘慕苏（2022: 190）。

“登堂”，指升上厅堂。语出汉代赵晔《吴越春秋·阖闾内传》，“入门不咳，登堂无声，二不肖也。”又据《汉书·艺文志》记载，“诗人之赋丽以则，辞人之赋丽以淫。如孔氏之门人用赋也，则贾谊登堂，相如入室矣，如其不用何？”见刘慕苏（2022: 4）。

“钓磻溪”，垂钓于磻溪，此处指放松身心，颐养天年。“磻溪”，河的名字，也叫作“璜河”，在今陕西省宝鸡市东南。源出南山兹谷，北流入渭水。相传姜尚（姜太公）垂钓于此而遇周文王。见刘慕苏（2022: 229）。

“负笈”，背负书箱。形容所读书之多。汉代桓宽《盐铁论·相刺》记载，“故玉屑满箧，不为有宝；诵诗书负笈，不为有道。”马非百注释：“负笈”，背着书箱。“负笈”与“满箧”对举，是说所读的书多，整箱整箱的。见刘慕苏（2022: 4）。

“鼓盆”，本意即敲瓦罐子（瓦缶，古代乐器），代指丧妻。见刘慕苏（2022: 158）。语出《庄子集释》卷六下〈外篇·至乐〉，原文是：庄子妻死，惠子吊之，庄子则方箕踞鼓盆而歌。惠子曰：“与人居，长子老身，死不哭亦足矣，又鼓盆而歌，不亦甚乎！”庄子曰：“不然。是其始死也，我独何能无概然！察其始而本无生，非徒无生也，而本无形，非徒无形也，而本无气。杂乎芒芴之间，变而有气，气变而有形，形变而有生，今又变而之死，是相与为春秋冬夏四时行也。人且偃然寝于巨室，而我噭噭然随而哭之，自以为不通乎命，故止也。”

“济世”常与“悬壶”联用，都指治病救人。《后汉书·方术传下·费长房》记载，“费长房者，汝南人也。曾为市掾。市中有老翁卖药，悬一壶於肆头，及市罢，辄跳入壶中。市人莫之见，唯长房于楼上睹之，异焉，因往再拜……遂能医疗众病。”意思是说，有一个叫费长房的人，曾经担任管理市场的官员（即“市掾”，古代官署属员的通称），看到一个卖药的老翁在市场的入口处挂一只大壶，壶里装满药水，施药救人，收市后（即下班后），就跳入壶里，此人显然不是凡人。自此“悬壶济世”就成了行医的代称。见刘慕苏（2022: 26，64）。

“金屋藏娇”的故事是众所熟知的，虽然在当下社会演化出贬义来了，但是这种用法只是典故的引申义之一，更经典的用法还是对于新婚燕尔的赞美，本联中就是这种用法。故事的主人公是汉武帝，四岁时为胶东王，少年睿智的刘彻在回答姑姑说要把阿娇许给他做媳妇时，为了取悦姑姑，说如果能娶表姐陈阿娇做妻子，会造一个金屋子给她住，原话是“若得阿娇，当以金屋贮之”。见刘慕苏（2022: 4，18）。

“敬尔如宾”是“相敬如宾”的结构变体。“敬”即“尊敬”，“宾”即“宾客”。像对待宾客那样尊敬对方。出自唐代温畬《续定命录》，“故谏议大夫李行修娶江西廉使王仲舒女。贞懿贤淑，行修敬之如宾。”见刘慕苏（2022: 4）。

“举案齐眉”，比喻妻子贤德。语出《后汉书·梁鸿传》，“为人赁舂，每归，妻为具食，不敢于鸿前仰视，举案齐眉。”“赁舂”的意思是“受雇为人舂米”。见刘慕苏（2022: 4）。

“跨鹤”，指死亡。语出《文选·江淹〈别赋〉》，“驾鹤上汉，骖鸾腾天。”意思是乘着仙鹤飞升上了河汉，即天上的银河。“骖”，古代驾在车前两侧的马。“鸾”，传说中凤凰一类的鸟。“骖”和“鸾”在这里都指人死后飞升天界时的交通工具。见刘慕苏（2022: 54）。

“攀桂”，是攀援或攀折桂枝，旧时比喻科举登第，现比喻人有出息。比如唐代杜甫《八月十五日夜》诗之一：“满目飞明镜，归心折大刀。转蓬行地远，攀桂仰天高。”集注引赵次公曰：“攀桂”一词“言月中桂也。”见刘慕苏（2022: 72）。

“绍继箕裘”也作“克绍箕裘”，指子承父业，出自“良冶之子，必学为裘；良弓之子，必学为箕”（《礼记·学记》）。唐朝经学家孔颖达解释说：“言善冶之家，其子弟见其父兄世业陶铸金铁，使之柔合，以补治破器皆令全好，故此子弟仍能学为袍裘，补续兽皮，片片相合，以致完全……善为弓之家，使干角挠屈调和成其弓，故其子弟亦睹其父兄世业，仍学取柳和软挠之成箕也。”这里所说的“良冶”和“良弓”指的是善于冶金和造弓的人。这段话的意思是说，生活在冶金人的家庭里，子弟从小受父业的渍染，往往成为补续兽皮的工匠；生活在善于造弓人的家庭里，子弟从小受父业的渍染，往往成为制造竹器的工匠。说白了，就是什么样的人家，就有什么样的营生手段，而且子承父业，世代相传。见刘慕苏（2022: 23）。

“设帨”，“帨”读作 shuì，指佩巾。按照古代的礼仪，女子出生，需挂佩巾于房门右。《礼记 · 内则》:“子生，男子设弧于门左，女子设帨于门右。”所以，“设帨”转喻为女子生辰。见刘慕苏（2022: 92）。

“视予犹父”，出自《论语 · 先进》篇中孔子对学生颜回的赞叹，也是老师对学生敬重自己的描述，“回也，视予犹父也。”见刘慕苏（2022: 4）。

“寿星”又称南极老人星，古代神话中的长寿之神，也是道教中的神仙，为福、禄、寿三星之一。秦始皇统一天下后，在长安附近的杜县建寿星祠，后寿星演变成仙人名称。《西游记》写寿星“手捧灵芝”，长头大耳短身躯。画像中寿星为白须老翁，持杖，额部隆起，古人作长寿老人的象征，衬托以鹿、鹤、仙桃等，象征长寿。见刘慕苏（2022: 56）。

“太息”，大声长叹，深深叹息。《庄子 · 秋水》:“公子牟隐机大息，仰天而笑。”《楚辞 · 离骚》:“长太息以掩涕兮，哀民生之多艰。”见刘慕苏（2022: 32）。

“探花郎”也称作“探花使”，指殿试及第的第三名，出处唐代李淖《秦中岁时记》:“进士杏园初宴，谓之探花宴。差少俊二人为探花使，遍游名园，若它人先折花，二使皆被罚。”宋代魏泰《东轩笔录》卷六:“选最年少者二人为探花使，赋诗，世谓之探花郎。”见刘慕苏（2022: 72）。

“桃源”，比喻与世隔绝的美好所在，或指仙人所居之地。出自魏晋时代陶渊明的《桃花源记》。见刘慕苏（2022: 75）。

“卧冰求鲤”，晋代王祥故事。最早出自晋 · 干宝《搜神记》第 11 卷。意思是卧在冰上以求得鲤鱼，指忍苦孝亲。中国古代二十四孝故事之一。见刘慕苏（2022: 230）。

“握发”“吐哺”是周公的故事。据孙世祥的文集《神史》中的《第八十节》记载，周公“一沐三捉发，一饭三吐哺，起以待士”。意思是，洗发时多次挽束头发停下来不洗，进食时多次吐出食物停下来不吃，急于迎客。后遂以“三握发”比喻为了招揽人才而操心忙碌。形容礼贤下士，求才心切。见刘慕苏（2022: 190）。

“夏雨”，也是一个典故，是在分别之际常用的词句。《醉花阴・夏意》：六月炎炎诵离别，夏雨丝丝吟愁殇……空帘夏雨添愁怅，驰影风荷漾。见刘慕苏（2022: 24）。

“仙踪”，仙人的踪迹，如后蜀顾夐《甘州子》词：“曾如刘阮访仙踪，深洞客，此时逢。”“觅仙踪”，此处指去世，即追随神仙的足迹羽化飞升了，这是道家的说辞，若是用佛家的说法就是承蒙阿弥陀佛慈悲接引，去了西方极乐世界。见刘慕苏（2022: 34）。

“陟屺”（zhì qǐ），语出《诗经》“陟彼屺兮，瞻望母兮”，陟：登、升；屺：无草木的山。后常以为思母之辞。见刘慕苏（2022: 24，34，57）。

事典例词（按音序排列）

“阿母”指夫人，如《玉台新咏・古诗为焦仲卿妻作》：“府吏得闻之，堂上启阿母。”见刘慕苏（2022: 161）。

“二竖为殃”比喻疾病缠身。二竖，语出《左传・成公十年》：“公梦疾为二竖子，曰：‘彼良医也，惧伤我，焉逃之？’其一曰：‘居肓之上，膏之下，若我何？’医至，曰：‘疾不可为也，在肓之上，膏之下，攻之不可，达之不及，药不至焉，不可为也。’”后用以称病魔。见刘慕苏（2022: 49）。

“比干丞相”，有“七窍玲珑心”的传说。在小说《封神演义》中，比干拥有的一颗有七个洞的心脏，相传可以与世间万物交流，能用双目破除一切幻术，例如识别苏妲己的狐妖之身。见刘慕苏（2022: 176）。

“不亦宜乎”，意思是“不也合适吗”或“不也应该吗”，出自《左传・隐公十一年》：“犯五不韪而以伐人，其丧师也，不亦宜乎！”意思是自己犯了“五大不对”却要攻伐他人，这种人作战失败，难道不应该吗！见刘慕苏

（2022: 30）。

“骖鸾升阆苑”，指去世。“骖鸾”指仙人驾驭鸾鸟云游，“阆苑”传说中神仙居住的地方。《文选·江淹〈别赋〉》:“驾鹤上汉，骖鸾腾天。”吕向注:“御鸾鹤而升天汉。”见刘慕苏（2022: 105）。

“惨别”，凄惨的分别，也指死亡。出自白居易《琵琶行》，“醉不成欢惨将别，别时茫茫江浸月。”黯然伤神者，唯别而已矣。生离死别，当然是惨之极致了。见刘慕苏（2022: 34）。

“沉疴”，指长久而严重的病。“沉疴不起”指染上重病，躺在床上起不来。《晋书·乐广传》:“客豁然意解，沉疴顿愈。”南朝·梁·何逊《七召》:“今欲道足下以卫生之秘术，怡神之妙道，譬愈我於沉疴，若起尸於仙草，宁愿闻乎？”见刘慕苏（2022: 49）。

“绸缪”指“缠绵”，本意是用丝带来缠缚，后比喻情意缠绵，现代汉语中的成语“未雨绸缪”保留了“缠绵”的原意，意思是在天还没下雨的时候就修补好房屋的门窗，用绳子把门窗系紧，免得被大风吹倒了，现在用以比喻事先做好准备。见刘慕苏（2022: 69）。

“处士”，原指有德才而隐居不愿做官的人，后来泛指没有做过官的读书人，故有“处士高风”之说。“处士高风”出自清代进士俞玫的《柳枝词·处士高风恋五株》: 处士高风恋五株，清溪吾亦爱吾庐。苔矾软覆渔人钓，贯得江鱼上市初。见刘慕苏（2022: 22）。

“炊臼梦”，谓丧妻。《杂俎》:“臼中炊，无釜也。”釜与妇同音。见刘慕苏（2022: 102）。

“春秋”，指人的年岁，如春秋正富（年纪不大，将来的日子很长），春秋已高，春秋鼎盛。“春秋逾七秩”指年岁过了七十。见刘慕苏（2022: 34）。

“慈帏”，亦作“慈闱”或“慈帷”，古汉语中夫人的代称。宋代张孝祥《减字木兰花·黄坚叟母夫人》词:“慈闱生日，见说今年年九十。”明代陆采《明珠记·别母》:“承凤诏须当远出，别慈帏怎敢从容！”见刘慕苏（2022: 57）。

“慈云”，比喻佛道之慈心广大，犹如大云覆盖天下苍生。南朝梁简文帝《大法颂》:“慈云吐泽，法雨垂凉。”唐太宗《三藏圣教序》:“引慈云於西极，注法雨於东陲。”刘慕苏（2022: 123）用“慈云”比喻“慈母”。

“道韫”，指谢道韫，东晋诗人，是才女的代称。陈郡阳夏（今河南太康）人，谢安侄女，王凝之之妻。曾在家遇雪，谢安问如何形容雪花，其侄谢朗答“撒盐空中差可拟”，道韫认为“未若柳絮因风起”，受到谢安称赏。后世因而称女子的诗才为“咏絮才”。见刘慕苏（2022: 92）。

“德劭才高”，赞美德行和才华超乎其伦，拔乎其类。《小尔雅》释“劭”，美也，又高也。所以，“德劭”指德行广大。见刘慕苏（2022: 149）。

“风雨”有两重意思，一是字面义“风和雨”，如宋代苏轼《次韵黄鲁直见赠古风》之一：“嘉穀卧风雨，稂莠登我场。”二是比喻危难和恶劣的处境。《汉书·朱博传》：“（朱博）稍迁为功曹，伉侠好交，随从士大夫，不避风雨。”见刘慕苏（2022: 34）。

“凤侣”，比喻好友，也比喻美好的情侣。唐代高峤《晦日重宴》诗：“驾言寻凤侣，乘欢俯雁池。”宋代张先《临江仙》词：“况与佳人分凤侣，盈盈粉泪难收。”见刘慕苏（2022: 62）。

“孚佑”指庇佑、保佑。“孚”，使人信服，如“深孚众望”，表示“深为大家所信服”。《书·汤诰》：“上天孚佑下民，罪人黜伏。”孔传：“孚，信也。天信佑助下民。”明代归有光《隆庆元年浙江程策》之一：“我子孙钦奉朕命，不负朕垂训之意，天地祖宗亦将孚佑于无穷矣。”见刘慕苏（2022: 59）。

“改醮”，旧时称改嫁。“醮”jiào，结婚时以酒祭神的仪式。“改醮”的字面义是第二次以酒祭神。《晋书·孝友传·李密》：“父早亡，母何氏改醮。”见刘慕苏（2022: 102）。

“高门杰构”是对新建房子高大巍峨的赞叹，“高门”和“杰构”可以单独使用。见刘慕苏（2022: 22）。如金朝元好问的《摊破南乡子》云：高门自有容车日，明年且看，青衫竹马，雁雁成行。明代王世贞的《喻太守邦相及陈丞李司理邀饮顾园作》：初从窈窕转深幽，忽敞中天与目谋。杰构时撑碧落，回廊面面俯清流。见刘慕苏（2022: 21）。

“歌窈窕”指唱颂“关雎”这样的古诗，诗经中的作品在古代相当于流行歌曲，都是按一定的旋律来歌唱。“窈窕”出自《诗经》的“关雎”篇：关关雎鸠，在河之洲。窈窕淑女，君子好逑。从“关雎”篇来看，此处说的“歌窈窕”是指唱情歌，追求女孩子。见刘慕苏（2022: 69）。

“庚星”，指太白金星。“庚”指年龄。在神话故事中，太白金星是长着长白胡子的老者，当然代表老年人。所以，“庚星耀彩”是老年人长寿的意思。见刘慕苏（2022: 48）。

“瓜瓞”读作 guā dié，比喻子孙蕃衍，相继不绝。《诗·大雅·绵》：“绵绵瓜瓞，民之初生，自土沮漆。”朱熹集传：“大曰瓜，小曰瓞。瓜之近本初生常小，其蔓不绝，至末而后大也。”诗经原话的翻译是“大瓜小瓜瓜蔓长，周人最早得发祥，本在沮水漆水旁”。见刘慕苏（2022: 75）。

“圭璋”，两种贵重的玉制礼器，比喻高尚的品德。语本《诗·大雅·卷阿》：“颙颙卬卬，如圭如璋。”郑玄笺：“王有贤臣，与之以礼义相切瑳，体貌则颙颙然敬顺，志气则卬卬然高朗，如玉之圭璋也。”见刘慕苏（2022: 201）。

“桂阙”，指月宫，因为月中有丹桂树。明代刘基《霜叶飞·七夕》词：“堪恨桂阙姮娥，乘云骖雾，便踏龙尾先去。”见刘慕苏（2022: 201）。

“恨终天”是“抱恨终天”的意思，即含恨一辈子，多用于丧亲之痛。明代凌濛初《初刻拍案惊奇》卷十八：“丹客住了哭，对富翁道：‘本待与主翁完成美事，少尽报效之心，论证知遭此大变，抱恨终天！’”见刘慕苏（2022: 49）。

“鸿业”指“大业”，多指“王业”。《汉书·成帝纪》记载，“朕承太祖鸿业，奉宗庙二十五年。”唐玄宗在《并州置北都制》中说“守宗社之大宝，恢中原之鸿业”。见刘慕苏（2022: 21）。

“后昆”，亦作“后绲”，指后嗣，即子孙。《书·仲虺之诰》中说“垂裕后昆”。《隶释·汉绥民校尉熊君碑》也说“追羡遗绩，纪述前勋，于是刊碑，以示后绲”。

“化雨春风”，本义指适合草木生长的雨水及和风，比喻和蔼平易的教育，此典出自《孟子·尽心上》，“君子之所以教者五：有如时雨化之者，有成德者，有达财者，有答问者，有私淑艾者。”这段话的意思是，“君子教育人的方式有五种：有像及时雨一样滋润化育的，有成全品德的，有培养才能的，有解答疑问的，有以学识风范感化他人使之成为私淑弟子的。”见刘慕苏（2022: 46）。

“回禄”，火神之名也。《左传·昭公十八年》：“郊人助祝史除于国北，禳火于玄冥，回禄。”杜预注：“玄冥，水神；回禄，火神。”孔颖达疏：“楚之先，吴回为祝融，或云回禄即吴回也。”见刘慕苏（2022: 176）。

“佳城”指墓地。《文选 · 沈约诗》：“谁当九原上，郁郁望佳城。”李周翰注：“佳城，墓之茔域也。”见刘慕苏（2022: 144，151）。

“鹣鹣”，比翼鸟，“鲽鲽”，比自鱼，皆以喻夫妇和合。语本《尔雅》。我我卿卿，言夫妻相爱，此皆现成句法，不期得以成联。以上联之鹣鲽，喻下联之夫妇；上联起兴，下联则直陈之。见刘慕苏（2022: 45）。

“教泽”，指教化或教育的恩泽。《战国策 · 齐策六》：“田单之爱人！嗟，乃王之教泽也！”意思是说，田单善于关爱他人，是王教化的结果。见刘慕苏（2022: 88）。

“君子好逑”语出《诗 · 周南 · 关雎》，“窈窕淑女，君子好逑。”意思是：那美丽贤淑的女子，是君子的好配偶。见刘慕苏（2022: 39）。

“跨鹤”，乘鹤，骑鹤。道教认为得道后能骑鹤飞升。“跨鹤客”，指人亡故，或者说亡者。见刘慕苏（2022: 158）。

“梁木其坏”，是说屋梁损坏，比喻贤哲死亡。语出《礼记 · 檀弓上》：“孔子蚤作，负手曳杖，消遥于门，歌曰：‘泰山其颓乎？梁木其坏乎？哲人其萎乎？’”见刘慕苏（2022: 162）。

“灵钟”，常作“钟灵”，是“钟灵毓秀”的缩略，意思是凝聚了天地间的灵气，可以孕育出优秀的人物。“钟灵毓秀”指山川秀美，人才辈出，出自唐代柳宗元《马退山茅亭记》，“盖天钟秀于是，不限于遐裔也。”唐代杜甫《望岳》也说，“造化钟神秀，阴阳割昏晓。”“钟灵毓秀”的完整形式最早出现在《红楼梦》第三十六回：“真真有负天地钟灵毓秀之德了。”见刘慕苏（2022: 28，138）。

“令名”，指美名，好名声，如“令名远播”。语出《左传 · 襄公二十四年》：“侨闻君子长国家者，非无贿之患，而无令名之难。”见刘慕苏（2022: 141）。

“六艺”有两种解释，一是指《诗》《书》《礼》《乐》《易》《春秋》这六本著作，也可以指技能的六艺，即礼、乐、射、御、书、数。《周礼 · 地官司徒·保氏》:“养国子以道。乃教之六艺:一曰五礼,二曰六乐,三曰五射,四曰五御,五曰六书,六曰九数。”见刘慕苏(2022: 46)。

“弥月”,指婴儿出生后,刚满一个月。《诗·鲁颂·閟宫》:“无灾无害,弥月不迟。”郑玄笺:“终人道十月,而生子不迟晚。”宋王谠《唐语林·补遗一》:“主既弥月,体未甚安。”见刘慕苏(2022: 92)。

“命薄”,指命运不好。“命如纸薄”的缩短形式。隋代薛道衡《昭君辞》:“专由妾命薄,误使君恩轻。”唐代李商隐《属疾》诗:“多情真命薄,容易即回肠。”见刘慕苏(2022: 158)。

“弄璋”指人生子,语出《诗经》:“乃生男子,载寝之床,载衣之裳,载弄之璋。”意思是:啊!若是宝贝公子生下来,让他睡到檀木雕的大床上,让他捡样地穿那漂亮衣裳,淘来精美的玉圭给他玩耍。见刘慕苏(2022: 92)。

“袍笏”古代官员上朝时穿的官服和手拿的笏板,“笏”读 hù,古代君臣在朝廷上相见时手中所拿的狭长板子,用玉、象牙或竹片制成,上面可以记事。上古自天子以至大夫、士人,朝会时皆穿朝服执笏。后世唯品官朝见君王时才穿朝服执笏。唐代沈佺期《回波词》:“身名已蒙齿録,袍笏未復牙緋。”《宋史·选举志一》:“太平兴国二年,御殿覆试,内出赋题,赋韵平侧相间,依次而用……凡五百餘人,皆赐袍笏。”在刘慕苏(2022: 201)中指道士穿的道袍。

“鹏程”,比喻前程非常远大。“鹏”,传说我国古代的神鸟,是一种名叫“鲲”的大鱼变成的。它的背长达几千里。每年六月,它都要飞往南海的“天池”,它把翅膀一拍,天池的水就被击起三千里的浪花。它乘着旋风,一下子能飞越九万里的高空。唐代唐彦谦《留别》诗之一:“鹏程三万里,别酒一千钟。”宋代释道潜《次韵孔天瑞秀才见寄》:“来岁如今好时节,看君高步蹑鹏程。”见刘慕苏(2022: 62)。

“楩楠”,读作 pián nán,黄楩木与楠木,皆大木。《淮南子·齐俗训》:“伐楩枏豫章而剖梨之,或为棺椁,或为柱梁。”宋代陈翥《桐谱·器用》:“古今匠民,为小大之器,度而用之,其可贵者,则必云乌椑、白杨……楩楠、松柏、椅桼之类。”见刘慕苏(2022: 99)。

“乾坤定矣”出自《易经·系辞》:“天尊地卑，乾坤定矣。”乾为天，指男子；坤为地，指女子。天尊地卑，各安其序。见刘慕苏（2022: 32）。

“清流”，字面意是“清澈的流水”，喻指德行高洁、负有名望的士大夫。《三国志·魏志·桓阶陈群等传评》:“陈群仗名义，有清流雅望”。见刘慕苏（2022: 27）。

“清音”，字面意指“清越的声音”，比喻名声好，没有受到诽谤贬损。晋代左思《招隐诗》之一:“非必丝与竹，山水有清音。”唐代张文姬《沙上鹭》诗:“沙头一水禽，鼓翼扬清音。”见刘慕苏（2022: 138）。

“劬劳”读 qú láo，指劳累，如不辞劬劳。《诗·小雅·蓼莪》:“哀哀父母，生我劬劳。”见刘慕苏（2022: 160）。

“孺人”，古代称大夫的妻子，明清七品官的夫人或妻子封孺人，也通用为妇人的尊称。《礼记·曲礼下》:“天子之妃曰后，诸侯曰夫人，大夫曰孺人，士曰妇人，庶人曰妻。”见刘慕苏（2022: 153）。

“瑞霭”，指吉祥的云气。唐代杨巨源《春日奉献圣寿无疆词》之四:“瑞霭方呈赏，暄风本配仁。”宋代赵长卿《浣溪沙》词:“金兽喷香瑞霭氛，夜凉如水酒醺醺。”见刘慕苏（2022: 92）。

“三颂”，即华封三祝，是华州人对上古贤者唐尧的三个美好祝愿，典出《庄子·天地》:“尧观乎华。华封人曰：请祝圣人，使圣人富，使圣人寿，使圣人多男子。”华：古地名。封：封人，古官名。见刘慕苏（2022: 48）。

“三星在天”，指新婚，出自《诗经·唐风·绸缪》,“绸缪束薪，三星在天。今夕何夕，见此良人？子兮子兮，如此良人何？”译文是“把柴草捆得更紧些吧，那三星高高地挂在天上。今天是个什么样的日子呀？让我看见如此好的人呀。你呀你呀，你这样的好，让我该怎么办呀？”毛传释“三星”:“三星，参也。”“参”（读音 shēn）与“商”是中国古代的星宿名，按照当今天文学的星座划分，参星是现在的猎户座，商星是天蝎座。参星在西而商星在东，当一个上升，另一个下沉，永不相见。杜甫《赠卫八处士》说“人生不相见，动如参与商”，意思是世间上的挚友真难得相见。见刘慕苏（2022: 69）。

“三馀”，出自董遇的“读书三馀”，即“冬者，岁之馀；夜者，日之馀；阴雨者，时之馀也。”冬天，是一年中的空余；晚上，是一天中的空余；雨天，是农事劳动后的空余。见刘慕苏（2022: 83）。

“桑榆晚景”，意思是夕阳的余辉照在桑榆树梢上，指傍晚，比喻晚年的时光。出自《淮南子·天文训》:“日西垂，景在树端，谓之桑榆。”三国时魏国曹植《赠白马王彪》诗:“年在桑榆间，影响不能追。”见刘慕苏（2022: 102）。

“丧明”，谓丧子。《礼记》:“子夏哭子而丧明”。见刘慕苏（2022: 102）。

“胜友”，指良友。“胜友如云”，指许多良友聚集一处。出自唐代王勃《秋日登洪府滕王阁饯别序》:“十旬休暇，胜友如云。千里逢迎，高朋满座。”见刘慕苏（2022: 55）。

“失怙”，谓丧父。“怙”指依靠或仗恃，失去了依靠或仗恃，比喻“丧父”。“失怙”一词出自《诗·小雅·蓼莪》:“无父何怙？无母何恃？”清代黄景仁《和容甫》诗，“两小皆失怙，哀乐颇相当。”见刘慕苏（2022: 32）。

“失恃”，指死了夫人，语出《诗·小雅·蓼莪》:“无父何怙，无母何恃。”见刘慕苏（2022: 158）。

“菽水承欢”，指奉养父母，使父母欢乐，出自《礼记·檀弓下》:“啜菽饮水，尽其欢，斯之谓孝。”见刘慕苏（2022: 57）。

“斯民”，指“老百姓”。《管子·侈靡》说“天之所覆，地之所载，斯民之良也。”见刘慕苏（2022: 59）。

“太息”，大声长叹，深深地叹息。《庄子·秋水》:“公子牟隐机大息，仰天而笑。”《楚辞·离骚》:“长太息以掩涕兮，哀民生之多艰。”见刘慕苏（2022: 32）。

“兔走乌飞”，意思是光阴迅速流逝。“乌”指乌鸦，古代传说日中有三足乌，故称太阳为金乌；“兔”古代传说中月中有玉兔，故称月亮为玉兔。出自唐·韩琮《春愁》诗:“金乌长飞玉兔走，青鬓长青古无有。”见刘慕苏（2022: 83）。

“团栾”，圆圆的样子。“团栾月”，月圆的意象，常用于隐喻久别重逢或夫妻结合。清代郑元昭《忆秦娥·江上花朝》:“花生日，今年喜见团栾月。团栾月，烟波无际，潮平江阔。”见刘慕苏（2022: 226）。

“锡赐”，即“赏赐”。宋代范仲淹《乞召杜衍等备明堂老更表》:“归老十馀年，不曾迁改，亦无锡赐。”见刘慕苏（2022: 3，27）。

“遐龄”，老年人高寿的敬语，以知命（“五十而知天命”）为遐龄。宋代苏轼《坤成节功德疏》之六：“臣子何知，佛老有归诚之法，敢缘净供，仰祝遐龄。”见刘慕苏（2022: 88）。

“先考”，谓已丧之父。《礼记·曲礼下》：“生曰父，曰母，曰妻；死曰考，曰妣，曰嫔。”后以“先考”称亡父。见刘慕苏（2022: 102）。

“薤露”，读 xiè lù，古代送葬时唱的丧歌。“上界”，指仙界。薤露声声为度亡魂登上界。见刘慕苏（2022: 220）。

“新构”，指新盖的房子。见刘慕苏（2022: 30）。

“新桃灼灼”，出自《诗经·桃夭》：“桃之夭夭，灼灼其华”，形容桃花开了，光彩灿烂，美丽诱人。见刘慕苏（2022: 67）。

“玄门”，出自《老子》：“玄之又玄，众妙之门”。后世以“玄门”指道教。见刘慕苏（2022: 199）。

“一粲”，即“一笑”。“粲”本意是指上等白米，也指“鲜明的样子”，引申义是“言谈之美”。清代杨复吉《海鸥小谱跋》：“廿年剑化，一旦珠还，遥稔知不足斋主人，应不禁掀髯一粲也。”见刘慕苏（2022: 35）。

“懿范”，指美好的道德风范。晋代陆云《赠顾骠骑·有皇》诗：“思我懿范，万民来服。”见刘慕苏（2022: 144）。

“永和永好”，是永结同心的意思，也是新婚时常用的祝福语，以祈夫妻和谐，相濡以沫，家庭和睦。见刘慕苏（2022: 32）。

“咏周南”，指颂读周南的民歌，借指德行高远，受到了周代一般的德化。“周南”是《诗·国风》之一。后人认为《周南》所收大抵为今陕西、河南、湖北相邻地区的民歌，颂扬周的德化。汉以后被作为诗教的典范。见刘慕苏（2022: 69）。

“裕后光前”，指为后人造福，给前辈增光。宋代陈抟《心相编》说“敬老慈幼，必然裕后光前。”明代朱鼎《玉镜台记·完聚》说“荷明主褒功尚贤，更裕后光前。”见刘慕苏（2022: 138）。

“元亨利贞”是乾卦之四德。“德”者，“得”也。卦辞原文：“乾，元亨利贞。”实际上，在《易经》全文中，这四字以不同的组合方式出现了多次。“元亨利贞”往往被拆开来分别解释，即“元，始也；亨，通也；利，和也；贞，正也。言此卦之德，有纯阳之性，自然能以阳气始生万物，而得元始、亨通，能使物性和谐，各有其利，又能使物坚固贞正得终。”见刘慕苏（2022: 29）。

“杖廷”和“杖乡”，出自《礼记·王制》：“五十杖于家，六十杖于乡，七十杖于国，八十杖于朝，九十者，天子欲有问焉，则就其室，以珍从。”意思是说，五十岁在自己家里可以拄拐杖，六十岁在自己家乡可以拄拐杖，七十岁可以在国中任何地方拄拐杖，到了八十岁，可以在皇帝面前拄拐杖。年过九十，如果天子有什么问题想要请教，天子不能吆三喝四地把人叫了来，必须亲自上门访问，还要带上一点好吃的东西作为见面礼。见刘慕苏（2022: 85）。

“哲嗣”，对他人之子的敬称。明代宰相张居正《答司成姜凤阿》云：“儿曹寡学，幸与哲嗣同登，奕世之交，殆亦非偶。”清代赵翼《六哀诗·汪文端公》也说“尚喜哲嗣贤，曳履云霄上”。见刘慕苏（2022: 18）。

“正内正外”，言夫妇分别主持内外各项。出自《易·家人》：“女正位乎内，男正位乎外”。后因以妻子守正道，尽妇职于家中谓之“正内”。见刘慕苏（2022: 32）。

“之子于归”，意思是这位女子就要出嫁了。出自《诗经·国风·周南·桃夭》之“之子于归，宜其室家。”翻译成现代汉语，意思是“这个姑娘要是嫁过门啊，定能使家庭和顺又美满。”见刘慕苏（2022: 69）。

“中馈夫人”，指会做饭菜的女子。古时把女性为家人烹饪的劳动称为“主中馈”。东汉张衡《同声歌》有“绸缪主中馈，奉礼助蒸尝。”见刘慕苏（2022: 176）。

“重帏”，读音为 chóng wéi，意思是一层又一层帷幔，指祖父母。明代何景明《秋夕怀曹毅之》诗：“南国江湖远，佳人尺素稀；独愁谁与晤，明月鉴重帏。”明代夏完淳《春雪怀不识》诗：“重帏不知煖，无乃行路难。”见刘慕苏（2022: 102）。

“窀穸”，读音 zhūn xī，指墓穴、埋葬、逝世、长夜之意。杜预曰：窀，厚也。穸，夜也。厚夜，犹长夜也。清代袁枚《祭妹文》说“惟汝之窀穸，尚未谋耳。”见刘慕苏（2022: 151）。

“缁縗”（zī sù），也作缁素。缁和素，分别指黑和白，都是挂孝的颜色。另外，缁素也指僧俗，因为僧徒衣缁，俗众服素，显然在此联中不取此意。见刘慕苏（2022: 32）。

“子职”，儿子对父母应尽的职责。语出《孟子・万章上》：“我竭力耕田，为子职而已矣。”见刘慕苏（2022: 160）。

“梓里”，指故乡，也称“桑梓”。唐代翁承赞《奉使封闽王归京洛》诗：“此去愿言归梓里，预凭魂梦展维桑。”宋代张元干《瑶台第一层》词：“旧山同梓里，荷月旦、久已平章。”见刘慕苏（2022: 141）。

“紫府”，道教称仙人所居，如晋代葛洪《抱朴子・祛惑》：“及至天上，先过紫府，金牀玉几，晃晃昱昱，真贵处也。”“登紫府”，指成仙，比喻人死去。见刘慕苏（2022: 161）。

“紫微”，指紫微星，主事业之星，在命宫为寿星，有解厄、延寿、制化之功能，具有领导、权威的象征。“且喜紫微高照”是对华光兄弟二人良好祝愿，祝愿什么呢，“满门康乐万年长”。见刘慕苏（2022: 64）。

“宗功”或“祖德宗功”，指先祖、前辈的德行、功绩等值得歌颂和继承的优良传统。《管子・四称》：“循其祖德，辩其顺逆，推育贤人，谗慝不作。”蔡东藩《清史通俗演义》第九十七回：“惟我皇汉遗裔，奕叶久昌，祖德宗功，光被四海。”见刘慕苏（2022: 3）。

“尊壶”，尊称人妻。《儒林外史》第三五回：“你看这些湖光山色，都是我们的了！我们日日可以游玩，不像杜少卿要把尊壶带了清凉山去看花。”见刘慕苏（2022: 92）。

2.6.6　语义组构的语义强度理据

第四种语义组构规律取决于对联中并列项的语义强度。语义强度是在某一个语义维度上，语义关系所体现的递进关系。这样的语义维度，在客观世界没有对应，只是一种心理体验或价值认同。这种心理体验上的变化，或价值认同上的某种梯度，命名不是一件容易的事情，我们姑且名之为“语义强度顺序”。

“语义强度顺序”的例子，如刘慕苏（2022: 76）“道九逝世门联”：

令高堂丧子，儿曹丧父，妻室丧夫，阵阵哀号惊天地；

叹世间无药，天道无凭，阎罗无眼，声声嗟怨对苍穹。

在上联中“高堂丧子，儿曹丧父，妻室丧夫”，可以体现这些当事人受打击的程度排序，先说老年丧子，这是最让人感到伤痛的，再说幼年丧父，年幼的儿童无所依靠，至于老年丧子和幼年丧父如何排列，则体现另一个原则，即“老幼有序”，最后写“妻室丧夫”，虽然哀伤不次于老幼，但是排在最后也自有道理。

至于下联中的对应词项，即“世间无药，天道无凭，阎罗无眼”，可以看做是一种无序的排列，是有意按照某种排序来写却心有余而力不足的产物。语义组构的排序失败是无可奈何的事，但是平仄和韵律的对仗是不能不满足的。这就是语义和韵律（包含平仄）的矛盾，二者不能两全，就应当优先考虑韵律（包含平仄），这是对联文体的特征。

体现语义强度的理据秩序，随着使用频率的增加，可以沉淀为某种文化秩序，比如，在汉文化下，语义强度更大的语义项总是排在前面，从左至右体现语义强度的降序排列。这样的语义强度可以表现在许多方面。比如，我们说“无地或少地的农民”，先说“无地”，后说“少地”，前者的贫穷程度大于后者。“死伤人数”，先说“死”后说“伤”，因为“死”比“伤”更令人难受，给当事人造成的损失更大。“地富反坏右”这一顺序，体现的是“坏”或“反动”程度的降序变化。“党政军”“天地君亲师”等，都是按重要性的降序排列。“军师旅团营”“省市县”等序列，体现的是某种规模、数量或范围的降序排列。

第三章　对联词汇学（下）：对联中数目词的使用方式、功能类型与对仗规律

大量使用含有数目词的缩略词（abbreviations）是汉语的重要特征之一。在对联文本中，汉语的这一特征尤为突出，这是由对联的文体特征和对仗规律所决定的。一方面对联是文言体，追求表达的简洁和横向与纵向的对仗，对于词句结构的弹性化表达有更严格的要求。另一方面，在压缩或拉伸词句结构时，使用包含数目词的缩略词能较好地保证在语义不变的前提下调整对联词句的长度。

对联中数目词的使用方式包括必然性对仗与选择性对仗，数目词的类型分为单数目词词组与双数目词词组，它们都基于特定的选用理据，实现特定的语义效果。

数目词的功能类型包括体现物品的数量与物品的呈现顺序，表达极言其多与极言其少，体现祈愿功能与游戏功能，同时也成就平仄对仗。

数目词的对仗规律包括虚实相对，也包括以实对实、以虚对虚。

3.1　对联中数目词的使用方式

对联中如何使用数目词是一个很值得研究的课题。本节拟从如下多个方面展开探讨，先对比数目词嵌入对联的必然性和选择性，再探讨单个数目词与双数目词的嵌入，单个数目词指的是一、三、五、十、百、千、万等单个的数目字，双数目词是指三五个、千百年、五一节等包含两个数目字的词组。最后，

本节还要探讨数目词嵌入的理据和效果，这是比较复杂也比较有研究价值的学术问题。

3.1.1 数目词的必然性对仗

数目词的必然性对仗，不是一种规范性要求，而是一种描述性的事实再现。在上文的 1.3.1 节中，我们提出了“同类对”，是说对仗关系最好体现微观领域概念场内部的词语对应，数目词就是这样的微观概念场。数目词在上下联相同位置的对应体现了追求完美对仗关系的必然性要求。

我们来看例子。刘慕苏（2022: 46）“横阳中学部分毕业生回校联欢”联，体现了数目词的必然性对仗：“万”对“一”，“六”对“三”：

万里鹏抟，赖母校化雨春风，完六艺部门基础；
一朝鸠聚，凭若辈欢歌笑语，续三年灯火因缘。

上联的“万里鹏抟”，“鹏抟”读作 péng tuán，鹏鸟展翅盘旋而上，比喻人奋发有为。出自唐代王勃诗《常州刺史平原郡公行状》，“凤鸣千仞，鹏抟万里。”

“六艺”有两种解释，一是指《诗》《书》《礼》《乐》《易》《春秋》这六本著作，也可以指技能的六艺，即礼、乐、射、御、书、数。

下联下笔写“一朝鸠聚”，“一朝”指今朝，就是现在，“鸠聚”指聚集，“鸠”是一种鸟，它有群居性，喜欢聚在一起。《晋书·阎鼎传》说“乃於密县间鸠聚西州流人数千，欲还乡里。”意思是说，在密县那个地方聚集了来自西州的流浪人口数千人，他们想回到故乡。“流人”指被流放的人，或离开家乡、流浪外地的人。在此联中，“一朝鸠聚”指学生毕业后，各奔东西，天各一方，今天荣归母校，聚集在当年的教室里。

聚在一起又做了什么呢？接下来说“凭若辈欢歌笑语，续三年灯火因缘”，“若辈”指你们，凭你们这样的欢歌笑语，一如当初，又延续了当年就读时的灯火因缘。缘起缘灭，缘起而聚，缘灭而散。当年同窗读书是一种缘，三年一到，各奔前程。夙缘未尽，师生又见面了。

这样分析之后，上下联数目词的“同类对”就容易理解了。再看一个例子，刘慕苏（2022: 47）“刘氏南甫公陵寝”联中，九对八，千对四，千秋对四海，都是很工整的对仗。

【慕苏公按】北宋时从江西迁居湖南新化的彭城（今江苏徐州）刘氏，自始迁祖以下九代，有八代单传。十世祖南甫公有子八人，刘氏自此昌盛。联曰：

承九世而中兴，千秋载德；

庆八龙之后继，四海扬波。

【慕苏公注】上承九世，可谓门衰祚薄；下有八龙崛起，克昌厥后，岂惟有中兴刘氏之德，亦大有功于国家民族，令后人感戴不忘也。

作者慕苏公的按语和注释足够清楚的了，不管是对联内容还是数字对仗，所以我们不多做解释。

3.1.2 数目词的选择性对仗

数目词的选择性对仗是一种非常冠冕堂皇的说法，其实就是，能对就对，不能对就不对好了。这种情况是必然的，或者说是难免的，原因同样是上文提到过的两个，一是因为作者的才智不是无限的，二是因为一种语言的形义资源也不是无限的，不是你想对仗就能对仗的。所以，数字可以对，但不一定要对，这就是“选择性对仗”。在刘慕苏（2022: 49）“代道元昆仲作其父丧门联”中，“一”对“旬”是工整的对仗，但是，上联的“重”在下联没有对上数目词，下联的“二”在上联没有对上数目词。

得鲁班秘授，积一世辛劳，花甲已重开，正当宽怀娱晚景；

遭二竖为殃，遇旬间变故，沉疴胡不起，长教洒泪恨终天。

【慕苏公按】道元之父，即吾堂兄，少聪颖，未学木工，即擅长造作，执斧凿为生，六十一岁时重病十日而卒。无师自通，非鲁班秘授而何？重病而卒，显系二竖为殃所致。良医不起沉疴，宜乎终天抱恨。鲁班，传说中百匠之师，此专指木工之祖。二竖，犹言病魔，语本《左传》。

数目词的选择性对仗，还有一种比较极端的形式，即对联的一边有数目词，另一边没有数目词。比如刘慕苏（2022: 2）“乡政府 1956 年元旦门联”：

万众欢腾，庆祝一九五六年元旦；

全面规划，迎接合作化运动高潮。

3.1.3 双数目词词组的对仗

双数目词词组的对仗是比单数目词对仗更难满足的条件。对联作者总是尽量满足两个数目词连缀时的对仗。比如，刘慕苏（2022: 111–112）“代拟慎初六十自寿联”这两副对联都是双数目词词组对仗的好案例。

【慕苏公按】慎初本应六月初八做生，因天热而推迟半年至腊月十六，盖取“双倍”（谐音“双百”）之义；贺者亦有祝“双百”之辞，因顺其意而写成。

月推二六，日选十六，喜度六旬甲子；

客颂一百，义取双百，欣承百岁金言。

上联，“月推二六”，二六十二，从六月推至十二月，六的二倍。“日选十六”，吉日选在十二月的十六日，月和日都改了，各有一个“六”字，这又是文人说笑的看点，不如再重复一次，再来一个“六”字，说说“六旬甲子”，所以就有了“喜度六旬甲子”。所以，上联出现了三个双数目词，即“二六”“十六”“六旬”。

再看下联。“客颂一百”，无非是长命百岁，这是民间的习俗。“义取双百”，字面上是吉辞，但是要理解成“双倍”的谐音。这种理解估计不是一件容易的事。好在理解不了的人也不会过多纠结，大概自认才疏学浅，装作看懂了的样子，也就蒙混过关了。对作者来说，有了“义取双百”的过渡，就把上文的“客颂一百”和下文的“欣承百岁金言”连结起来了，下联三个“百”对仗了上联的三个“六”，一样的文字游戏，一样的说笑趣谈。

由此可见，上联的三个双数目词，即“二六”“十六”“六旬”，在下联中刚好对上了另外三个双数目词，即“一百”“双百”“百岁”。稍有微瑕之处是“百岁”必须理解为“一百年”才能与上联的“六旬”（即六十年）对仗成功，不过在此，我们不妨忽略些许的语用推理。所以，总的来说，此联是双数目词对仗的范例。

我们再看刘慕苏（2022: 111–112）“代拟慎初六十自寿联”的另一联。

【慕苏公按】慎初近岁常谈五星八字，人称“八字先生”，亦无反感。故又有联曰：

依八字排五星四柱，细算详推，六十年载月披星，此后或当兴老运；

迟半年即九冬腊月，洁樽恭候，三几桌亲朋好友，趋前相互祝遐龄。

此联的看点是“六十”在下联中对仗了“三几”，是双数目词对仗。除此之外，还有单数目词的对仗，由于它们不是本节的谈论内容，所以我们只是在对联中加了下划线，不再多做解释，读者可以参照 3.1.1 和 3.1.2 两节的相关解释。

3.1.4　数目词的选用理据

数目可大可小，数目词可长可短，在对联对仗中选用什么样的数目词，应该是有道理可讲，有规律可循的，接下来我们探讨一下这个问题。

在刘慕苏（2022: 179）“酒店”联如下：

酒出杏花村，三五个牧童遥指；

店居阳谷县，十八碗武二曾来。

为了在上下联的联首嵌入“酒店”二字，把杜牧的《清明》诗颠倒了一下。杜牧的原诗是“借问酒家何处有？牧童遥指杏花村。”

先说“酒出杏花村”，后说“三五个牧童遥指”。把牧童的数量定格为“三五个”，是虚指。为什么牧童的数量是三五个，而不是七八个，十几个，或者只有一个？在此，我们来分析一下数目词选用的理据。

在杜牧的诗中，天上雨纷纷，地上人正愁，衣衫湿透了，惶惶然不知去往何处。此时看到了牧童，好歹有了点生趣。但是，牧童最好只有一个，牛可以有两三头，不嫌多。牧童多了，小孩子叽叽喳喳，极好的宁静而不乏凄凉的画面，就被破坏了。作者把牧童的数量确定为三五个，唯一的理据是下联中武松喝了十八碗酒，是个双数目词，所以驱动上联退而求其次，把原本可以使用单数目词的地方，用了一个概数“三五个”。“三五个”已经嫌多了，“七八个”“十几个”就更不好了，所以权衡之下，还是选“三五个”将就一下吧。

对“三五个”的合理性的分析，语言学的分析路径估计是难以令人满意的，文艺美学、文学意象分析、心理学等学科的分析估计更能有所作为。既然如此，就再分析一个例子吧，尽量弥补解释深度不够的缺陷。

刘慕苏（2022: 90）“题‘醒醉’联”是我们选中的另一个例子。

【慕苏公按】有名士号“醒醉先生”者，征“醒醉”对联。余未详先生生平，但从“醒醉”二字生发：

醒者克全忠，仰屈子泽畔形容，一部《离骚》留浩气；

醉人沽大勇，羡武二景阳身手，半回《水浒》着英名。

上联说“醒者”，下联说“醉人”，一个“克全忠”，一个“沽大勇”。“克”

指能够，如克勤克俭。“沽”指出卖，如余勇可贾。

“一部《离骚》留浩气”，对“半回《水浒》着英名”，数目词“一”对“半”，有何道理呢？

“一部《离骚》留浩气”，《离骚》的字字句句，都是屈子所写，所以“一部”其实指“全部”。《水浒》可就不一样了，一百单八个好汉，武二占用篇幅不能太多，所以“半回《水浒》着英名”所说的“半回”，一方面是出于对仗的音韵与语义需要。从音韵来看，“一部”是“平仄”，“半回”是“仄平”，音韵刚好相对。再从语义来看，“一部”和“半回”都是极言其少，是最小的数量。除了语言学的理据之外，还有非语言学的理据，写实的效果也恰到好处。

3.1.5　数目词的使用与效果

理据和效果是紧密相关的，上一节谈理据，涉及语义、音韵等内容，接下来谈数目词的使用效果，也大抵不离这些方面。

我们来看刘慕苏（2022: 171）“建筑工程队”联：

凭一纸蓝图，几双巧手；
建千寻大厦，十里长桥。

上联说的“一纸蓝图”，是建筑图纸。“几双巧手”，是指建筑工人。“几”字的取数范围，凭语感是小于十。但是，作为文言词，它的取数范围是上不封顶的。这样想来，上联就挑不出毛病了。

下联的“寻”，是古代的长度单位，一“寻”等于八尺，倍“寻”为一“常”，也就是说两个八尺就是一“常”。“寻”与“常”合用，比喻短或小。比如，《左传·成公十二年》：“及其乱也，诸侯贪冒，侵欲不忌，争寻常以尽其民。”杜预注：“言争尺丈之地，以相攻伐。”杨伯峻注：“寻常意谓尺寸之地。”

此联中四个数目词组的使用，在韵律效果上增强了节奏，舒缓了语气，给读者更长的理解时限和玩味空间。如果把四个数目词词组都去掉，韵律和节奏就受影响了，我们来对比一下：

凭蓝图巧手；
建大厦长桥。

去掉数目词词组后也是一副好对联，但是节奏、韵律、语气等方面就受影响了。而且，在语义关系的对比上也大不如以前，上联的“一纸蓝图，几双巧手”，极言数量之少，“千寻大厦，十里长桥”，极言效果之宏大，成就之巨大。

3.2　数目词的功能类型

数目词的功能是多方面的，可以体现数量和物品的呈现过程，可以表示极大和极小的量，另外数目词还可以表达其他功能，比如，数目词的升序表达祈愿功能，数目词表达游戏功能、概括功能、成就平仄对仗等。

3.2.1　数目词体现数量与物品的呈现过程

数目词体现数量，是单个数目词的语义功能；数目词体现物品的呈现过程，是由多个数目词连用实现的。刘慕苏（2022: 63）“枝林森店开业”中的多个数目词连用，同时体现了数目词的上述两种功能。

【慕苏公按】该店地处村镇边缘，经营南杂、百货、烟酒、熟食诸业。擅长翰墨之陆君嘱撰此联，以贺该店开业。

枝枝缀绿叶红花，林园竞秀，庭院增辉。问诸君兴致何如？且请斟半瓶美酒，点一支香烟，品两碟佳肴，尝几盘熟食；

森森画苍松翠柏，店铺招商，厅堂设宴。既此处风光不俗，正好约八路仙真，延四邻新友，会九州豪杰，迎千里宾朋。

在本联中，上联是“且请斟半瓶美酒，点一支香烟，品两碟佳肴，尝几盘熟食”，数目词“半”“一”“两”“几”体现的是数量关系，是一种大略而非精准的数量关系。对联是诗性文体，精准的数量呈现既不可能，也不必要。另外，从小到大、由少到多的数量排列体现了物品的呈现过程，这种呈现并不体现精准的顺序，只体现物品的种类差别，原因同样因为对联是诗性文本，不可能也不必要体现精准的顺序。下联同样是数字对应，“八”“四”“九”“千”体现的是数目词的概括功能，我们到 3.2.5 再做探讨。

另外，本联所涉及的“枝林森”店名，一木，二木，三木。聚木成林，林多成森。店名是先于对联存在的名字，不是对联作者能够选择或改变的，所以在此避而不谈。

3.2.2　数目词表示极言其少与极言其多

上一节（3.2.1）所说的数目词体现数量，不是精准的数量，本节探讨“数目词表示极言其少与极言其多”，离“精准”的标准就更远了，是一种修辞性或语用化的使用。

在刘慕苏（2022: 121）“悼田叟”中，“一”和“万”的反复使用，分别表示极言其少与极言其多：

常珍惜一丝一缕一粟一斋，人尽其心，物尽其用；

既参透万劫万复万生万死，留也无虑，去也无忧。

上联的“一”，极言其少，再加上细微的物名，“丝、缕、粟、斋”，此四物极言其小，四个极言其少的“一”，加上四个极言其小的物名，有穷极细微之意，在此基础上再说“人尽其心，物尽其用”，是说主观和客观都臻于极限和完美，无有丝毫的浪费和遗弃。

下联的“万”，极言其多，再加上表示变化无常、虚幻缥缈的“劫、复、生、死”。所以，“参透万劫万复万生万死”表达的是极端的通达，遍知宇宙人生的一切玄奥，看破一切，放下一切，生死自在，去留无碍，所以才有“留也无虑，去也无忧”的豁达。

3.2.3　数目词的升序表达祈愿

数目词的升序是指多个数目词按从小到大的顺序排列。用升序的数目词系列，表达一种越来越好、越来越健康、越来越富足等祈愿，是现代语言学所说的隐喻用法，因为它满足隐喻的两个特征：一是数目词的升序和祈愿内容是两个完全不同的认知域，二是两个认知域在当下的语境中体现相似性。

在刘慕苏（2022: 115）“代信用员刘君拟六十自寿联”中：

愿人人活过<u>七十八十九十百</u>岁；

希户户储满<u>三万五万千万亿</u>元。

六十岁做寿，就拿数字做文章，当然是往上说，“七十、八十、九十、百岁”，说自己当然可以，求长寿也不算贪心，但是不如说“人人”，是一种公心，也是一种善良，何况说“人人”的话，自己也有份，而且也包括家里人和亲朋好友。上联就这样定了。

下联呢，数目字对于信用员来说，太容易组词成句了。对数字无感，就当不了信用员。信用员与钱打交道，钱越多越好，但是说自己不合适，露富是一种忌讳，就说储户吧，所以“希户户储满三万五万千万亿元”。储户存的钱多，信用员当然奖金就多，一好俱好，这就是下联。

所以，上下联的两串数字都以升序排列，都体现了一种基于隐喻关系的祝愿。

3.2.4 数目词的游戏功能

数目词的游戏功能也是对联作者使用数目词的重要动因。我们来看例子。

且看刘慕苏（2022: 111）“代拟慎初六十自寿联”。

【慕苏公按】慎初本应六月初八做生，因天热而推迟半年至腊月十六，盖取“双倍”（谐音“双百”）之义；贺者亦有祝“双百”之辞，因顺其意而写成：

月推二六，日选十六，喜度六旬甲子；

客颂一百，义取双百，欣承百岁金言。

上联，“月推二六”，乘法口诀二六十二，从六月推至十二月，六的二倍。“日选十六”，吉日选在十二月的十六日，月和日都改了，各有一个“六”字，这又是文人说笑的看点，不如再重复一次，再来一个“六”字，说说“六旬甲子”，所以就有了“喜度六旬甲子”。“六”字三重现，祈愿六六大顺，诸事六六六。数目词的游戏功能尽显无遗。

再看下联。“客颂一百”，无非是长命百岁。“义取双百”，字面上是吉辞，但是要理解成“双倍”的谐音。有了“义取双百”的过渡，就把上文的“客颂一百”和下文的“欣承百岁金言”连结起来了，下联三个“百”对仗了上联的三个“六”，一样的文字游戏，一样的说笑趣谈。

3.2.5 数目词体现语义概括功能

数目词体现语义概括功能在 3.2.1 中我们已经提了一下。刘慕苏（2022: 63）“枝林森店开业”的下联，“八路仙真”指各方各面的无量仙真，“四邻新友”指所有的亲朋好友，“九州豪杰”指普天下的豪杰，“千里宾朋”指不拘远近的所有宾朋，都体现了数目词的概括功能。对联如下：

枝枝缀绿叶红花，林园竞秀，庭院增辉。问诸君兴致何如？且请斟半瓶美酒，点一支香烟，品两碟佳肴，尝几盘熟食；

森森画苍松翠柏，店铺招商，厅堂设宴。既此处风光不俗，正好约八路仙真，延四邻新友，会九州豪杰，迎千里宾朋。

我们再看几个例子。刘慕苏（2022: 157）“颐先生”中的“三理”指医理、命理、地理，“千秋”是永恒的意思。

勇挑重担，矢志耕耘，闲暇昔攻书，三理兼通医命地；

永别辛劳，长辞拮据，逍遥今化鹤，千秋常伴佛仙神。

刘慕苏（2022: 162）“挽邓小平”：

梁木其坏乎，二代伟人，千秋事业；

功勋尤著者，两制构想，四字方针。

“梁木其坏”，是说屋梁损坏，比喻贤哲死亡。“二代”指第二代，不属于这里所说的概括功能。另外三个数目词词组都体现概括功能：“千秋”指永远，“两制”指一国两制，即一个国家，两种制度；“四字方针”指改革开放。

数字缩略词把更多的信息压制到数目词词组中，而且为词语长度的拉齐创造了条件。比如刘慕苏（2022: 208）“本烨联”：

本宗四象两仪五行八卦；

烨耀十方三界万户千家。

上联的“四象、两仪、五行、八卦”，需一一分开来解释。“两仪”，指天地。“四象”，或作四相，指青龙、白虎、朱雀、玄武，分别代表东西南北四个方向。“五行”，指金、木、水、火、土五种基本物质。“八卦”的基本符号单位有两种，用“—”代表阳，用“--”代表阴，用三个这样的符号，排列组成八种形式，叫做八卦。每一卦形代表一定的事物。乾代表天，坤代表地，坎代表水，离代表火，震代表雷，艮代表山，巽代表风，兑代表泽。八卦互相搭配又得到六十四卦，用来象征自然和人事，下联“十方三界万户千家”也是如此，“十方”指整个法界，包括东、南、西、北、东南、东北、西南、西北。“三界”指天界、人界、鬼界，或上界、人界、下界。“三界”常代指“六道”，因为“天道”和“修罗道”在天上，“人道”和“旁生道（或称畜牲道）”同处一个时空，“饿鬼道”和“地狱道”都在下界。“万户千家”指所有的人。

3.2.6 数目词成就平仄对仗

数目词成就平仄对仗是指如果不用数目词，对联的平仄对仗就无法实现。我们的例子是刘慕苏（2022: 164）：

统雄兵以定邦基，功昭日月；

主人大而颁国策，名齐二老。

下联的“二老”指毛泽东和周恩来，如实写出来，则字数太多，缩写为“毛周”，则韵律亏损太多，因为“名齐毛周”是四个平声，犯了韵律上的忌讳。把“毛周”换成数目词“二老”，两个平声换成了两个仄声，“名齐二老”就是平平仄仄，体现平仄的节奏性变化。

3.3　数目词的对仗规律

数目词的对仗方式，我们在 3.1 中做了粗略的探讨，提出了必然性对仗和选择性对仗。本节是在必然性对仗的基础上，再对对仗的方式做出更深层的探讨。至于选择性对仗，上文在 3.1 已有研究，本节不再重复。

从数目词的语义虚实特征来看，必然性基础上的数目词对仗大抵有三种方式。第一种是上下联的数目词写实对写实，是比较少的对仗方式，同样较少的是写虚对写虚（见 3.3.3）。出现频率最高的是写实对写虚，即一边是写实，另一边是写虚。出现这种现象的原因，不完全是因为上下联的虚实特征可以互换，其实，据我们的初步观察发现，虚实相对的对联一般来说上联写实，下联写虚，相反的情况比较少。其中的原因是，作者和读者都愿意或期待从语境的实际出发，先把实际的情况写出来，在下联中再用写虚的修辞性数目词来加以评论，或抒发情感，这样就构成了以虚对实的联际结构。

接下来，我们对三种对仗方式分别加以分析和举例。

3.3.1　上下联的数目词体现虚实相对

上下联的数目词体现虚实相对，如前所述，一般是上联写实，下联写虚，本节选用的例子都支持这种说法。事实上，我们没有在刘慕苏（2022）中找到相反的的例子。相反的例子或许是存在的，但不会太多，在什么样的语境中许可这种现象，留给读者朋友去研究吧。

刘慕苏（2022: 163）“挽刘少奇”：

<u>六字</u>含冤，大德依然昭广宇；

<u>一身</u>是胆，丰功自应溯安源。

“六字”是当年强加给刘少奇的三个罪名，即“叛徒”“内奸”“工贼”，所以，“六字”写实。

“一身是胆”是写虚，是修辞化的说法。此句是对刘少奇胆略的赞叹。刘公长期在敌后工作，非一身是胆不足以应对随时可能出现的危险。

再看刘慕苏（2022: 106）“代拟高宗义六十自寿联”：

六十年岁月粗评，忆幼小艰难，少壮辛劳，桑榆适意；

八九桌亲朋欢聚，看家庭和睦，人员健旺，衣食丰盈。

上联“六十年”肯定是写实，因为主题是“六十寿诞”，上联写实，为下联写虚准备语境，或者说，上联的写实本身就是语境的一部分。下联说“八九桌”是写虚，表达规模不大、不是太铺张的意思，因为撰写对联时寿诞还没有开始，具体的酒席规模难以把握，对联作者一般也不会要求对联委托人提供具体的酒席桌数，不然也就太学究气了。所以，我们只能从韵律对仗的角度来倒推模糊数目词的选择，这个方法果然灵验，“六十”是“仄平”，对仗下联的“八九”，是“平仄”。

3.3.2 上下联的数目词写实对写实

写实对写实是说上下联的数目词都是可以验证的数量关系，都有客观真实性作为它的语义基础，比如刘慕苏（2022: 105）“凤叔之母丧联”中的数目词词组。

【慕苏公按】凤叔之母，享九十五岁高龄；其父先50年谢世，现亦同时追悼。

孀居半世纪，寿越九旬余，常思母德惟馨，叹饥迫寒侵，先时愁苦；喜丰衣足食，晚景弥佳，方期百岁称觞，竟自骖鸾升阆苑。

年当五十零，魂上重霄外，深愧父恩未报，念养家耕口，尽日辛劳；痛反璞为真，殡仪复薄，用特一同追悼，还祈跨鹤降灵堂。

上联说“孀居半世纪”是写实，下联的“年当五十零”，也是写实。写实对写实，代表了数目词对仗的一种方式。

再看一个写实对写实的例子。刘慕苏（2022: 60）“曾某母丧联”：

享阳寿七十六岁高龄，茹苦含辛，昔日深恩何日报；

后父亲百有五天仙去，完因续果，来生福命此生修。

上联说“某母”的年轮是“七十六岁”，写实的程度很强，没有四舍五入成为“八十岁”。下联说父母去世的时间间隔是“百有五天”，同样是写实，也没有四舍五入成为“百天”。写实对写实，上下联都是写实。

3.3.3　上下联的数目词写虚对写虚

上下联的数目词写虚对写虚也是很有趣的数目词对仗方式。在刘慕苏（2022: 173）“冷饮店（冰厂门市部）”中：

消三分暑气；

存一片冰心。

上联说“三分”是写虚，比喻量小。冷饮吃得再多，暑气也只能消退少许。下联说“一片”，其实量大难以描述，“一片冰心”，一片像冰一样晶莹明亮的心。也是写虚。

再看刘慕苏（2022: 140）“代伍善兵拟”，是为修坟所作的对联：

胜地千秋景仰；

美名万载传扬。

上联有“千秋”，下联说“万载”，都是极言其长，在对联等韵文中尤其常用，都是写虚的笔法和写虚的用词。

第四章　对联句法学：对联的结构、句法、句式以及句法结构与词汇语义的界面互动

对联句法学研究对联文本中的结构特征，对联词汇如何组词成句，以及单联内部和两联之间的句式对仗关系，除此之外，还研究对联的句法结构和词汇语义的界面互动，探讨句法结构的预制件如何组合成为对联文本，以及这一过程的语境选择性和词汇语义限制。

对联的结构关系包括四种类型：第一种是上下联之间的结构类型，第二种是同一联内部的句法关系，第三种是词汇或词组层面的词法关系，第四种是韵律结构。对联的结构包括多种形式的组合与聚合关系，它们遵循组合关系优先、聚合关系次之的原则。但是，各种结构和规则都可能因为对联语境的需要而改变，或者被忽略，我们把这种结构改变称为“结构遮蔽”。

在句法层面，对仗关系实现了现代语言学问世之前对于词类范畴的最早启蒙。句法关系的对仗是通过语义范畴的简单化认定实现的，同时，语义关系可以通过韵律结构的驱动实现为不同的句法结构。和联内语义学与联际语义学相对应（见下一章）的是，对联句法学也分为联内句法学与联际句法学。

对联的对仗不一定体现相同的句式对应，因为“同类对”没有句式交错那样的结构变化，在语义和韵律上也不如后者。所以，反问句可以与陈述句相对，陈述句可以与感叹句相对，如此种种。

句法结构和词汇语义之间的界面互动是指对联的句法结构包含约定俗成的

语义预制件，这种预制件体现为长度不等、固化程度较大的词块结构，词块的调用由当下语境驱动，同时也受到句法结构和词汇语义所构成的界面的限制。

4.1 对联的结构

对联语言学要从研究结构开始。这大概与现代语言学的发展轨迹有某种联系吧。索绪尔（2001）的现代语言学研究，主要研究语言的几种结构，包括横组合结构和纵聚合结构。所以，本书对于对联语言学的研究也从对联的结构开始。

4.1.1 对联的四种结构

对联内部有四种结构。我们来一一介绍、举例并进行分析。

第一种结构是上下联之间的结构，可以是顺承关系，可以是因果关系，可以是对比关系或其他关系。以刘慕苏（2022: 58）为例。上下联的顺承关系，体现为上下联是同一话题的线性延伸。此联的标题是“戊辰春节吾家孝联”。

【慕苏公按】先考铸卿公为退休中医师，享寿八旬，于丁卯年（1987）病逝。吾家戊辰春节有联云：

岁序更新，儿辈思亲长抱痛；

天公召诊，吾翁著手便成春。

上联写冬去春来，一元复始，儿孙辈们怀念去世不久的老人，一家子心情无比沉痛。下联顺着上联的主题，情绪基调不变，语言风格不变，写老天爷病了，急召老人上天诊病。所以，“天公召诊”顺承了“儿辈思亲长抱痛”的主题。但是，顺承不是简单的语义重复，必有新的语义内容加入进来。下联首先揭示了亡人生前的职业是医生，而且肯定是医术高超的医生，不然天公也看不上。当然，挽联总是要美言死者的，只要是医生，就够给老天爷瞧病的。

第二种结构是同一联内部的句法关系。句法关系是逻辑语义关系的一种，或者说句法关系是逻辑语义关系在句法层面的体现，体现的是陈述者与被陈述者的关系，或者说陈述者与陈述内容的关系，以及事件与周边环境的关系，包括时间、位置、原因、条件等。句法因语言而异，是不同民族在语言结构中对逻辑关系的选择性利用。在此联中，“岁序更新”是“儿辈思亲长抱痛”的时间修饰成分，在语法上叫作时间状语。“天公召诊”是“吾翁著手便成春”的先决条件，只要“天公召诊”，就会有“吾翁著手便成春”的良好结果，在语法上叫做条件状语。“儿辈”是上联的主要陈述对象，在句法上是主语，“思亲长抱痛”是主要陈述内容，在句法上是谓语。

第三种结构是词汇或词组层面的词法关系。词法关系也是逻辑语义关系的一种，或者说词法关系是逻辑语义关系在词汇层面的体现，体现的是并列、修饰、因果、转折、顺承、让步等词义关系。这里体现的是更小层面上的结构关系和语义关系，比如，“天公”是偏正结构，“召诊”是动宾结构。

第四种结构是韵律结构，韵律结构可大可小。可以大到上下联之间的韵律关系，比如上联以仄声收尾，下联以平声结束，比如此联中上联的最后一个字“痛”是仄声，下联的最后一个字是平声“春”；也可以小到一个词或一个字的平仄特征，比如上联的“岁序更新”是仄仄平平，下联的“天公召诊”是平平仄仄。

4.1.2 半聚合关系

上一节（4.1.1）所呈现的四种结构关系的着眼点是结构的块状大小，或者说颗粒的大小，当然也涉及书写单位和韵律单位的类型。但是，现代语言学还有另一种结构划分方法，即横向的组合关系和纵向的聚合关系。

我们所说的对联中的聚合关系，与索绪尔（2001）所讲的基于可替换的聚合关系不同。我们认为，在上下联的相同位置，对仗关系中的词汇具有范畴基本相同、语义相关或相对，这样的词汇具有“半聚合关系”（semi-paradigmatic relation）。

在刘慕苏（2022: 205–206）的“曾元智（凤尧先生之孙）”这两联中，作者对从事道教修炼的曾元智先生表达了赞叹。两联都是嵌字联，在上下联的联首位置分别嵌入了“元”和“智”二字。除了名字用字外，其他词汇都尽可能地体现了上下联相同位置词汇的半聚合关系。先看 205 联：

元气斯全，炼得玄机真妙诀；

智能称妙，皈依无上太慈尊。

“元气”，指天地未分之前的混沌之气。“元气斯全”是说元气如此的全而又多。“玄机”，天赋的灵性。“妙诀”，高妙的诀窍。上联的整体意思是说利用无限的混元之气，来修炼自己的灵性，获得高妙的诀窍。

下联的“智能称妙”是说无上的神通智慧达到了妙境的地步。“皈依”，全心全意地信奉。“慈尊”，原本是对夫人的尊称，“太慈尊”是对道教三清的隐喻性尊称。下联的整体意思是说要获得无上的神通，并且皈依道法无上的道教天尊。

在此联中，“元气”和“智能”体现半聚合关系，因为它们同在一个较细微的语义场，而且，如果不考虑其他的结构条件（如名字嵌入和韵律），它们是具有替换关系的，替换之后，句法和语义都是可以接受的，我们不妨试试：“智能斯全”和“元气称妙”都是可以接受的，但是，这里的可替换性比索绪尔（2001）规定的要更宽松。在索绪尔看来，“我爱语言学”和“我爱社会学”中的“语言学”与“社会学”是最典型的替换关系，所以也是最典型的聚合关系，同样，“我”可以被“你”“他”“张三”“李老师”等替换，“爱”可以被“恨”“喜欢”“酷爱”等替换。

对联中的半聚合关系，除了比索绪尔词义范畴更宽松之外，在构词单位的数量（即语素）、节奏、音韵、平仄等方面则更加严格，比如在对联中“爱”是没办法被“讨厌”替换的，因为字数不一样，韵律和平仄就更加没办法满足了。

我们再看刘慕苏（2022: 206），同样是为曾元智先生所做，同样是以修道者的身份为主题，而且同样嵌入了名字：

元阳称上品；

智虑继先师。

“元阳”是人体阳气的根本。“智虑”，才智思虑，指洞察事物的能力。“元阳”和“智虑”是半聚合关系。“称”和“继”都是动词，都可以有主语和宾语，所以也是半聚合关系。“上品”是极好的品位，“先师”指道教的历代祖师大德，两个词也是半聚合关系，而且，这里的半聚合关系得到了更小构词要素“上”和“先”的支持。“上”和“先”的半聚合关系已经接近了完美聚合关系的要求，因为它们都表示顺序，但是有空间顺序和时间顺序的差别。

4.1.3 组合关系优先，聚合关系次之

在组合关系与聚合关系的二元结构中，我们拟提出对联中组合关系和聚合关系的优先顺序，即组合关系优先，聚合关系次之。这种顺序关系是对联语言

学的重要发现之一，也是对联这种文体有别于其他文体的重要标志。

以刘慕苏（2022: 35）“代贺伍玉福新构”为例。“新构”是指盖新房。

【慕苏公按】此代肖君撰联。肖君索句甚急，立等成章往贺。口占此联作称颂语，以为喜庆之一粲。

玉作台阶金作柱；

福盈华厦喜盈门。

在此联中，上下联对仗完美，上一节所说的四种结构关系都体现了无可挑剔的对仗，不管是整体的上联对下联，还是较大词块的“玉作台阶”对“福盈华夏”，“金作柱”对“喜盈门”，抑或是更小层面的单字对仗。但是，我们发现了一种差别，那就是组合层面的对仗比聚合层面的对仗更加工整。

在上联中，“玉”对“金”是宝贝对宝贝，很工整。在下联中，“福”对“喜”是美好的祈愿词汇之间的对仗，也很工整。这是组合层面的对仗。换一下视角，“玉”对“福”，“金”对“喜”，这种对仗就差了很多，只体现词汇范畴相同，至于语义范畴，必须在更加抽象的高度才能找到共同的语义共性。

话说回来，“组合关系优先，聚合关系次之”不是一种规定性的要求，而是一种描述性的发现。我们说不是一种规定性的要求，是说不是强求对联的内部结构必须这样，相反，这是联与联之间在不能完美对仗时的权宜策略，所以，这一发现只是描述性的发现，即发现了有这种情况，而且有比较大的出现频率。

相反，联与联之间的对仗关系，只要有可能，还是要体现最小语义场之间的词汇对仗，也就是说，能不将就，就不将就。

我们来看刘慕苏（2022: 68）的“杨溆新新婚”联：

溆水流兮，银河渡也；

新人至矣，金屋贮之。

这是一副嵌字联，上联嵌入“溆”，下联嵌入“新”。关于嵌字联的规律，嵌字联的类型，我们在下文有专门的章节来探讨，在此不费笔墨。

可以看出，此联的联首运思各异，各有不同的语义场，但是它们的结构延伸之后，在下文终于有了“银”和“金”的巧妙对仗，它们同在一个最小的语义场，即用贵金属对仗贵金属，也体现了“银河渡也”和“金屋贮之”的完美结构对仗和韵律对仗。

4.1.4　结构遮蔽

不管是四种结构（见 4.1.1），还是半聚合关系（见 4.1.2），抑或是组合关系优先、聚合关系次之（见 4.1.3），都可能因为对联语境的需要而改变，或者被忽略，我们把这种结构改变称为“结构遮蔽”。被遮蔽的结构就是忽略词句内部不完美或者是有缺陷的结构特征与语义特征。

我们以刘慕苏（2022: 51）“代拟肖君六十自寿联”为例，来解释结构遮蔽现象。

【慕苏公按】肖君，吾友也，执教三十余年，寿庆时已退休居家，嘱代撰“自寿联”。肖君退休时，体甚强健，回村后被选为村党支部书记，履任一届。非老而弥坚，焉能及此？肖君虽任过学校领导，犹未成功名，故有“功不成名不就”之说。对联如下：

腿还健，脑还灵，可知体魄还强，六十于今谁服老？

功不成，名不遂，惟有生徒不少，卅年教学我无它。

上联可以看作是自己说自己，也可以看作是旁人的评价，因为“腿还健，脑还灵”是藏不住的，也是装不出的，自己知道，旁人也看得出。“六十于今谁服老”，于人于己，说人自说，都是这个理，六十岁正是中年。

下联不同于上联的两可解读，显然是代肖君自嘲，是自己说自己的口气，说者知道，听者也知道，若没有这样的视角认定，就形同挖苦了，“功不成，名不遂”，若说他人确实太刻薄了，当面说人短，而且是白纸黑字，怎么可能呢？代肖君自嘲，视角一切换，反倒让人读出自谦或者是自嘲来了。

在下联的后句，“我无它”是“谁服老”的完美对应，而且，此联的前面词句，“腿还健，脑还灵”对“功不成，名不遂”，“可知体魄还强”对“惟有生徒不少”，也都是完美的对仗。所以，遮蔽“六十于今”和“卅年教学”的结构非对称，就成了结构遮蔽的内容，被遮蔽的是局部的结构缺陷，因为前者是主谓结构，后者是偏正结构。

从刘慕苏（2022: 51）的例子可以看出，结构遮蔽的原则是遮蔽者的线性长度越大，结构越完美，对被遮蔽者的遮蔽效果就越好。我们假设，结构遮蔽的语境只有“六十于今谁服老”和“卅年教学我无它”，结构遮蔽现象也是可以接受的，但是，遮蔽者和被遮蔽者的长度相当，所以，遮蔽者的遮蔽力量和被遮蔽者的抗拒力量也是相当的，所以，结构遮蔽的效果受到影响。此联的前几句，即“腿还健，脑还灵”对“功不成，名不遂”，“可知体魄还强”对“惟有生徒不少”，都是遮蔽力量的贡献者，改变了遮蔽力量和抗拒力量的对比，所以结构遮蔽的效果大大增强了。

结构遮蔽现象是对联中的普遍现象，几乎每一副对联都有结构遮蔽现象。我们再以刘慕苏（2022: 2）为例。“乡政府1956年元旦门联”是该联的标题。

【慕苏公按】乡政府领导，1955年除夕令撰门联，以迎接合作化运动高潮到来。因为之书曰：

万众欢腾，庆祝一九五六年元旦；

全面规划，迎接合作化运动高潮。

上联以“万众欢腾”起笔，紧接着交代缘由，是为了“庆祝一九五六年元旦”。下联也体现因果关系，是因为“全面规划”，才有“迎接合作化运动高潮”。但是，上下联因果关系的结构各不相同。上联是前果后因，先交代结果，后陈述原因。下联刚好相反，是前因后果结构，先出现的是原因，后出现的是结果。

虽然因果结构的顺序不同，但是上下联共同的因果关系结构已经成了结构遮蔽的贡献者。

再看微观语境。“万众欢腾”和“全面规划”都是大白话，而且，上联把“一九五六年元旦”一长串时间词汇直接写进对联，原样呈现，给人一种洒脱、随意、率性的韵味，全无雕饰，纯天然，无添加。下联选词择句的自由度总是降低了，但是“合作化运动高潮”这一串字词，不仅应时应景，而且与上联的结构基本一致，音韵也合拍，比如，“一九五六年元旦”包括两个词串，“一九五六年”和“元旦”，下联的句读刚好一致，也是“合作化运动”加“高潮”；上联以去声收尾，下联以平声结句。所以，在微观语境层面，结构遮蔽的力量也很强大。

被结构遮蔽的是什么呢？至少有两个结构。一是“一九五六年”对“合作化运动”，内部结构异质化，因为“一九五六年”中的数目词是一个整体，或者说“一九五六”与“年”是同位关系，而“合作化运动”是一个偏正结构，这种结构差异是被遮蔽的对象。另外，“元旦”对“高潮”，虽然都是偏正结构，但是，不管是整体结构还是内部词素，都不在最小语义场之内，比如“元”和“高”必须在更抽象的结构层次，才能找到它们共处其中的语义场。

刚才讲的结构遮蔽与结构遮蔽的力量，默认了一个原则，即结构遮蔽体现线性结构的顺序特征，以及等级结构的上下关系。所谓线性结构的顺序特征是说在总体上，前面的结构（完美性）可以遮蔽后面的结构（不完美性）。所谓的等级结构的上下关系是说对联结构中的等级关系，从最大的上下联之间的结构关系，到最小的语素之间的结构关系，呈现等级关系，被遮蔽的结构关系（的不完美性）处于等级关系的较低等级，它接受最高、较高、次较高各等级的结构的遮蔽。

在本节中，我们首先要提出结构遮蔽的逆向性，逆的是刚才说的顺序关系。我们来看例子。刘慕苏（2022: 5）“吾妹晚姑新婚”：

晚来秉烛试君才，此日三难，投石尚须提示否？

姑理新妆问夫婿，黛边一笔，画眉深浅入时无？

【慕苏公注】晚姑之婚礼简朴，且在我家举行，故以其名冠于“鹤顶”；而所用“苏小妹三难新郎”故事，与《近试上张水部》诗名（“画眉”句朱庆余语）均以新娘口吻提出；结婚地点，亦与上述内容暗合。切景切情，尚无大疵。亦千虑之一得。

上下两联都是反问句，问得太妙了。作者进入了主人公的角色，代新娘子发问，这是一种修辞策略，以收轻松戏谑之效果，也是对原典故的一种创新性运用。

结构遮蔽的逆向性体现为下文的“试君才”对“问夫婿”的完美对仗，再下文的“此日三难”对“黛边一笔”，以及“投石尚须提示否”对“画眉深浅入时无”，都是完美的对仗。它们可以逆向遮蔽不完美的结构对仗，如动宾结构“秉烛”对偏正结构“新妆”，以及“晚来”的前实后虚结构对“姑理”的前偏后正结构，都是结构遮蔽的逆向过程。

4.2 对联中的句法关系

4.2.1 对联的句法成分界定功能

近代以前，具体地说，是在 1898 年第一部语法学著作《马氏文通》（马建忠，1898）问世之前，中国是没有语法学的。传统的语言学（称为“小学”）分为三个分支学科：文字学、音韵学、训诂学。所以，在《马氏文通》问世之前，词汇的类别完全靠使用过程中的句法位置来区分。我们以刘慕苏（2022: 136）“闻某犯受审”为例：

廿载贪污，本来就秽声遍地；

一朝败露，安得不臭气冲天。

在此联中，“廿载”和“一朝”是一类，“贪污”和“败露”是一类，“本来”和“安得”是一类，“就”和“不”是一类，“秽声遍地”和“臭气冲天”是一类，至于这些“类”怎么称谓，怎么定义，有哪些本质的特征，需要使用抽象思辨能力和逻辑分析传统来分析。所以，对联中词汇对仗时的语义类别选择是对词汇语法范畴的朦胧觉察。

对联的句法意识启蒙是独一无二的，其他的韵文（如绝句、律诗）与句法关系较小，因为绝句、律诗等只要求平仄相应以及句尾押韵，这是对音韵学的要求，对于句法学的启蒙完全可以忽略。

4.2.2 句法关系的对仗

对联的对仗主要是语义关系的对仗，但是对语义关系的把握，已在句法层面上进行了最粗疏的概括，因为句法成分的定义是基于语义的定义，比如，“名词”是表示人、地、事、物等名称的词。在这个定义中，先有对名词的举例（如“人、地、事、物等”），再有语义类别“名称”的点破。可见，句法基于语义，也是简化语义类别的最主要的方法。有了“名词”这一术语，可以统揽“人、地、事、物等”所有同类的词汇，而不必罗列几万个类似的词汇，这是极不经济的做法。

有了句法成分这一概念，对联作者就能自觉地组织对联中的词汇类别、理解对联中的词汇类别。所以，句法对于对仗关系的创建和理解都极有用处。

在刘慕苏（2022: 36）“学校‘教工之家’联”中，上联有两个联合词组，

“乐”和“研”是动词，各带四个宾语，“书画琴棋”和“德智体美”。下联也是如此，“观”和“览”各带四个宾语，即“古今中外”和“丘壑山川”。所以，词汇的对仗变成了句法关系的对仗。

乐书画琴棋，研德智体美；

观古今中外，览丘壑山川。

4.2.3 语义结构的句法压缩

在 1.5.5“韵律决定句法”一节中，我们总结了“韵律决定句法”这一现象是语言的两个层面“韵律”和“句法”之间的互动。接下来，我们要看另外两个语言层面之间的互动，即“语义”和“句法”之间的互动，即语义关系从一种句法结构状态被压缩成为另一种句法结构状态。

我们来看刘慕苏（2022: 43）“教育工会俱乐部”联：

后人而乐，与人俱乐；

爱校如家，以校为家。

“后人而乐”出自宋代词人范仲淹的《岳阳楼记》，“先天下之忧而忧，后天下之乐而乐”，前者是后者的压缩句式。同样的语义内容可以有不同句法结构载体，有的是更常见、更自然的，有的是较不常见、较偏僻的，前者称作“一致式”（congruent），后者称作“非一致式”（incongruent）（Halliday, 1985；刘宇红，2001）。在此，我们关注的是语义结构从“一致式”状态到“非一致式”状态的改变方式之一，即句法压缩。

结构的可压缩性是汉语句子的特点，也是优势。汉语虽然足够简洁，但是在句式上相对于印欧语言（如英语）来说，可变换性、可压缩性仍然有巨大的空间。这是对比语言学和语言类型学这两个学科的常识性结论。对联创作可以善加利用语义结构的可压缩性，成为对联创作的句法资源。

语义结构的句法压缩还有一种形式是引用性压缩，即把现有的诗词句子通过压缩嵌入到当下的对联文本中。

我们来看刘慕苏（2022: 13）“戏题伍蒲兰新房”：

蒲叶荫浓，花径不曾缘客扫；

兰阶苔绿，蓬门今始为君开。

语义结构的句法变式是句法压缩，上联的后半截和下联的后半截，都出自

杜甫的同一首诗《客至》:

舍南舍北皆春水，但见群鸥日日来；

花径不曾缘客扫，蓬门今始为君开。

在套用杜甫诗的同时，在两句前各加上一个冠冕。这样的冠冕是很不容易加上去的，因为不仅要与原来的诗句语义连贯，而且在整体上，上下联的语义还必须圆融。不仅如此，加上去的两个冠冕还嵌入了伍蒲兰老师的名字，即“蒲叶荫浓”和“兰阶苔绿”，这种高难度的文字摆弄，实在出神入化，叫人拍案叫绝!

下联的“兰阶苔绿”，出自近代的熊盛元的《声声慢 读梦窗碧山此调感赋》诗句：

侵阶苔绿，逼眼灯红，春宵独倚危楼；

蘸水垂杨，曾牵古恨今愁。

惊鸿掠云坠羽，片魂轻、飞上兰舟；

人渐远，但筝声袅袅，月影悠悠。

“侵阶苔绿”的意思是长到台阶上的青苔绽放出青色。在这里，“阶”指长满了兰花的台阶，幽兰之旁，复有苔绿，意境又增添了几分雅致。“兰阶苔绿”之“兰”又是伍蒲兰老师名字的一部分，与“蒲叶荫浓”相对。

4.2.4 联内句法与联际句法

联内句法是指对联的上联或下联内部的句法关系。联际句法是对联的上下联之间的句法关系。两种句法关系可以统一，但是很多情况下是不统一的。以刘慕苏（2022: 12）“题吴晓平尊照”为例。

晓于事，慎于言，视长如兄，视幼如弟；

平其心，静其气，逢强勿怕，逢弱勿欺。

二十世纪七八十年代，好友之间在毕业、转业、工作调动时互赠照片是一种很流行的风俗。买一个纪念册，把好友送的照片镶进去，再请好友在旁边写几句劝勉的话，这是几代人的共同记忆。作者有古文人之风，在照片的反面题诗赠联，是一种很风雅的事。

至于此联本身，除嵌进名字之外，上下联又各有完整的语义表达，自成一体。“晓于事，慎于言”，意思是心里明白，但是嘴上不说，这是一种涵养，朋友之间的劝勉之情溢于言表。在句法关系上动补结构。下联的“平其心，静其气”是动宾结构，各自体现联内句法，但是在联际句法层面上是不一致的。

再看上下联的后一部分。上联的“视长如兄，视幼如弟”是“动宾补”的三元结构，下联的“逢强勿怕，逢弱勿欺”结构迥异，是偏正结构，“逢强”和“逢弱”是条件状语，“勿怕”和“勿欺”是一个祈使结构，也体现了联内句法的一致性以及联际句法的异质性。

4.3　对联中的句式对仗

对联中的句式结构指的是陈述句、反问句、感叹句、祈使句等类型。句式对仗是指这些句式类型的对仗，可以是同一种句式出现在上下联中，也可以是两种句式间的对仗。

4.3.1　陈述句对陈述句

陈述句对陈述句是最常见的句式对仗。比如刘慕苏（2022: 3）“贺刘凤恒昆仲新构”。

刘凤恒老先生与其弟佑恒、锡恒三人，新房建在水口山前、金壶垭后。此联嵌入三兄弟的名字，上下联都是陈述句式：

凤舞绕金壶，冀他年佑启人文，宗功锡赐三多福；

恒星环水口，喜今日高歌轮奂，闾里欣看百世昌。

4.3.2　反问句对反问句

反问句对反问句，如刘慕苏（2022: 5）“吾妹晚姑新婚”：

晚来秉烛试君才，此日三难，投石尚须提示否？

姑理新妆问夫婿，黛边一笔，画眉深浅入时无？

上下两联都是反问句，作者进入了主人公的角色，代新娘子发问，这是一种修辞策略，以收轻松戏谑之效果，也是对原典故的一种创新性运用。

4.3.3　反问句对陈述句

反问句对陈述句，刘慕苏（2022: 15）“哀悼周总理逝世”可作例证：

中外赞人豪，惟林肯尚堪比匹；

古今夸相业，舍诸葛谁与侪俦？

“人豪”指人中豪杰，“相业”指丞相的工作。作为“人豪”，只有美国前总统林肯才堪与相比。至于相业，也只有诸葛孔明才可与之相比。上下联的句式不同，上联是陈述句，下联是反问句。每联有两句话，第一句都可以看成是条件分句。

4.3.4 陈述句对反问句

陈述句对反问句是与上一种结构刚好相反的对仗方式，上联是反问句，下联是陈述句，如刘慕苏（2022: 8）“代贺陆咨尧新构”：

咨札鲜呈，未知当代羲之，可曾正是乘龙客？

尧天再现，请效昔时秦穆，一样修成引凤台。

4.3.5 陈述句对感叹句

陈述句对感叹句，如刘慕苏（2022: 1）“答老秀才问”的后半段的对仗，即“为学三苏号慕苏”对“当随后浪催前浪”。另外，对联的前半段，即“小生刘姓”对“老朽何知”是陈述句对反问句，是上一节的例证。

老朽何知？当随后浪催前浪！

小生刘姓，为学三苏号慕苏。

4.3.6 祈使句对祈使句

祈使句对祈使句，上下联都是祈使句，如刘慕苏（2022: 122）“偶感示儿曹”，上下联虽然没有使用祈使句专用的感叹号，但是从语气上来看，都是祈使句：

破浪乘风，游学海休思宦海；

临深履薄，上书山勿羡冰山。

4.4 句法结构与词汇语义的界面互动

4.4.1 对联中的句法结构预制件

一副对联是一个文本，文本结构主要体现为句法结构，当然也包括文本层面的语篇连贯。但是，我们只关注前者，即句法结构，语篇连贯姑且不论，因为对联独特的语义相对甚至上下联主题分治的意义表达结构，限制了语篇连贯的表达手段选用和语篇结构的研究价值。

对联的句法结构，像其他类型的文本一样，不是由句法的粉尘微粒粘合而成，而是体现结构单位的大小差异和结构构块之间的等级结构。所以，在本节中我们拟探讨一下对联中的句法结构预制件。

以刘慕苏（2022: 145）“华忠叔与婶墓碑”联为例：

大德闻遐迩；

英灵荫儿孙。

词汇单位的结构类型范式为大规模的词汇结构相似性准备了条件。这样的词汇结构类型为更大的对仗单位（如词组、子句）准备了“预制件”。比如，“大德”的偏正结构对应“英灵”的偏正结构，“遐迩”的反义复合结构对应“儿孙”的并列语义结构。从动词来看，“闻”和“荫”都是单音节动词形式，是满足某种结构和语义要求的小颗粒的对仗材料。

句法结构预制件的另一种形式是对现有文本内容或诗句片段的引用型利用。比如刘慕苏（2022: 80）“退休前不久口占”联：

读《归去来辞》，两袖清风朝后转；

听《阳关三叠》，一江春水向东流。

《归去来兮辞》，晋代陶渊明作。后人常用以喻解职归去之辞。此处只取“归去”之意。《阳关三叠》，即唐代王维所作之《渭城曲》。后人常以此作为送别歌曲之代称。

这两个篇名都是整体引用，所以是现成的句法结构预制件。嵌入之后的句法功能是宾语成分。选用之妙，不仅是字数相同，主题相契，而且韵律也基本相对。从主题类型来看，一辞一曲，这种差别为动词的差别性选用提供了最好的安排，辞是用来读的，所以动词用“读”，曲是用来听的，所以是“听《阳关三叠》”。两个预制件怎么会这么完美呀！切莫以鬼斧神工来赞美妙趣天成，实在是作者慧眼如炬，匠心独运。

预制件的现成搬用，远不止于此。“两袖清风”也是一块预制件。“两袖清风”，亦作“清风两袖”。旧时称官吏廉洁。最早出自元代陈基《次韵吴江道中》：“两袖清风身欲飘，杖藜随月步长桥。”后又见于明代于谦《入京诗》，“清风两袖朝天去，免得闾阎话短长。”

更有趣的是，“两袖清风朝后转”这个预制件辅以非预制的砂石灰浆结构（指“朝后转”这一零散结构），居然又与更大的预制件“一江春水向东流”形成了完美对仗。该句语出后唐李煜词《虞美人》。《虞美人》词：“……问君能有几多愁，恰似一江春水向东流。”

结构预制件是一种句法材料，一旦想起并且决定使用，可以大大地方便对联的构思和结构搭建，但是，作者需要预先具备工匠的才思和匠艺。所以，结构预制件还需要另一种预制材料，那就是作者数十年如一日的语言材料收集与语用感悟过程。

4.4.2 句法结构的语境选择性

任何一种句法结构都有或强或弱的能产性。句法结构的能产性，一方面取决于句法结构本身对于事件场景的概括力，另一方面也取决于句法结构预制件（见上一节 4.4.1）对于事件场景的概括力。这两种概括力在较大程度上取决于句法结构的语境选择性。

语境选择性是一种有别于事件场景概括力的另一种特性。事件场景概括力是句法结构这种结构主体对于外在场景的概括力，相反，语境选择性是逆向的选择过程，是事件场景对于句法主体的选择过程。

我们以刘慕苏（2022: 65，66）“孟公镇中学新楼落成联”的两副对联为例。两副对联分别是：

（65）大门有联云：

孟母已三迁而来此地；

公输教百匠以造斯楼。

（66）大楼有联曰：

中是不倚不偏，若斯楼不屈不移，顶天立地；

学则无涯无岸，喜尔辈无拘无束，破浪乘风。

两联分别嵌入“孟公”和“中学”，专有名词和单位的属性类别都是由语境赋予的。语境的另外特征是“新楼落成”，而且两副对联的粘贴之处分别是学校大门两边和新楼（教学楼）的楼梯口两边。这一系列的语境对于两副对联的句法选择性构成了极大的选择制约。

比如，“孟”是姓氏用字，语境选择是“学校”，那么“孟母三迁”这一典故就具有被选中的最大概率。“孟”的组词能力大于“公”，那么，“孟母”的选择相较于“公输”来说，具有更小的选择口径，所以，也必定是优先确定的句法结构预制件。

在“孟母”和“公输”被先后选定之后，句法结构的语境选择任务就主要落在“孟母”和“公输”的典故场景和语词组合规律之上了，循着这一语境思路，加上学校新楼落成这一情景语境，上联“孟母已三迁而来此地”和下联“公输教百匠以造斯楼”，就具有很大的语境可预见性了。

第 66 联的句法结构的语境选择性也可以顺着上面的思路来分析。把“中学”拆开来分别嵌入上下联的联首，这种类型的嵌入是不多见的，因为“中学”是通名，而不是专名。专名唯一地对应着某一个主体，针对性更强，对于对联当事人的关联强度更大，更能博取对联当事人的好感与共鸣。在“中”与“学”这两个词语中，“学”的语境针对性更强，因为学校是教学单位，所以，“学”相对于“中”来说具有语境选择优先性，并且前者能够主导后者的语境选择过程。顺着这一思路，以“中”和“学”作为语境选择主体，依次激活、调用了六个成语单位，“不倚不偏”“不屈不移”“顶天立地”“无涯无岸”“无拘无束”和“破浪乘风”，并且两两成对，音义俱佳。

4.4.3　句法结构的词汇语义限制

句法结构的词汇语义限制是从词汇语义的视角来看句法结构的组建过程。这一视角，不同于上一节（4.4.2 节）的语境对于句法结构的选择过程，虽然语境的一部分是言词语境，另一部分是情景语境，所以与词汇语义限制有一定的关联。所以，与其把两者拉扯到一起来说，不如分作两节来讲，因为差别远远大于共性。

此节的例子，我们同样选择同一当事人的两副对联，刘慕苏（2022: 67–68）“杨淑新新婚”。两副对联分别如下：

（67）

淑水潺潺，直待是我我卿卿，哝哝唧唧；

新桃灼灼，正恁般恩恩爱爱，蜜蜜甜甜。

（68）

淑水流兮，银河渡也；

新人至矣，金屋贮之。

杨淑新先生，是对联的当事人，是新婚的新郎官。两副对联分别都嵌入了“淑”和“新”二字。我们要说的词义选择限制，就从这里的名字嵌入说开去。

杨溆新生于湖南省溆浦县，后随父定居于湖南省新化县，所以后来改名“溆新”，体现从“溆”到“新”的迁移路线，与“齐秦”“鲁豫”“王鲁湘”等人名字的原诿相当。

“溆水”是一条河的名字，而且查字典发现，“溆”是这条河的专用字，没有除河名以外的其他义项。所以，“溆水”决定了“溆浦县”的名字，“溆浦”又决定了“溆新”的名字。

先看第67联。“溆”从水，“水”是偏旁，女人似水，呢喃似水，水声潺潺，恰似情人之间的倾诉。这样的词汇语义决定了对联的创作思路，于是就有了上联：“溆水潺潺，直待是我我卿卿，哝哝唧唧”，从水声想到柔情蜜意，这是很自然的过渡，把人的行为和情意迁移给流水，让流水为一对有情人代言，匠心独运，妙语天成。

下联“新桃灼灼，正恁般恩恩爱爱，蜜蜜甜甜”，桃子一年一熟，何言新桃旧桃？当然是为了嵌入人的名字，因为“溆新”有“新”字。好在“新”虽然也是人名的一部分和县名的一部分，但是“新”的构词能力远远大于“溆”，词汇对于句法的语义限制能力弱多了，这就给了对联作者更大的句法选择自由。所以，“新桃”不取新旧之对比，而是心情被刷新了，心随境转，境由心生，心有新意，桃也就是新的了。“恩恩爱爱，蜜蜜甜甜”用来描述“新桃灼灼”的，这里有一种叫作“通感”的用法。在下文中，我们对于对联中的修辞现象有专门的章节探讨，在此不多说。

我们再看第68联。上联是“溆水流兮，银河渡也”，下联是“新人至矣，金屋贮之”。

【慕苏公注】从溆水联想银河，并及牛、女二星。新人至矣，则忙手贮之金屋。仅十六字，虚词占四分之一，与上联之用迭字者迥异。

此联又是嵌字联，名字“溆新”被拆开之后，重新组词，体现一形两义的结构和语义。在上一副对联中，即“溆水潺潺，直待是我我卿卿，哝哝唧唧；新桃灼灼，正恁般恩恩爱爱，蜜蜜甜甜”，以为“溆”和“新”是唯一的成句策略和组构方法，联内组合，联际对应，完美得让人拍案叫绝。眼下这一副对联，同样取“溆水”入联，取“新旧”之“新”，如有神助，居然又变化出“溆水流兮，银河渡也；新人至矣，金屋贮之”。

词汇的语义限制同样要从“溆水”开始说起。“溆水”流淌，联想到天上的银河。银河之所以入联，还是因为银河两岸有一对恩爱夫妻：牛郎和织女，俩人虽然恩爱，但是被分隔两岸，离愁别恨似有难免，怎么解决呢？反其意而用之，作者说“银河渡也”，从此岸到彼岸，渡过银河，就可以相聚了，离愁别恨瞬间化解，新婚燕尔恰好相应。这是在引用典故时，处理意象乖悖的最佳技巧，即反其义而用之。意象结构的改变，可参见上文 2.4.5 节。

下联“新人至矣，金屋贮之”，所言的“新人”的“新”，原本是新郎官的名字，但是名字在结构拆解之后，暂时割裂了原本的组合关系，“新人”指向新娘子。“新人至矣”指新娘子过门来了，怎么办呢？“金屋贮之”，再用一典，主谓衔接，完美收关。“新”的词汇语义完美地规范并决定了句法结构的选择过程。

第五章　对联语义学：联内语义关系与联际语义关系

对联语义学研究对联词汇以外的语义问题，或者说研究比对联词汇更大单位的语义。由于对联包含上下两联，所以，对联语义学相应地分为单联内部的语义学和上下联之间的语义学。单联内部的语义关系包括对联的上联或下联内部的实指或虚指，实指或虚指不是由词汇本身在脱离语境状态下的语义关系所决定的，比如“廿载”，可以是实指，也可以是虚指，具体的语义关系取决于单联内部（甚至是两联之间）的语义关系。所以，单联内部的语义关系具有基于语境的可预测性，或者是基于作者意图的曲笔现象。在对联文本层面，语义问题还包括对联的叙述方式和情绪表达，所以对联中的“夹叙夹议”是值得关注的文本语义问题，现代语言学称之为“篇章语义学”，篇章内部的语义转向和情绪调整也是对联语义学不可回避的研究课题。语义总是具有层次性和组合性，所以单联内部的语义组构问题是对联语义学的重要研究课题，包括语义组构的推进方向、语义组构的时间顺序、语义组构的物理理据和非物理理据。

上下联之间的语义关系是更宏观的语义问题，涉及上下联之间的语义关联、下联对上联的逆向制约、上下联之间的语义溢出现象、上下联之间的叙事与非叙事的语义互补以及长对联的复杂叙事功能。上下联之间的逻辑语义关系可以分为语义顺承、语义递进、语义因果和语义并列等现象。

上下联在叙事的时间结构上可以有多种不同的安排，包括上联呈现时间下联提供表达，或者是上下联分别表达时间，所以上下联之间的时间结构可以是线性的结构安排，在时间表述中还可以出现时间以外的语义搭售现象。

5.1　单联内部的语义关系

单联内部的语义关系是指上联或下联内部的语义结构安排，是部分组构成整体的语义结构规则。我们分几点来讲，包括词汇语义的实指与虚指、语义关系的可预测性、语义结构上的曲笔现象、表义过程中的夹叙夹议现象、对联内部的语义转向与情绪调整。

5.1.1　词汇语义的实指与虚指

实指与虚指相对，是指称性名词词组与它的指称对象之间的两种语义关系类型。所谓“实指”是指词汇的语义内容在客观世界或观念领域真实存在，或者至少具有心理可及性，“虚指”是指指称对象不真实地存在，只是服务于语法结构、音韵结构的需要。

在刘慕苏（2022: 136）“闻某犯受审”联中，“廿载”和“一朝”构成实指和虚指的对立：

廿载贪污，本来就秽声遍地；

一朝败露，安得不臭气冲天。

“廿载”是实指的时间词，是对一个明确的时间段的指称，“一朝”是虚指的时间词，是被语法化（to grammaticalize）了的时间名词。所谓“语法化”是指曾经的实体名词如今虚化成了没有词汇内容，只有语法功能的虚词。比如，“一朝”的字面义或本义是指“某天的早上”或转喻化为“很短的时间”，语法化之后，变成了表示时间接续的连接词，体现事情变化的突然性或偶发性。比如，此处“一朝”是指“突然之间”，而且“突然之间”的时间位点可以是中午，也可以是晚上，而不一定是早上（即“朝”），这就证明了语法化的结果掏空了原本的词汇意义。

但是，“实指”与“虚指”在词汇的词典意义层面是看不出来的，是语境确定了语义内容的“实”与“虚”的特性。

我们来看刘慕苏（2022: 61）“某侄新婚联”：

择正月二十四之吉旦；

结三万六千日之良缘。

上联的“正月二十四”是实在的、客观的、无争议的，“三万六千日”，整整一百年，是一种心愿，是主观的，是美好的祈愿，体现的是一种观念，即当下人寿的上限。也正因为这样，一实一虚，才构成对联中的对立，结构上的同一性，语义上的关联性，意境上的虚实感，这才是佳对。

“实指”与“虚指”的对比不一定体现在数量关系上，在非数字的其他词汇中也有相应的对比。

在刘慕苏（2022: 20）“贺慕英新构”这副长联中，上联的“当句对”包含“题龙凤挂榜，看狮虎雄姿”这样的片段。“狮虎雄姿”，是狮子崂和老虎岩的合称，两处山名，位于新居东南方。所以，“狮虎”二兽是实指，是以兽之外形喻山，为了确保对仗的工整性，上一部分杜撰出“龙凤”二兽与之对仗。“龙凤挂榜”指“挂榜岩”，是一处陡峭的山岩，“挂榜”前面也增加“龙凤”二物，以便保持节奏的相应，其实是虚指的手法。写虚手法如何使用，首先是尽可能确保写实和写虚的两个内容同在于一个较小的感念范畴之中，其次，还要保证语义的褒贬色彩符合当下语境的要求。假设把“龙凤”换成“虫蚁”，或者是“牛马”，虽然也是写虚，语义效果就不堪想象了。

5.1.2 语义关系的可预测性

语义关系的可预测性是指词汇语义和组词成句的可预测性。我们来看刘慕苏（2022: 45）“杨成新新婚”联。

成对成双，鹣鹣鲽鲽；

新郎新妇，我我卿卿。

新郎官的名字叫“杨成新”，“成”字开启“成对成双”的组词过程，又被隐喻为“鹣鹣鲽鲽”（jiān jiān dié dié），鲽是比目鱼，鹣是比翼鸟，语义顺延，取譬自然，太完美了。在当下的名字嵌入和婚联语境中，具有较强的词汇语义可预测性和组词成句可预测性。

下联以“新”字起笔，新者为何，是“新郎新妇”。澳洲的功能主义语言学家韩礼德（Halliday, 1985）说过，只要语境确定，话语就有可预知性，这就是一个很好的例子。言辞语境是“新”字，情境语境是结婚，“新郎新妇”就有了高级别的可预知性。再进一步，以“新郎新妇”开头，再加上上联的“鹣鹣鲽鲽”，后续的“我我卿卿”又是可预知的了。

所谓的“可预知性”就是语境中的唯一性，或者说词句的可选性降到了最低。这种说法似乎表明完美的对联可以轻易成就，但是有一个隐秘的逻辑前提，那就是作者必须有上帝的视野和能力，掌控一切语言资源，对于所有的典故和词汇，必须毫无遗漏地通晓。这种推论成了对作者最高的褒奖。

5.1.3　语义结构上的曲笔现象

所谓“曲笔现象”是指在语义表达中采用拐弯抹角的手法来表达意义，而不是直截了当地把意思表达出来。

比如在刘慕苏（2022: 79）“代吾侄事宏兄弟撰其母五十寿辰联”中：

再过五十年满百岁；

先让一家子敬三杯。

上联着眼当下并展望未来，妙在一个“再”字，“再过五十年满百岁”。兜一个弯子，只为了交代寿宴主人当下的年龄。但是，偏偏不说当下五十岁，而是说“再过五十年满百岁”，是为了突出一个满数，即“人生百年”。而且，都说“人生百年”，但这只是一种理想，几人能活到百岁呢？要的就是这个满数，因为此处表达的是一种祝愿，一种祈福。

下联妙在一个“先”字，“先让一家子敬三杯”。“先”字有暂且、权且之义，以后的机会还多着，还有六十大寿、七十大寿、八十大寿、九十大寿、百岁大寿。所以，五十岁并不年高，但是再过五十年就是高寿。

敬三杯不算重礼，也不算重谢。半辈子含辛茹苦，实在是理所当然。所以，“先让一家子敬三杯”的语气是给后生辈一个机会，一个回报寸草春晖的机会。

5.1.4　表义过程中的夹叙夹议现象

“夹叙夹议”是一种叙事手段，也是一种叙事策略，指的是在叙事中夹杂了议论，在议论中又有叙事。比如刘慕苏（2022: 49）“代道元昆仲作其父丧门联”。

【慕苏公按】道元之父，即吾堂兄，少聪颖，未学木工，即擅长造作，执斧凿为生，六十一岁时重病十日而卒。联曰：

得鲁班秘授，积一世辛劳，花甲已重开，正当宽怀娱晚景；

遭二竖为殃，遇旬间变故，沉疴胡不起，长教洒泪恨终天。

此联像叙事诗一样记录了亡者的生平、职业、不俗的天资以及染病、病情迅速恶化、早亡的整个过程。叙事只为议论，议论又升擢了叙事，两相结合，是悼亡联中的杰作。

具体来看看，上联的“得鲁班秘授，积一世辛劳，花甲已重开”，以叙事为主，情感抒发和议论体现在个别词汇中，如“秘授”“辛劳”等词语分别表达赞叹、同情。末句“正当宽怀娱晚景”，主要是议论，叙事是次要的，或许是内容体现了对年轮的间接表达，如“晚景”隐含了时间或寿数。下联的语义结构完全相同，前三句以叙事为主，后一句以议论见长。

5.1.5 对联内部的语义转向与情绪调整

“语义转向”是指语义没有按初始的设定向前推进，而是在中途改变了叙事内容和叙事策略；“情绪调整”也一样，是指情绪表达没有一以贯之，有悲、喜的改变，或其他两种情绪状态的切换。

比如在刘慕苏（2022: 159）“悼龙章触电身亡”中：

列缺太无情，眨眼间撒手长辞，满座亲邻都洒泪；

皇天殊不惠，伤心处捶胸大恸，一家老幼尽含悲。

上下联在语义表达的结构上基本一致，都是先表达“怨”，后描述“哀”。上联所怨者是“列缺”（电）的无情，下联所怨者是老天太不公平。

上联也好，下联也好，接下来是怨后转哀。

上联的怨后转哀，是怨过“列缺太无情”后，然后再说“眨眼间撒手长辞，满座亲邻都洒泪”，这两句的结构又是先怨后哀，前一句怨的是亡者，或者说是命运，因为“眨眼间撒手长辞”。去的就这么快，不管是人还是天，也太无情了，说走就走。收尾的一句才是“哀”。所哀者，是“满座亲邻都洒泪”。

下联也一样。第一句是怨，“皇天殊不惠”，老天爷你太无情了，太不讲仁德了。接下来的两句以哀为主，“伤心处捶胸大恸，一家老幼尽含悲”。“哀”是此联的主调，“怨”只是一个由头，揭示“哀”的缘由。“哀”的描述，上联有“眨眼间撒手长辞，满座亲邻都洒泪”，下联有“伤心处捶胸大恸，一家老幼尽含悲”。

5.2 单联内部的语义组构

单联内部的语义组构是指对联的上联或下联内部多个语义组块的排列顺序。这些组块的排列顺序，既是一个语义学问题，也是一个认知与文化问题，因为语言和语义的呈现方式反映的是人的认知习惯和文化传统。

5.2.1 语义组构的推进方向

语义组构的推进方向是指上下联之间顺向的或逆向的组块推进。顺向的组块推进指上联影响或决定下联，上联选择了什么样的组构原则，就可能影响甚至决定下联的组构样式。反过来，逆向的组块推进指下联影响或决定上联，下联选择了什么样的组构原则，就可能影响甚至决定上联的组构样式。

这里说的一联影响或决定下一联，不一定是联与联之间的组构模式照搬，很多情况下是另一联没有明确的顺序，或者无法照搬上一联的组构顺序。所以，哪一联中可以找到明确的组构顺序，它就居于主导地位，另一联中没有明确的组构顺序，它就是从属的，或者说是想照搬但是不能如愿。

对语义组构推进方向的研究可以发现或还原对联作者的构思过程，是先构思了上联还是先构思了下联。一般来说，对联作者是先构思上联，再构思下联，这一顺序是与对联的线性书写过程一致的。但是，实际的构思和创作过程是上联的构思卡住了，不妨先构思下联，然后再构思上联。我们从语义组构的推进方向可以发现这一规律。如果下联的对仗质量高于上联，基本可以确认是逆向的组构过程，当然反例不是没有可能。在征联过程中，上联比较平庸，下联很精彩的情况也会偶尔出现，正如在文学翻译中，译文的质量偶尔也有优于原文的情况。

我们先看顺向的语义组块过程。例如，刘慕苏（2022: 104）“代撰沈君挽胞弟联”：

少未能使汝勤学，长未能使汝成家，壮未能使汝康强，今复如斯，我诚有恨；

生也许由天安排，死也许由天掌握，命也许由天注定，古来若此，人岂无尤！

顺向的语义组块过程体现为上联有明确的组构顺序，但是下联没有能够保持上联的做法，既没有沿用上联的组构顺序，也没有选择另一种顺序。

上联写“少未能使汝勤学，长未能使汝成家，壮未能使汝康强，今复如斯，我诚有恨”，以自己内心的惭愧来表述弟弟的凄惨人生，“少”“长”“壮”这一顺序是作者精心选择的结果，是成长过程的时间顺序，但是下联的语义组块顺序是“生”“死”“命”，整体上看是没有顺序的，因为“命”排在“生”“死”之后，看不出合理的理据。

我们可以合理地猜测出两个规律：一、作者先构思了上联的组块顺序，然后再构思下联的组块排列；二、作者其实也希望把下联写得像上联那样体现顺序理据，但是并没有做到。至于为什么没有做到，也有两种原因：一是语言的形义资源不是无限的，当没有可供调用的形义资源时，作者只好将就一下了。二是对联作者的语言能力不是无限的，不可能全知全能，无所不知，所以对语言资源的占有不可能是穷尽性的。虽然乔姆斯基（Chomsky, 1965）从心理学的语言观出发，假定本族语者个人的语言能力是完美的，但是这只是一种理想化的逻辑预设，所以如果从合理性来看，索绪尔（2001）或韩礼德（Halliday, 1985）的社会学语言观显然更合理，因为社会学的语言观认为个人的语言能力总是有缺陷的，一种语言只能完美地存在于全体的语言使用者中。

接下来，我们来看语义组块的逆向确认。刘慕苏（2022: 70）“鹅塘学区1993年庆祝‘六一’会场联”：

九三年六一来临，处处是歌声琴声笑声掌声，红旗面面迎风展；

千百万儿童庆祝，人人重德育智育体育美育，鲜花朵朵向阳开。

上联的语义项罗列“歌声琴声笑声掌声”是没有合理顺序的，下联的“德育智育体育美育”是有序的，体现“德智体美”的重要性顺序，所以我们认为，对联的语义组构顺序极有可能是先构思了下联，再逆向决定上联的组构方案。

5.2.2 语义组构的时间顺序

在上一节（5.2.1）谈语义组构的推进方向时，我们举的例子都涉及了某些顺序，比如刘慕苏（2022: 104）“代撰沈君挽胞弟联”的上联体现了时间顺序，刘慕苏（2022: 104）“代撰沈君挽胞弟联”的下联体现的是重要性顺序。接下来要谈的组构类型和举例，难免和上一节有某些交叉，但是，阐述的主题是各不相同的。正是为了最大限度地避免举例的重复，我们在本书中对刘慕苏（2022）的引用是尽可能地扩大对联的覆盖面。虽有此想，但是对联作为例子的重复使用仍然难以避免。

时间顺序作为对联内部语义组构的方式是最常见的组构顺序，足见时间框架在人类认知和书写中的重要地位，所以我们不敢敷衍。我们来看新的例子吧，即不同于 5.2.1 中所用的例子。

刘慕苏（2022: 106）“代拟高宗义六十自寿联”：

六十年岁月粗评，忆幼小艰难，少壮辛劳，桑榆适意；

八九桌亲朋欢聚，看家庭和睦，人员健旺，衣食丰盈。

上联把六十年人生分作三个阶段，“幼小艰难”“少壮辛劳”“桑榆适意”。人生恰如倒啖蔗，越啃越甜，渐入佳境。时间顺序的使用非常自然，也非常合理。

下联按重要性顺序来写：下联没有体现人生阶段的分段特点，“家庭和睦，人员健旺，衣食丰盈”，三个方面也足以囊括人生幸福的各个领域。若论主次，倒也是很分明的，先写“家庭和睦”，这是门面上的，也是最重的，其次谈“人员健旺”，最后写“衣食丰盈”，大致体现了重要性的降序排列。

既然时间顺序只是顺序的一种，重要性顺序是另一种顺序，那么，我们如何认定对联中语义组构的顺序呢？或者说，我们如何认定对联的构思过程和构思顺序？这里又要涉及人类认知框架的基础性地位的排序问题。人类认知是一个不断发展、没有停歇的过程，只要人的生命状态基本正常，认知活动和认知积累就不会停止。较早建立的图式化的认知结构，在后续的认知过程中不断强化，并且成为后续认知的参照点，所以认知框架的基础地位是有认知发展过程和发展顺序来支持的。时间线性过程这一意象图式虽然不是最早的认知图式，至少对空间的认知早于时间，但是“重要性”的抽象程度肯定大于“时间”，基础地位的差别可以部分决定成年人在选用认知框架时的选用顺序，以及对于文本组构方式的结构选用。所以，我们把刘慕苏（2022: 106）“代拟高宗义六十自寿联”中上联的时间顺序看得更加基础，并且具有主导地位。

时间顺序的变体表达也是语义组构的方式之一。

我们来看刘慕苏（2022: 100）“伍母逝世联”，联中对孝家的长幼和尊卑顺序的选用，也是时间组构顺序的例子。

萱苑忽凋零，任子哀孙恸雏啼，化鹤遽归西竺国；

蓬门遭变故，遵母嘱师传父命，守灵不设道场坛。

上联“萱苑忽凋零”比喻夫人毫无征兆地去世了，“子哀、孙恸、雏啼”显然提到了三代人，即子、孙、重孙，是时间框架的组构方式。下联对应“母嘱、师传、父命”，指三个人，此处的排列顺序应该是为了迁就音韵，重要性的顺序略显凌乱。

5.2.3 语义组构的物理理据

对联内部结构的安排，除了体现某种时间顺序，也可以体现某种物理理据，即反映事物存在状态或运动规律的某种秩序。比如刘慕苏（2022: 98）“某中学新楼落成联”：

平地起高楼，看墙基稳固，梁栋坚牢，廊檐上下修齐，粉刷精工细致，济济乎育天下英才，好绘蓝图跨世纪；

集资兴伟业，赖领导筹谋，行家设计，巧匠辛勤劳作，诸君鼎力维持，欣欣然献床头阿堵，应垂青史耀人寰。

上联是对高楼的全方位描述，先说“墙基”，再说“梁栋”，然后说“廊檐上下”，最后说“粉刷精工”，既体现了建筑物的施工顺序，又体现了结构稳固性的重要性等级，是一种合理的行文顺序和文本结构安排。

下联描述的是高楼建造过程中各方参与的次序，同样，与上联不是同一种秩序，但是却构成合理的对仗关系。在中国语境下，下联最先提及的当然是“领导筹谋”，然后是“行家设计”，再然后是“巧匠辛勤劳作”，最后是普罗大众，即“诸君鼎力维持”。这样的结构安排既是对传统等级观念（即“礼”）的传承，也体现了文本结构模式的社会文化基础。

5.2.4 语义组构的非物理理据

语义组构的非物理理据是指不能参照物理理据来解释的语义项排列规律。具体来说，非物理理据可以是某种逻辑理据，宗教或传统文化中的某种秩序规范。

比如，在刘慕苏（2022: 193）“再题理发店”中：

势若参禅，须心静头低手敛；

形同拍戏，受雨淋雪压风吹。

上联的“心静、头低、手敛”，反映的正是某种非物理性的排序理据。参禅即是观心，必须先说心，头和手相比，当然要先说头，因为头控制手，所以“心、头、手”的顺序就这样确定了。至于下联对应的“雨淋、雪压、风吹”，三者的顺序只能服从于韵律的安排，以及它们与“淋、压、吹”的韵律配对方法。

5.3　上下联的语义结构

上下联的语义结构是指上下联之间的语义对比关系，这种语义对比关系可以有很多种，甚至难以穷尽性地罗列出来，比如顺承、对比、因果等，见5.3.1。这些语义对比是静态的，有静态的就还有动态的。所以，在此基础上，本节还要探讨上下联之间的互动，包括上联影响下联以及下联影响上联。前者是顺向的影响，后者是逆向的影响（见5.3.2）。另外，上下联是各自独立的语义单元，但是，单联内部的词汇语义关系也可以溢出来，影响到另一联的语义内容，当然，语义溢出现象主要是从上联向下联溢出，详见5.3.3。

5.3.1　上下联的语义关联

刚才说了，上下联的语义关联形式多种多样，所以本小节不可能尽数涉及，只是举例而已。

我们以刘慕苏（2022: 74）“陈建田新婚联”为例：

建设趁良时，曲曲新歌迎丽日；

田园多雅趣，双双彩蝶舞东风。

本联是嵌字联。上联嵌“建”字，下联对应“田”字。万千思路，瞬间被聚焦，两个先决的条件会限制思维的路径，但是对于能者来说，正是显山露水的好机缘。

上联所谓的“建设”，指称对称可大可小，可宽可窄，可公可私，既可以指国家建设，也可以指家庭建设。从下文来看，应该是指国家建设，因为“新歌”“丽日”都是与国家层面的宏大叙事联系在一起的。这是一种文化认定，是个人对于国家的责任。

上联谈国家建设，谈的是人事，下联对之以天然，“人事”对“天然”，恰好。何为“天然”？大地山河，飞鸟虫鱼，风雨彩蝶之类。先说田园雅趣，后说彩蝶翻飞，一片祥和野趣。这就是上下联之间的语义关联，这种关联就是对仗。关联的方式就是对仗的基础。

分析完了，好像还没有找到与新婚的关联。再仔细找找，找不到可麻烦了，对联要跑题了。不过，就算题跑了，人还跑不了。因为上联说“建”，下联说“田”，说的是“建田”家的事。这就是签名，往别人门上是贴不了的。

换一种思路。“建设”也可以是家庭建设，组建一个新家庭，也可以算建设。一对新组建的农民夫妻，结婚后要另立门户了，有自己的责任田，在自己的“田园”去播种属于自己的希望。与新婚的关联总算找到了。

点题了，还必须应景。再找找。婚姻大事，必须是欢天喜地的，必须是载歌载舞的。看看有没有这些仪式化的内容。上联，“曲曲新歌迎丽日”，听到了，有新歌。“新歌”可以是有声的，这是字面义，也可以是无声的，这是隐喻义，指新取得的成就。不管怎样，新婚有歌声，就不错了。要是来点舞蹈，就更好了。还真有。下联说“双双彩蝶舞东风”，彩蝶翻飞，翩翩起舞。这里的“双双彩蝶”也有双重的意义。先说“田园多雅趣”，再说“双双彩蝶舞东风”，所以字面意义是自然界的蝴蝶。隐喻义是一对新人，他们正是彩蝶，在生活的大舞台上翩翩起舞，在耕种的田园里翩翩起舞。

不管是哪一种意义，有唱的，有跳的，有听的，有看的。不管怎样，新婚的气氛起来了，新婚的祝愿也有了。这就是上下联之间的语义关联。

关联的方式太多样化了，所以，再举一个例子应该不算多余。比如刘慕苏（2022: 73）“贺袁景生新构”：

景色清幽，况岩门后峙，榜壁斜陈，凉井得铜箍，智水仁山多景致；

生气蓬勃，喜桃李芬芳，芝兰馥郁，苍松偕翠柏，池鱼林鸟满生机。

【慕苏公按】袁老师华构，地处凉井湾，在岩岭下，左有挂榜岩（一名“榜壁”），下又有名“铜箍棒”者。嵌四处地名，两处人名，欲铺陈其景致，衬托其华居，并为之祝福。

上联写“景”，下联写“生”。“景”是袁景生老师的“景”字，也是新房周边的美丽景致。所以，以“景”字开头，既说人，又说景。“生”是袁景生老师的“生”字，也是讲袁景生老师的营生，即以教书为职业，通过教书来养活一家老小。

上联先说“景色清幽”，是最要紧的点评，中华文化深得老庄玄学之妙，喜欢清静，更喜欢幽渺，于清静中方可实现无为，于幽渺中方可感悟虚无。但是，袁老师并非方外之人，无为和幽渺当不得饭吃，他是一名教师，是孔门和儒学的传人，喜欢“智水仁山”，智者乐水，仁者乐山，“智”“仁”这种教条，是孔门和儒学的人生境界。何者为智？何者为仁？是山水的转喻，且看上联：“岩门后峙，榜壁斜陈，凉井得铜箍，智水仁山多景致”，山有岩岭，还有挂榜岩、铜箍棒，水有凉井，凉井湾因之得名，有如此许多的智水仁山，说“多景致”一点不夸张。

道家所追求的“清幽”和儒家所信仰的“仁智”是如何衔接起来的？一个“况”字就成全了。“况”是文言连词，表示更进一层，相当于“况且”“何况”。先说“景色清幽”，再用一个“况”字，引入“岩门后峙，榜壁斜陈，凉井得铜箍”。“况”字所引入的，不仅表明在“景色清幽”这一虚化的特征之外，还有实质的景点，也把中华文明的两种特质，或者说两个极端联结起来了，先说道家的“清”与“幽”，后说儒家的“智”与“仁”。

中国人的人格或者说人生信条，总是包含上述两个方面，得意时是儒，失意时是道。志得意满，要报效社会，要建功立业，要修齐治平，要仁义礼智信。碰了壁，受了挫，立即回归道家的人格，算了，“无为”多好，何必要强出头呢？这两种人格，在每个人的身上都有体现，只是比例不同，或者说成色上有差别。

到此为止，我们解释了“景”的二义：“景”是袁景生老师的“景”字，也是新房周边的美丽景致。再看“生”的二义。

上文说到，“生”是袁景生老师的“生”字，也是讲袁景生老师的营生，即以教书为职业，通过教书来养活一家老小。

万物得以生发，源于一种“气”，叫作“生气”。“生气”之盛，谓之“生气蓬勃”，既是对袁景生老师个人生存状态的描述，也附带引入了“生”的另一种意义，即袁景生老师的营生，或者说职业，是以隐喻的方式实现的。

教师的职业以隐喻的方式来说是培育桃李，是种植芝兰，是把弱小的树苗培育成为苍松翠柏。在桃李、芝兰、苍松翠柏之间，还有附带的收益，那就是“池鱼林鸟”。桃李、芝兰、苍松翠柏是三个隐喻意象，池鱼林鸟就是隐喻之外的推理，叫作“隐喻推理”，它在相同的隐喻框架下得到一种合乎逻辑的隐喻意象的延伸，比如“池鱼林鸟”可以比喻老师在辛勤教学之外的某种回报或奖赏。

还有一个小发现，忍不住还要多说一句。上联的末尾有一个“多景致”，重复了“景”字，“景致”与“景色”前后呼应，这也许是上联的偶然立意，其作用是上联的结构更加平衡了。因为如果没有“多景致”，上联就成了“景色清幽，况岩门后峙，榜壁斜陈，凉井得铜箍，智水仁山”，也通畅，语义也不减分毫，但是加上“多景致”后，“智水仁山多景致”的语气就更加舒缓了，因为拉长成为七字句，韵律结构与语义完整性就有了印证与互释。

上联也许是不经意地重复了“景”字，但是，下联就必须刻意地体现对称，对称什么呀？当然是重复“生”字。如果能化“刻意”为“自然”，同时满足语义和韵律在下联中的双重要求，那就再好不过了。

作者果然做到了，且看下联：

生气蓬勃，喜桃李芬芳，芝兰馥郁，苍松偕翠柏，池鱼林鸟满生机。

“池鱼林鸟满生机”，在“池鱼林鸟”之后缀上“满生机”，语义完整了，韵律和气息都舒缓了，而且“生机”与联首的“生气”语义关联，恰如“景致”与“景色”的呼应。

5.3.2 上下联的逆向制约

上下联之间当然有某种制约关系，句法制约的可能性较小，语义制约的概率更大。语义制约的方向可以是双向的，既有上联对下联的语义制约，当然主要是主题的制约，也有下联对上联的语义制约，当然不太可能是主题的制约，因为上联的主题是先验存在的，不会再由下联来改变。但是，主题以外的语义内容是可以有调整的。我们的判断依据是，下联的语义模块结构更加自然，更加应景，相比之下，上联的语义模块结构在自然和应景方面略逊一筹，所以，上下联之间逆向的语义制约就成形了。

我们来看刘慕苏（2022: 67）“杨溆新新婚”联：

溆水潺潺，直待是我我卿卿，哝哝唧唧；

新桃灼灼，正恁般恩恩爱爱，蜜蜜甜甜。

本联是嵌字联，所嵌之字是新郎官的名字“溆新”。联与联之间的词汇语义和词汇结构制约体现为下联的“恩恩爱爱”结构不可变动，一旦变动，在韵律上就有亏欠。

既然“恩恩爱爱”的结构不可变动，那么上联的“卿卿我我”就必须改变结构，不然它们的韵律结构就相同了：“恩恩爱爱”是平平仄仄，“卿卿我我”同样是平平仄仄，在韵律上就不“对”了。既然两者的韵律相同了，就要看谁可以让步，对比发现，下联不可以改变成为“爱爱恩恩”，词汇结构的改变造成了过度陌生化，影响语义的正常提取以及结构的正常辨认，所以，只能是上联的“卿卿我我”做出改变，变了之后还有一个附带的韵律收益，上联的“直待是我我卿卿”，仄仄平平。所以上联原本可以用“卿卿我我”的地方，用了“我我卿卿”，我们的语感可以接受这种变动。所以，下联对上联的逆向制约就成形了。

逆向制约是相对于顺向制约来说的。作为对比，我们来看看常规的顺向制约是怎样工作的。

上联的“哝哝唧唧”结构不可变动，所以下联原本可以用常规结构“甜甜蜜蜜”的地方，用了结构颠倒后的“蜜蜜甜甜”。这就是常规的顺向制约。

所以，当上下联相同位置必须体现韵律和节奏相对时，要考虑谁更不能变动，谁相对可以变动，要在两者的权衡和博弈之后做出改变。

对联词汇的结构选择是组合和聚合同时选择的结果，必须考虑到横向和纵向两个维度，这是对联不同于非对联的用词选择原则。

我们再看一个逆向结构制约例子。刘慕苏（2022: 60）“曾某母丧联”。

【慕苏公按】曾母七十六岁而终，其老伴先三个半月逝去。有联如下：

享阳寿七十六岁高龄，茹苦含辛，昔日深恩何日报；

后父亲百有五天仙去，完因续果，来生福命此生修。

对联语义的逆向驱动是这样的：下联中“完因续果”一词结构难以改变，因为该词体现了“因”在“果”前的顺序，而且“完因续果”的韵律结构是“平平仄仄”，那么，上联如果使用常规结构“含辛茹苦”，那么韵律雷同太多，不如改成“茹苦含辛”，韵律更合理了，而且语义不变。所以，语义不变前提下的结构改变是周边语义、韵律、结构三者博弈和互动的结果。

5.3.3　上下联的语义溢出现象

“语义溢出”是一个动词性的隐喻，与我们常见的名词性隐喻不同。“溢出”是指容器太满，液体从容器中越过了容器壁，这一动态意象比喻两个原本各安其位的东西，其中之一突然数量增加太多，进入了对方的领域范围。“语义溢出”正是在这种隐喻意象结构中的主体代入，是“语义”这种类似“液体”的物质从它原本的载体结构中越过了句子载体的边界。

上下联之间的语义关系溢出是指从上联溢出到下联，溢出方向体现文本的线性结构特征，不能逆向溢出。我们来看刘慕苏（2022: 2）“乡政府 1956 年元旦门联”。

【慕苏公按】乡政府领导，1955 年除夕令撰门联，以迎接合作化运动高潮到来。因为之书曰：

万众欢腾，庆祝一九五六年元旦；

全面规划，迎接合作化运动高潮。

上联以“万众欢腾”起笔，紧接着交代缘由，是为了“庆祝一九五六年元旦”。但是，元旦年年过，不至于“万众欢腾”，至多是喜上眉梢，所以“万众欢腾”的原因延伸到了下联，也是为了“迎接合作化运动高潮”。这就是语义溢出，从上联溢出到了下联。

但是，下联并不完全受上联的语义约束，还有独立的因果关系，是因为“全面规划”，才能“迎接合作化运动高潮”。溢出的目标容器原本也有水，溢出的水汇入进来，产生了汇合。所以，为了准确起见，上下联之间的语义溢出现象，不妨把上下联分别比喻成为“河水”与“井水”，溢出的过程与结果，是“河水犯了井水”，井里原本就有水，河水漫到了井里，产生了汇合。这样的隐喻类比，更方便理解对联的“语义溢出”。

5.3.4 上下联的叙事与非叙事

上下联的语义关系，如果从语义内容来分，可以分为叙事与非叙事。非叙事可以包括陈述句以外的各种句型，如祈使、疑问、感叹等。下面我们来简要举例和分析。

刘慕苏（2022: 76）“道九逝世门联”：

令高堂丧子，儿曹丧父，妻室丧夫，阵阵哀号惊天地；

叹世间无药，天道无凭，阎罗无眼，声声嗟怨对苍穹。

【慕苏公注】道九得年仅四十有四，且系独子，上有双亲，中有妻室，下有稚子二人。遭此变故，则彼一家罹“少年丧父、中年丧夫、老年丧子”三大不幸者俱全。语云：“贫而无怨难”，此情此景，安得无嗟无怨？

上联以叙事为主，下联是非叙事，以哀怨见长，把无尽的哀痛和伤感表达出来。

上联的叙事提到高堂丧子、儿曹丧父、妻室丧夫，三代人的痛，才汇成了“阵阵哀号惊天地”。下联涉及各种哀怨，叹世间、叹天道、怨阎罗，感慨的内容也是多层面，无药可医、天道无凭、阎罗不公。先有叙事，后有感慨。叙事是感慨的基础，若无叙事，感慨就成了无病呻吟。若无感慨，叙事就达不到情绪的高潮。上下两联，各有分工，而且顺序不可乱。

5.3.5　长对联的复杂叙事功能

长对联的复杂叙事功能是指字数较长的对联（至少 30 字以上，200 字以下）对于复杂人生经历或历史进程的记录或叙述。这样长的对联适合记录或叙事，抒情用不着这么长的篇幅，只能是在记录或叙事的同时夹杂抒情的成分。长对联适合用于叙事，但是在对仗的工整程度上，必定是联内对仗优于联际对仗。

我们以刘慕苏（2022: 6）“挽雷锋”为例：

九年血泪，洒尽辛酸：父被活埋，慈母又蒙污自缢；兄遭惨死，弱弟复饿肚而夭。无依无靠，如犊如雏；影只形单，茕茕孑立。住窝棚，吃霉米，挑柴卖，受刀伤。猪且共温，狗偏为敌；数遭侮辱，备受欺凌。逃入穷谷深山，何其险也。昔日仇深似海，怨重如山。生活太凄怆，湘水无声咽苦雨！

一阵春风，吹来幸福。天非救主，共产党才是恩人；病已大瘳，彭乡长堪称义士。又喜又惊，且哭且拜；年轻志大，耿耿忠心。当警卫，建农村，去鞍钢，服兵役。疮虽脱体，痛岂忘怀；几度迁移，屡评先进。忠于革命事业，岂是傻乎？斯人义著千秋，芳流百世。言行多隐德，神州到处仰高风！

这种长对联，由于篇幅加长了数倍，信息容量大大增加了，上下联以接续的方式记录了雷锋的整个人生，从幼年的悲怆生活到成年后的工作状况，记录非常完整。但是，在词形对应和语义契合上难以苛求工整，比如“病已大瘳，彭乡长堪称义士”对“兄遭惨死，弱弟复饿肚而夭”，在微观的结构层面，就无法做到工整了，因为一种语言中的形、义资源是有限的，无关作者的语言能力，当然作者的语言能力可以在叙事的完整性和形义的优美性中追求一种最佳平衡。

再看一副长联。刘慕苏（2022: 20）“贺慕英新构”：

慕胜地，起宏图。成霸非仙，担水有井。汲猪洞甘泉，酿重阳甜酒。取石罐，执金壶。题龙凤挂榜，看狮虎雄姿。朝东岭，倚西荡。睹阳和之景，完建屋之功。祥发田家，茅生癞子。仰望北京城，衍百代风流人物。

英杰才，经纶腹。赤心向党，全力为公。事业余教育，搞文艺宣传。读宝书，攻理论。尊马列精神，学工农品德。沐春光，沾夏雨。兴肯构之歌，得迁乔之喜。欣逢大治，预卜繁昌。紧跟华主席，奔万里锦绣前程。

上下联各嵌入名字中的一个字：“慕”和“英”。上下联相应位置的语义内容在整体上体现对应关系，但是微观层面的结构对应难以苛求，比如下联的“英杰才，经纶腹”对上联的“慕胜地，起宏图”，前者是两个偏正结构，韵律上是“2+1”（即“英杰 + 才”），后者是两个动宾结构，韵律上是“1+2”（即“慕 + 胜地”）。

5.4 上下联的逻辑结构

上下联的逻辑结构是上联和下联之间的连接关系。这种连接关系多种多样，下面分而述之。

5.4.1 上下联之间的语义顺承

语义顺承关系是上下联之间的语义延续、承接关系，上联的语义主题在下联中得到了接续，下联是对上联语义关系的延展。说得直白一点，上联说什么，下联接着说，不换话题，也不唱反调。

我们来看例子。刘慕苏（2022: 168）“自来水设施”联：

能将纯净三江水；

引入寻常百姓家。

“能将纯净三江水”，是说自来水的源头，或者说来源，即“纯净三江水”。下联说“引入寻常百姓家”，是说自来水的流向，或者说目的地，即“寻常百姓家”。

一来一往，一取一用，这就是自来水的取水和送水。把自来水公司的工作流程写入对联，也是信手拈来，一气呵成。

上下联的语义都不完整，但是合起来就是完整的语义整体，我们可以试一下：能将纯净三江水引入寻常百姓家。所以，上下联的断裂只是为了在朗读时换一口气。

上面的例子表明，上下联体现语义顺承，即上下联可以连成一句语义完整的话。这种语义关系在刘慕苏（2022: 171）“建筑工程队”中得到了同样的阐述：

凭一纸蓝图，几双巧手；

建千寻大厦，十里长桥。

上联写建筑队之所凭借，下联写建筑队之所成就。这就构成了对比。有了对比，就成“对”了。

上联说的“一纸蓝图”，是建筑图纸。“几双巧手”，是指建筑工人。“几”字的取数范围，凭语感是小于十。但是，作为文言词汇，它的取数范围是上不封顶的。这样想来，上联就挑不出毛病了。

下联的“寻”，是古代的长度单位，一“寻”等于八尺，倍“寻”为一“常”，也就是说两个八尺就是一“常”。“寻”与“常”合用，比喻短或小。比如，《左传·成公十二年》：“及其乱也，诸侯贪冒，侵欲不忌，争寻常以尽其民。”杜预注：“言争尺丈之地，以相攻伐。”杨伯峻注：“寻常意谓尺寸之地。”

语义顺承关系体现为上下联可以合句成为一个整体：“凭一纸蓝图，几双巧手，建千寻大厦，十里长桥”。但是，上下联又体现语义构建上的分工，上联讲工具和劳力，下联讲成就或结果。

5.4.2　上下联之间的语义递进

上下联之间的语义递进是指上联和下联的语义关系体现深化的语义效果，或者说语义强度加大了。也就是说，上联说的是满足主题的，但是没有说到位，下联换了一种说法，说得更准确、更精到、更深刻，这就是语义递进。

以刘慕苏（2022: 43）“教育工会俱乐部”为例：

后人而乐，与人俱乐；

爱校如家，以校为家。

上联“后人而乐”，出自宋代词人范仲淹的《岳阳楼记》，“先天下之忧而忧，后天下之乐而乐”，前者是后者的压缩句式。“与人俱乐”，在此点题了，这是为俱乐部而作。

下联“爱校如家，以校为家”，平铺直叙的文字呈现。没有了典故，但使用了一个更加通俗的“家庭”隐喻。这是宗法制社会最常见的认知架构。任何机构，一旦套上“家”的认知架构，亲密感就油然而生，而且更主要的是，强化了个体对于机构的义务，因为个人对于家庭的付出是无条件的，这就是隐喻的认知功能以及道德和伦理上的劝化功能。

下联中的语义提升，或语义递进，体现为上联讲为人之乐，这是人生活在世间所得到的一份快乐，在当下的主题中，是教师在工会组织中找到的快乐。下联讲家庭的温馨，把平常的乐趣上升到家庭成员之间的关爱与温暖，语义强度增加了，语义递进也就实现了。

5.4.3 上下联之间的语义因果

上下联之间的语义因果是指上联表达原因下联表达结果，反过来，上联说结果，下联讲原因，也是可能的。但是，前一种结构更常见，后一种较少见。在刘慕苏（2022）中，我们找到了前一种因果结构。后一种因果结构，在别处可以找到例证，比如“问渠那得清如许，为有源头活水来”（朱熹《观书有感》）是一首七言绝句的后两句，也是一副对仗不算工整的对联。如果我们承认它是一副对联，那么它就是体现前果后因的结构。

刘慕苏（2022: 197）“又拟某山村联”，就是上联说因、下联说果的结构：

财源广阔水源长，外地焉能比此；

农业丰收诸业旺，他年远胜乎今。

上联说“财源广阔水源长，外地焉能比此”，上联说了“财源”和“水源”，但是，这里的语义重心是“水”，因为在南方的农业社会，种植水稻是最主要的农业生产，稻米是最主要的口粮。

上联说“水源”是因，下联说“农业丰收诸业旺”是果，农业生产有水源灌溉，“丰收”就有了保障。所以，此联的语义结构是先说因后说果的安排，上下联之间体现语义因果。

有时候，上下联的因果关系可以是双向的，既有上联为因、下联为果的语义关系，也有下联为因、上联为果的结构特征。比如刘慕苏（2022: 40）“益君新婚联”：

益见其欢矣；

君与同乐焉。

新郎官“益君”的名字分别嵌入到了上下联的联首位置。先看上联，“益见其欢矣”是一种感慨，更加开心了，为什么呀，不言自明，人生四喜，此其一也。洞房花烛就在今宵，能不“益见其欢”吗？

下联“君与同乐焉”不离当下的语境，但言说的对象换了，这是一种必要的焦点切换。上联针对的是新郎官，看到新郎官更开心了，下联切换到观众，指前来庆贺的亲朋好友。“君与同乐焉”，“乐”什么呀，各取所需，可以闹洞房，可以多吃喜糖多抽喜烟，还可以多多联想，把自己代入到二人世界中。在这样的喜庆场合，只对新郎或新娘说事，忽略了人数众多的亲朋好友，才不是合理的立意和取景。

再看上下联之间的语义关系，实在是一种双向的因果关系。因为“益见其欢”，所以“君与同乐”。反过来，因为“君与同乐”，所以“益见其欢”。

5.4.4　上下联之间的语义并列

上下联之间的语义并列是指上联与下联的语义关系没有主次之分，也没有递进和因果之别，而是平等的相对关系。

比如刘慕苏（2022: 93）“酒店”联：

欲长精神，且请吃三杯酒去；

也生灵感，许能做一道诗来。

“长精神”和“生灵感”没有主次之分，都是喝酒的效果，所以上联和下联体现并列关系。但是，联内语义的因果关系却刚好相反，上联内部是“前果后因”，“长精神”是“吃三杯酒”的结果，下联刚好相反，“生灵感”是“做一道诗”的原因，但是，下联表面的因果关系只是更长因果链的一个片段，因为“生灵感”也是“吃酒”的效果。这是题外话，因为本节分析的是上下联之间的语义并列关系，联内的因果关系对比不是当下的重点。

5.5　上下联的时间结构

上下联之间的时间结构多种多样，既体现时间顺序，也体现以时间为语境要素的事件顺序表达和事件逻辑关系表达。所以，要了解上下联之间的时间结构，有必要先了解一下单一联内部的时间结构。

单一联内部的时间表达，要么整体表达时间，要么是按时间顺序表达一系列的时间单位。我们分别各举一个例子。

刘慕苏（2022: 10）“1971 年元旦门联”的上联是整体表达时间，“七十年代开新页”，在此表达的是 1971 年的第一天，即“1971 年元旦门联”：

七十年代开新页；

卅亿人民望北京。

刘慕苏（2022: 78）“纪念魏源诞生 200 周年”的上联和下联都是按时间顺序表达的一系列事件，所以也是一系列时间单位的线性表达。

上联是魏源的生平经历，是按时间顺序表达的一系列事件，下联是两百年的中国现代史，也是按顺序罗列的时间单元或事件系列：

一百卷图誌，是谁家妙手天成？忆宝庆飞雏，杭州跨鹤，登进士于京兆，除牧伯于高邮。与龚氏齐名，声闻朝野；为裕谦划策，力挫侵陵。怀变古便民之奇才，展通经致用之大志。外资明治，内启康梁。师夷长技以制夷，发聩振聋，爱国昔曾垂典范。

两世纪风云，演故地桑田沧海。叹洪杨踬踣，戊戌徒劳。虽起义乎武昌，卒合流乎宁汉。迨毛公肇造，扭转乾坤；赖邓老筹谋，恢弘业绩。作中华特色之设计，定改革开放之方针。后福千秋，先行三步。全我金瓯而属我，扬眉吐气，兴邦今始慰英灵。

接下来，我们要分析上下联之间的时间结构，或者是时间在上下联语义结构中所扮演的角色。

5.5.1 上联呈现时间下联表达事件

上联呈现时间下联表达事件的对联语义结构，显然体现了上下联的语义结构分工。其中上联是事件发生的时间背景，下联是事件本身。比如刘慕苏（2022: 2）“乡政府 1956 年元旦门联”：

万众欢腾，庆祝一九五六年元旦；

全面规划，迎接合作化运动高潮。

上联交代时间“一九五六年元旦”，下联写这一时间节点上所发生的事件，即将要掀起合作化运动高潮。

上联的时间表达不一定是直截了当的时间呈现，也可能是采用转喻的方法，用事件来间接地表达时间，比如刘慕苏（2022: 19）“贺刘治中新构”：

治国抓纲初见效；

中华人民大有为。

上联写“治国抓纲初见效”，是为了揭示当时的时间，即经过1977年到1978年的治理和整顿，已经“初见效”。时间的间接揭示在日常话语中也常采用这种策略，比如甲问乙现在几点了，乙可以回答第二节课刚开始上，或者是邮递员刚来过。当然，这种对话策略的有效性的前提是双方都知道第二节课什么时候开始上，或者邮递员什么时候来，这是双方的共享知识。

5.5.2 上下联分别表达时间

上下联分别表达时间体现的是上下联在叙事结构上的相对独立性，即上下联各说各的事，各有各的时间环境。当然，上下联分别表达时间的策略和句式应该是各不相同的，这样可以避免单调或呆板，这是任何题材的文本都需要遵循的原则，对联当然也不例外。

我们来看刘慕苏（2022: 60）“曾某母丧联”：

享阳寿七十六岁高龄，茹苦含辛，昔日深恩何日报；

后父亲百有五天仙去，完因续果，来生福命此生修。

上联呈现当事人（曾母）的年龄是76岁，下联突出两位老人去世时间相距很短，父亲晚走105天。

上联写“享阳寿七十六岁高龄，茹苦含辛，昔日深恩何日报”。从叙事开始，享阳寿七十六岁高龄是写实，也是时间存在和表达的方式。然后是对七十六年人生的概括，是叙事的方式之一。

下联写“后父亲百有五天仙去，完因续果，来生福命此生修”。第一句承上启下，但还是先表述时间，“后父亲百有五天仙去”，写的还是老母亲，是对去世时间的补充说明，同时也把老母和老父牵扯到一起。“完因续果，来生福命此生修”，是对父母一生相互扶持，积累了来生的功德，累积了下一世的善缘，来生再做亲人佳眷，恩爱富贵，这就是“来生福命”。

5.5.3 上下联之间的时间线性结构

上下联之间的时间结构最常见的是线性结构。对联之对，体现为上下联在时间先后上的对比，比如在刘慕苏（2022: 170）“题某眼镜店”中：

用此之前，处处皆为隐隐；

从今以后，昏昏尽化昭昭。

此联之妙，不仅是两个时间短语的对仗，即“用此之前”对“从今以后”，而且两个时间段构成线性结构。

“处处”，各个地方，所到之处；“隐隐”，指不清楚、不明显的样子；“昏昏”，视力昏花模糊；“昭昭”，明亮的样子，如日月昭昭。

整体的意思，上联“用此之前，处处皆为隐隐”，是说不戴眼镜的时候，看什么都一片模糊，隐隐约约。下联“从今以后，昏昏尽化昭昭”，说的是从今往后，模糊的景物都没有了，看什么都一片明艳清晰。时间的线性结构成列，对应的是佩戴眼镜前后的视觉效果比较。

5.5.4 时间表述中的语义搭售

时间表述中的语义搭售，意思是说时间表达不是简单的交代事件发生的时间，而且在时间表达的同时，还有额外语义内容的推出，在此我们使用了一种隐喻性的表达方式，即“语义搭售”。

在上文的举例中，其实，“语义搭售”现象已经被隐含。比如，刘慕苏（2022: 19）“贺刘治中新构”：

治国抓纲初见效；

中华人民大有为。

上联提到“治国抓纲”是为了点明时间，即由华国锋开启的从 1977 年开始的“抓纲治国”政策。虽然是间接的时间表述，但是，额外的语义搭售既表达了与时间对应的历史阶段，还表达了作者对这一历史阶段的态度或价值取向，即欣欣然乐见其成，甚至为之欢欣鼓舞。

接下来，我们再看一个例子。刘慕苏（2022: 133）“2001 年元旦”联：

寿以年增，公元昨满双千岁；

福随时至，大地今添一片春。

上下联都是谈时间，因为“2001年元旦”是一个特别的时间节点，所以时间特性是当下的突显属性。“年”和“时”是时间的两个计量单位。上联谈“年”，下联谈“时”，但是，上联以“年”为依托，主要谈的是“寿”，谈论“寿”的内容是“公元昨满双千岁”。下联以谈论“时”为依托，谈论主题转向“福”，谈论“福”的内容是“大地今添一片春”，春来了，福就来了。

第六章　对联语用学：对联的语用基础、语用功能、语境关系与语用主体

对联也是语用文本，和非对联文本一样，受语境的制约，承载各种语境关系，体现多种语用主体之间的关系和互动。

本章的研究内容，首先总结了对联的语用基础，包括为什么要有对联、对联的本质是什么、对联创作的条件是什么、对联创作和对联欣赏是怎样的关系。

接下来，本章主要探讨对联的语用功能、对联中的语境关系、语境结构与语义制约的关系，以及对联中的语用主体。

对联的语用功能包括叙事功能、抒怀功能、劝慰与共情功能、广告功能和教化功能等。

对联中的语境关系是一个很大的研究课题，其主要探讨对联中的语境提示功能、语境内嵌功能、语境互文性、对联中的逆向语境关系以及对联语境的多元复杂性。

语境的功能体现为语义制约，所以对联语境决定对联的措辞、对联的词汇结构变通和语义创新。

对联中的语用主体涉及多个方面，包括对联作者、对联委托方、对联当事人等，当然理想的状态是三者重合，但事实上三者总是分离的。对联的委托方不一定有创作对联的能力，对联的当事人可能不便于自说自话，所以对联的语用主体是比传统语用学更复杂的研究课题。从主体类型来看，对联包括真实的

场景对话（即上下联之间的对话关系）、次真实的场景对话、对联各方之间的隔空对话等，所以对联中的语用主体就可能体现俄罗斯符号学家所称的双声对话性以及对联主体的语用模糊性。

6.1　对联的语用基础

6.1.1　何以有对联

对联是中国人独有的文学艺术形式，或者说独有的文字游戏类型。《对偶辞格》的"基础篇"（转引自刘太品，2017）对对联的基本要求或者说特点有一个简单的概括，即"字数相等""词性相当""平仄相谐""节奏相应"等。

这几个标准是从微观层面来概括的，即从词汇及其各种属性来概括，包括词汇的数量、词汇的范畴（即词性）、词汇的音韵和声调特征。当然，"词汇的数量"不是词汇本身的特征，而是词汇组合的数量或者说词汇组合的长度，所以是句子或句子层面的特征。不管怎么说，对联的定义和特征描述可以在更宏观的层面加以概括，比如上下联之间的关系。

对联之"对"，本义是两个事物并立，体现成双成对的意思。在言语交际中，有问有答，称作"对答"，因为"答"与"问"成对了。对联有两部分，称为两联或两阙，是不同的文字并置在一起，看似相违，其实有一个更宏大的主题把两联统一在一起。做到了这一局势，就是"对"的，不然就"不对"了。这与人际交往是一样的，所谓的平等待人，或者说礼尚往来，这就是"对"的。如果不能平等待人，不能礼尚往来，那就是"对不起"或者说"对不住"了。

我们来看一个例子。刘慕苏（2022: 86）的标题是"堂嫂伍氏逝世门联"：

助夫成家，竭力持家，何事抛家离故地？

断机教子，伤心哭子，今朝寻子赴泉台。

【慕苏公按】堂嫂之独子，先其母一年病故。断机教子，语本孟母断机故事。称赞继以诘问，亦是伤心言语；因寻子而逝去，显系推测之辞。

上联主要写"堂嫂"对家庭的贡献，下联主要写"堂嫂"教子和丧子之事。两联各有一个主题，上联指向"家"，下联指向"子"，但是有一个更宏大的主题把两联统一在一起，即从“堂嫂”对家庭的重要性引发对“堂嫂”去世的哀痛和惋惜。在这一宏大主题之下，下联与上联对上了，这就“对了”，不然就“不对了”。

从传统哲学来看，一阴一阳谓之道，二元对立，主客相待。合道而行，就是“对的”，背道而行，当然是“不对”的。对联之“对”，本于哲学，合乎文道，成于对联。

何以有对联？或者，汉语何以有对联？回答这个问题，我们必须从汉语的语言类型学（linguistic typology）特征入手。汉语语言类型学特征的特异性，即汉语独有的、特异性的类型学特征，决定了对联是汉语所特有的、独有的。

我们以刘慕苏（2022: 140）为例。此联标题是“代伍善兵拟”，是伍善兵修祖坟时所求的对联，此联会镌刻在墓碑的两侧：

胜地千秋景仰；

美名万载传扬。

联中的词汇具有如下特征：

一、名词没有性、数、格的变化，动词没有时和体的变化。比如，在此联中，“胜地”和“美名”不必考虑是单数还是复数，“景仰”和“传扬”不必考虑是现在时还是过去时，是进行体还是完成体。

二、词汇的排列比较灵活，不受“主谓宾”这种线性结构关系的约束，比如此联中的“胜地”和“美名”都是宾语提前，而且不必看做刻意而为的倒装句。这种句法结构就没办法从字面映射到英语中，“胜地”和“景仰”之间没有主谓关系，但是在汉语中却是妥妥的合格句式。汉语的句法特异性，“活该”中国人陶醉在这种文字游戏中，洋人只能望而兴叹了。

三、转喻关系可以把概念层面的临近关系（conceptual contiguity）用作句法层面的逻辑关系。比如，“千秋”可以看作是用时间来转喻“千秋之内的人”，而不一定要看作“景仰”的时间状语。

四、对联中词汇形式层面上的对仗优先于语义内容的可比性。比如，用作转喻的“千秋”与不用作转喻的“万载”在形式层面是完美的对仗，两者在修辞或认知层面的差别可以不管。

五、比较随意的词汇伸缩传统。比如，刘慕苏（2022: 143）“得山川之秀气；传钟郝之遗风”中的“钟郝”是两个人名字的合称，比喻妇德贤淑。又比如刘慕苏（2022: 145）中的“地应千秋发；功贻百代光”，其中的“千秋发”对“百代光”，前者是“千秋发达”的省略，后者是指“百代荣光”的简称。

在词汇伸缩之外，还有词类范畴的灵活性。比如，刘慕苏（2022）第211、212、213联是为一个叫“刘本煌”的道士所写的对联。三副对联都是嵌字联，即上下联分别嵌入了当事人“本煌”的一个字：

211：

本本源源小职一心参大道；

煌煌熠熠新坛四面现毫光。

212：

本本宗之潜心读南华宝籍；

煌煌堂矣俯首求东土仙真。

213：

本本宗三千道德；

煌煌照亿万生灵。

对比发现，三副对联都有“本本”和“煌煌”，但是它们的句法结构和语义内容各不相同，而句法结构和语义内容的不同都源于词类范畴的的灵活性。

先看211联。上联的“本本源源”指事情的始末；下联的“煌煌熠熠”是“煌熠”的叠音形式，意思是“辉耀”或“光辉，照耀”。所以，“本本源源”和“煌煌熠熠”都是副词。

再看212联，上联的“本本宗之潜心”，以本宗（即道教）的潜心修炼为本，本宗如何修炼呢？那就是读经典。下联，“煌堂”是道教的修炼场所，“煌煌堂”的第一个“煌”是动词，意思是“使光彩夺目”，“煌煌堂”是说使辉煌的坛场更加辉煌。

在213联中，“本本宗三千道德”，“本本”指道家的各种著作，“宗”是动词，即“以……为宗”，“三千道德”指无数的前辈大德，他们是后辈学习的楷模。所以，上联的整体意思是说道法的各种著作都基于无数前辈道友的广大修为。下联的“煌煌”是明亮辉耀貌；光彩夺目貌。“照亿万生灵”，指道法威力无穷，遍照普天下的苍生，使他们获得法益。“本本”是名词，“煌煌”是副词，修饰“堂”。

这些词义和词汇范畴的变化都不需要在词汇形态层面有相应的改变，或者说只有“零形态变化”。如果换了印欧语言，形容词变成副词，可能要加一个副词后缀 -ly；如果是动词变成名词，名物化的过程可能要改变词尾，如 -ation，-sion 等。多一个词缀就是多一个或两个音节。音节数量改变了，对仗所要求的节奏就无法满足。而且，印欧语言只有重音，没有声调，平仄也无法满足。

总结一下，对联涉及语言的两个层面：语义内容层面和语言形式层面。我们以刘慕苏（2022: 161）“代某氏悼母”为例：

阿母挂牵多，儿未娶，孙未添，百事结千愁，况兼壮健年华，怎肯甘心登紫府；

我爹忧虑重，田要耕，饭要做，一肩挑两担，到此凄凉时节，只能翘首怨苍天。

对联作者代表不同的人物角色发声，各言心事，所以对联之对，首先是人物角色之对，这些人物角色各自表达心事，这是语义层面的对仗。另外，在语言形式上，还要做到词汇类别相同，韵律平仄相对。

先看语义层面。上联“阿母挂牵多，儿未娶，孙未添，百事结千愁，况兼壮健年华，怎肯甘心登紫府”。整体意思是，母亲大人牵挂的事情真多，儿子没有成亲，孙子也还没有，各种烦心的事实在太多，而且年龄也不大，怎么就去世了呢？再看下联，“我爹忧虑重，田要耕，饭要做，一肩挑两担，到此凄凉时节，只能翘首怨苍天”。是代东家对其父的不幸遭遇表示极大的同情，先罗列其父的境况，“田要耕，饭要做，一肩挑两担”。“凄凉时节”，指中年丧妻，孤单度日。最后一句，“只能翘首怨苍天”，怨人怨不了，只怪苍天不公平。上联讲“挂牵”，下联说“忧虑”，都分作几个方面来讲，语义内容在代表性、重要性、概括性等方面体现对仗。

从语言形式来看，名词对名词，动词对动词，形容词对形容词。比如，“阿母”对“我爹”、“挂牵”对“忧虑”是名词相对，“娶”对“耕”、“添”对“做”是动词相对，“只能”对“怎肯”是情态词汇相对。

6.1.2　对联的本质

对联的本质首先是一种文字游戏。在“出对子”与“对对子”的过程中，可以尽可能地调用各个领域的文字，让它们经受词类、节奏、韵律、平仄等的合格性筛选，组成语义相近或相对、长度相同的文言句子。这样的句子可以具有实际的信息功能，也可以不用于信息交流而只是纯粹的文字游戏。

刘慕苏（2022: 123–126）共四联，是应湖南湘窖酒业公司“开口笑”品牌的征联所做的四副下联。

“开口笑”是湖南湘窖酒业公司生产的白酒。酒厂征联，附庸风雅。无非是为了扩大影响，提升知名度。这才是终极的目的。厂家出的上联是“开口笑饮开口笑”，把品牌名两次嵌入，是很不错的上联。

刘慕苏（2022: 123–126）对“开口笑饮开口笑”的四个下联分别是：

对一：醉翁操练醉翁操

对二：钓诗钩起钓诗钩

对三：合家欢聚合家欢

对四：透瓶香过透瓶香

第一个下联，“醉翁操”是词牌名，原为琴曲，属“正宫”。沈遵创作，苏轼始创为填词。用“醉翁操”来对“开口笑”，“笑”和“操”都能有效组词，“操练”对“笑饮”，妥了。

第二个下联，“钓诗钩起钓诗钩”中的“钓诗钩”，酒之别名，言其能激起创作的灵感，是说这种酒像一把钩子，喝到肚里，能像钓鱼那样把诗钓起来，多么雅致的品名。

再看第三对。“合家欢聚合家欢”，其中“合家欢”指一家大小合摄的照片。这样一种出处，“合家欢”的熟知程度，还源于一本同名书的名字。《合家欢》，晋永权著，花城出版社 1997 年出版。因为这本书的因缘，第三联的合格性增强了。

最后一对，“透瓶香过透瓶香”。“透瓶香”在《水浒传》第 23 回中出现过。阳谷白酒“透瓶香”曾作为贡品进京。阳谷人豪饮，古有三碗不过冈、透瓶香名誉天下，今有千秋阳谷泉酒承上启下。“透瓶香”是当年武松在景阳冈酒店喝的酒，又叫“出门倒”，入口的时候，醇甜香浓，非常好喝，过一会儿，后劲发作起来就要醉倒。

四个下联分别涉及词牌名、酒的别称、照片、《水浒传》故事。把它们与“开口笑”品牌的上联拼凑在一起，在相同的句法框架和韵律节奏下，各说各的话，各表各的义，是一种有趣的甚至是高雅的文字游戏。

文字游戏是在语言形义层面对对联本质的描述。如果从构思过程来看对联的本质，那么对联也是对智慧的挑战。所以，对联作者总是喜欢加大难度，不断突破智能的极限，就像杂技演员，总是要突破难度系数，不断增加表演的观赏性。正是出于挑战智慧的需要，刘慕苏（2022: 127–132）觉得自己的创作受制于厂家提供的上联，敏捷的才思被束缚了。所以，不如撇开它的上联，独立创作几副对联，这就是文人的气魄与豪侠，也是对联本质的另一种表达。

刘慕苏（2022: 127–128）对“开口笑”酒厂的原上联做了改变，改变的方式是增加上联的长度，加大上联的难度，并且为新上联对出下联。

刘慕苏（2022: 127）是这样的：

与我干杯，感诸君笑口常开，开口笑夸开口笑；

将它下酒，讶此物生花忽落，落花生出落花生。

在原来的“开口笑夸开口笑”的基础上，增加了两句，即“与我干杯，感诸君笑口常开”。增加两句也不是太大的难度，但是，此处难就难在增加部分又包含了“笑口”二字，前后呼应，这种呼应必须在下联的相同位置体现相应的对仗，用字前后呼应。

上联自加难度之后，下联依然非常工整。上联写酒，下联写下酒菜。花生，俗称落花生，炒了下酒，香脆可口，是下酒的好菜。且看下联：“将它下酒，讶此物生花忽落，落花生出落花生”。

上下联情境相关，菜与酒相应，对仗齐整，“生花忽落”对“笑口常开”。“忽”对“常”，局部的对仗完美了。

再往下看，“开口笑夸开口笑”对“落花生出落花生”，琅琅上口，妙趣横生。落花生下酒，穷人的简单满足，无须山珍海味，三五好友，举杯下箸，其乐融融。

相对于刘慕苏（2022: 123–126）来说，刘慕苏（2022: 127）的智慧挑战难度大大增加了，但是作者余兴未尽，又创作了刘慕苏（2022: 128）：

杜康本业内宗师，欣闻宝庆香醪，开口笑歌开口笑；

李白亦饮中仙子，欲得邵阳大曲，静夜思赓静夜思。

“杜康本业内宗师”是说杜康是酿酒业的老祖宗。同时，杜康也是中国最古老的史上名酒，因杜康始造而得名，距今已有几千余年的历史了。

上联中的“宝庆香醪”是说宝庆这个地方的美酒。“宝庆”是“（湖南省）邵阳市”的古称。文人怀旧，把开口笑酒厂的产地称作“宝庆”。但是，历史上的“宝庆府”，比现在的邵阳市大。

“香醪”香气浓郁，指美酒。“宝庆香醪”就是开口笑酒。接下来，“开口笑歌开口笑”。“笑歌”“笑夸”“笑谈”“笑饮”，一字之差，没有大的语义变化，是同一语境中的词汇换用，不必多解释。

下联“李白亦饮中仙子，欲得邵阳大曲，静夜思赓静夜思”，从上联的酿酒宗师过渡到下联的酒仙李白，人物名字的对仗是没问题的，都和酒相关，自然成对。但是，李白估计没喝过邵阳大曲，邵阳大曲没那么悠久的历史。只可惜，我辈喝了邵阳大曲，静夜所思，只有论文和作业，当然，想入非非也是有的。“思赓”的“赓”是酬答、应和之意。“思赓”指思维和应和。

对联的最佳境界是形也对，义也对；整体对，部分也对；形义对，韵律也对；专家能读懂，外行也能读懂。刘慕苏（2022: 129–132）是在各个方面满足了上面的要求，在挑战智慧的方向上走得更远。先看刘慕苏（2022: 129），上下联都简化了，但是对联的工整程度反而更讲究了：

开口笑；

扑鼻香。

上联是品牌名，下联是对它的描述。从句法结构来看，上联是主语，下联是谓语。

从单字层面来看，“口”对“鼻”。

从组词来看，“开口”对“扑鼻”。

从句法关联来看，“开口”就“笑”，“扑鼻”闻“香”。

以上都是极工整的对仗。

刘慕苏（2022: 130）在上一联的基础上，又增加了挑战智慧的难度：

京剧唱词，相逢开口笑；

邵阳大曲，常闻扑鼻香。

此联在上联的基础上，增加了话题，即谈论的主题。在什么场合“相逢开口笑”呢？是在“京剧唱词”中，后者是话题。“话题”是一个语言学术语，即谈论的主题。同样，下联也体现“主题+述谓”的结构。“邵阳大曲”是主题，抛出“邵阳大曲”这个主题，紧接着续上陈述部分“常闻扑鼻香”，似乎是一种必然的关联。再看刘慕苏（2022: 131）：

小杜有诗：尘世难逢开口笑；

大家都说：邵阳大曲透瓶香。

“尘世难逢开口笑”出自唐代杜牧（俗称小杜，杜甫是大杜）的《九日齐山登高》诗：尘世难逢开口笑，菊花须插满头归。

上联加上“小杜有诗”，下联对应“大家都说”，对仗极妙，“小”对“大”，“小杜”对“大家”。“有诗”引出一句诗，“都说”带出一句话。诗和话都是下一句的引用内容。借大家之口，说出“邵阳大曲透瓶香”。

“大家”是双关，一是众人，二是大方之家。同样，“透瓶香”也是双关，一是对邵阳大曲的字面描述，二是把邵阳大曲与武松喝的那种“三碗不过冈”酒，称作“透瓶香”。类似的智慧挑战还可以继续，所以又有了刘慕苏（2022: 132）：

中国名牌，开口笑夸开口笑；

邵阳大曲，透瓶香过透瓶香。

6.1.3 对联创作的两个条件

对联创作，这里指特定主题、特定要求下的对联创作，能不能创作出上上佳作，受两个条件的制约：一是有没有可以任其使用的语言材料，这是从客观条件来讲的，因为任何一种语言，它的形义资源是有限的，所以，当创作任务被给定时，有没有充足的语言资源可供选择，是决定对联质量的第一个条件；二是对联创作者的语言能力与语用能力，这里指的是创作者占有语言资源的多少，以及他的机敏和才思的水平。前者是客体，后者是主体。客体资源本来不足，那么，巧妇难为无米之炊。主体能力太弱或者才学有限，就表现为书到用时方恨少。客体的资源多寡、主体的能力强弱，都取决于创作任务。如果创作的主题偏狭，尤其是还有人名嵌入要求时，主客两种条件的制约就显而易见了。

比如，在刘慕苏（2022: 77）中，创作任务是“题曾益廉遗像”，此联的【慕苏公按】是“曾君年仅二十余岁，构筑新屋时因架电引水，触电身亡，遗有孀妻弱子。新屋建成后，其父奉尧先生嘱撰联书于曾君遗像之侧，以纪念死者，教育死者妻儿。”额外的附加条件是人名嵌入。该联创作效果如下：

益发伤怀，见屋思人人不见；

廉能养志，兴家望子子当兴。

此联嵌入亡者名字“益廉”二字，上联嵌入完美无缺，“益”字引出“益发伤怀”，体现语义的递进和哀怨的升级：曾君亡故时房子正在施工，房子建成了，当然会比当初更加悲伤了，因为睹物思人，益加哀痛，这是人之常情。所以，“益”字的嵌入，实在是语义对词汇的最优触发，原因也交代得清清楚楚，是因为“见屋思人人不见”。

下联从“廉”字入手，“廉能养志”。从整体上讲，语义是没毛病的，符合某种价值观和立身处世的原则，从嵌字的要求来看，也达到了目的，与上联的“益”形成了良好的呼应。但是，与情境的契合就差了，非官非吏，无俸无禄，为什么拿“廉能养志”来说事呢？亡人当然是“廉”的，但却是被动的“廉”，因为没有机会“不廉”。

所以，这里涉及一个问题，是客观上“廉”的全部语义内容不允许有其他的组构潜能，还是主观上作者受到语义知识的局限，以致于其他的组构可能超出了作者的语言能力或涉猎范围？从单字来讲，“廉”有几个义项是可以检索的，而且必定是可以穷尽地检索，但是它的组构能力的扩展散见于浩如烟海的历史文本中，或许在历史上的某一文本中有某种出格的组构用法，而且可以用到此处的下联，这种情况未必没有。但是，单字的组构能力必定受制于词典中的基本词义，这是中等水平的作者也可以想到的，所以这种可能即使存在也不会太大。

回到主题，这里所做的学术思考是在为“廉能养志”的妥当性欠缺进行思辨，思辨的结论是：语言系统的资源有限性是语用效果的制约因素，也是某些语用遗憾的必然缘由。

6.1.4 对联创作与对联欣赏的关系

对联创作受到主客体两种条件的制约，但是对联读者，或者说欣赏者，是既不知道当下作品需要从哪些语言资源中进行挑选，也不知道作者的语言能力和语用策略到底达到了什么水平。读者知道的是，相对于当下的对联主题来说，对联作品达到或者没有达到让自己满意的水平。所以，我们要探讨一下对联创作与对联欣赏的关系。

我们的例子是刘慕苏（2022: 90）的“题醒醉先生”：

醒者克全忠！仰屈子泽畔形容，一部《离骚》留浩气；

醉人沽大勇，羡武二景阳身手，半回《水浒》着英名。

上联说“醒者”，下联说“醉人”，一个“克全忠”，一个“沽大勇”。上联的“屈子泽畔形容”对下联的“武二景阳身手”，都是极好的对仗。

从微观来看，“形容”对“身手”，都是身体的一部分，而且，典故中主人公的情状样貌也形成极好的对照。屈原是将死之人，披散头发，涕泪横流，一边趺趺撞撞地走，一边啜泣哀嚎地说，“天下浑浊不堪，只有我清澈透明，世人都迷醉了，唯独我清醒”。可以想象，屈原当时肯定是仪容不整的。武二就不一样了，必定是束紧腰带，挽起衣袖，迈着阔步，大声吆喝，身手强壮，呼呼生风。

再往下，“一部《离骚》留浩气”对“半回《水浒》着英名”。作品对作品，《离骚》两个平声，《水浒》两个仄声，韵律也相对。

作者在创作对联时是一种从上到下的思维过程。这里所说的“上”是指语义，“下”是指语言形式。方位隐喻体现的是“抽象为上，具体为下”。

作者被托付的对联任务只是一个主题，比如写一副新婚联，或挽联，或祝寿联，这是最基础的任务要求，是最上层或者说最抽象的立意。在此基础上，作者可能考虑把委托人的名字嵌入，然后结合任务要求和人名特征来构思，在构思的过程中，可能想到某个古人，包括他的人品、事迹、著作等，这是联内的材料组织，能不能用上，还要看下联是不是方便对仗，如果无法对仗，就只能放弃。在放弃之后，再重新组织上联的材料。所以，构思的过程是从上到下的不断想起又不断自我否决的过程。这样的过程是从最粗糙的思路到具体的文字选定的过程。虽然作者可以扬长避短，但是最终产品的质量总是要受制于作者的语言能力。

再看对联欣赏。我们从此联的书名引用（即《离骚》对《水浒》）开始分析，书名引用仍能保证平仄对仗是不容易做到的，因为两部作品的引用不是孤立的，还可能涉及对两位作者人名、身世和品行的叙述，在此基础上，还要契合对联的主题和事由，还可能在联首有人名嵌入，所以，我们认为写出这样的对联是非常不容易的，要同时满足许多个要求，是多元方程的求解。这是在欣赏对联时的“从下到上”的思路，欣赏者从具体的对联词句入手，立意和主题不断复杂化，是从具体到抽象的过程。

“从上到下”的构思过程，有多少材料写什么样的对联，有什么样的才思就有什么样的对联质量，主动权在作者手里。“从下到上”的欣赏过程，关注的是终端产品，对对联词句的欣赏可能会对作者知识库存有一个夸大的揣度，更容易产生对作者的崇拜。

6.2　对联的语用功能

对联的功能是多方面的，难以尽数，只能大概加以概括。而且，要较全面地概括对联的功能，所用的对联语料必须有较大的数量规模，也必须有较全面的文体和主题涉猎。当然还有一个条件，对联必须有较高的质量，不然也不值得引用。这三个条件，《刘慕苏对联选编》全满足了。全书 231 副对联，题材广阔，部分涉及国家大政与大事的纪念类题材，更多的是乡镇与农村地区婚丧嫁娶、造屋修坟、做寿祭奠之类的楹联。至于对联的质量，该书所选用的对联，一部分是精品，其余大部分也堪称上乘之作。

6.2.1　对联的叙事功能

对联的叙事功能是对联最主要的实用功能，用以实现信息传达与人际交流的功效。

刘慕苏（2022: 78）“纪念魏源诞生 200 周年”的叙事功能涉及两方面的叙事内容。为了解创作背景和对联内容，我们先看一下【慕苏公按】。

魏源，清代著名的爱国人士，1794 年生于宝庆（今邵阳市），道光进士，官至高邮知州。鸦片战争时曾在两江总督裕谦幕府，参与抗英战役。他强调“变古愈尺，便民愈甚”，与龚自珍齐名。著有《海国图志》一百卷。“师夷长技以制夷”为其主张，在当时有发聩振聋作用。其思想对资产阶级改良派有一定启蒙作用，对日本维新运动亦有一定影响。1857 年卒于杭州。对联如下：

一百卷图志，是谁家妙手天成？忆宝庆飞雏，杭州跨鹤，登进士于京兆，除牧伯于高邮。与龚氏齐名，声闻朝野；为裕谦划策，力挫侵陵。怀变古便民之奇才，展通经致用之大志。外资明治，内启康梁。师夷长技以制夷，发聩振聋，爱国昔曾垂典范。

两世纪风云，演故地桑田沧海。叹洪杨蹶踣，戊戌徒劳。虽起义乎武昌，卒合流手宁汉。迨毛公肇造，扭转乾坤；赖邓老筹谋，恢弘业绩。作中华特色之设计，定改革开放之方针。后福千秋，先行三步。全我金瓯而属我，扬眉吐气，兴邦今始慰英灵。

上联叙述的是魏源的生平经历，下联是两百年的中国现代史。

刘慕苏（2022: 78）“纪念魏源诞生 200 周年”的叙事特点是上下联“各说各事”，与刘慕苏（2022: 92）“贺唐友勇老师”的叙事方式不同。后者的叙事任务在上下联之间以分工的方式共同承担。

【慕苏公按】唐君，余友也。是时也，唐君职称上评，其尊壶五旬寿庆，农业丰收，长媳弄璋；子女四人俱系高校本科或研究生毕业，其一人甫被批准入党。彼一家数口，短期内即有七喜来临。同仁往贺，请余代笔撰联。

三男如轼辙之并秀，一女若道韫之多才，堪夸满目青山，叶茂枝繁花更艳；

弥月贺令媳之弄璋，五旬庆尊壶之设帨，喜见盈庭瑞霭，年丰人寿日初升。

一家七喜同贺，各有各的缘由，要把七件事纳入到同一副对联中，不是一件容易的事，但是作者做到了，而且恰到好处地用了多个典故：

“轼辙之并秀”，是宋代文学家苏轼和苏辙的并称。

“道韫”，指谢道韫，东晋诗人，是才女的代称。陈郡阳夏（今河南太康）人，谢安侄女，王凝之之妻。曾在家遇雪，谢安问如何形容雪花，其侄谢朗答“撒盐空中差可拟”，道韫认为“未若柳絮因风起”，受到谢安称赏。后世因而称女子的诗才为“咏絮才”。

“弥月”，指婴儿出生后，刚满一个月。

“弄璋”指人生子，语出《诗经》：“乃生男子，载寝之床，载衣之裳，载弄之璋。”意思是：啊！若是宝贝公子生下来，让他睡到檀木雕的大床上，让他穿那漂亮衣裳，淘来精美的玉圭给他玩耍。

“尊壶”，是对人妻的尊称。

“设帨”的“帨”，指佩巾。按照古代的礼仪，女子出生，需挂佩巾于房门右。《礼记·内则》：“子生，男子设弧于门左，女子设帨于门右。”所以，“设帨”转喻为女子生辰。

“瑞霭”，指吉祥的云气。唐代杨巨源《春日奉献圣寿无疆词》之四：“瑞霭方呈赏，暄风本配仁。”宋代赵长卿《浣溪沙》词：“金兽喷香瑞霭氛，夜凉如水酒醺醺。”

我们来看看上下联是如何分工叙事的。上联“三男如轼辙之并秀，一女若道韫之多才，堪夸满目青山，叶茂枝繁花更艳”，先说三男竞秀，一女多才，再用隐喻的方法把儿女的成就进行了更深层次的评说，“堪夸满目青山，叶茂枝繁花更艳”，这里说的“满目青山”是一个集体意象，即把四个儿女整体地比作“满目青山”。

下联“弥月贺令媳之弄璋，五旬庆尊壶之设帨，喜见盈庭瑞霭，年丰人寿日初升”，先从“弥月”说起，是说小孩满月。紧接着，有一个并列的贺喜辞，“贺令媳之弄璋”和“庆尊壶之设帨”。这两句说的是同一件事。“贺令媳之弄璋”是指儿媳妇生了个女儿，并且刚刚满月，“庆尊壶之设帨”是说做婆婆的（就是唐老师的夫人，即尊壶）照顾坐月子的儿媳妇，“设帨”是一个转喻用法，指女儿出生。

当然这里还有一喜，是主人公唐友勇老师五十大寿。寿诞与小孙女的满月不一定是同一天，前后相差十天半月甚至更长一点，都可以看作是喜事凑到一起了。

所以，下联和上联一样，都涉及了两件喜事。上联是三男竞秀、一女多才，下联是孙女满月、唐老师五十寿诞。上联可以略显虚化，但下联是实实在在的。

6.2.2　对联的抒怀功能

对联的抒怀功能有别于叙事功能，后者指向过往的事情，前者指向情绪、情怀。这种区分是从对联的主体内容来分的，关注的是对联的基调。如果从局部来看，叙事中难免有抒怀，抒怀中难免有叙事。比如，刘慕苏（2022: 78）

“纪念魏源诞生 200 周年”以叙事为主，但是，我们不难找到抒怀的句子，这种抒怀可以是感慨，也可以是赞叹。在此联的上联末尾，有“发聩振聋，爱国昔曾垂典范”这种赞叹，在下联的末尾，有“扬眉吐气，兴邦今始慰英灵”这种抒情的句子。至于抒怀联中的叙事内容，在本节的举例中我们将提醒读者关注。

刘慕苏（2022: 134–135）的“家居”二联是作者夫妇退休回归故里时的抒怀之作。第 134 联如下：

有吃有穿，不再担心七件事；

无仇无怨，何曾得罪半个人。

七件事指“柴米油盐酱醋茶”。儿女都大了，经济上的负担没有了，二老的退休金，不仅够用，而且突然间，手头有了宽裕。所以，上联说“有吃有穿，不再担心七件事”。

下联说“无仇无怨，何曾得罪半个人”。作者二老退休后，回归故里，工作上的烦心事，同事间的各种瓜葛，通通丢到了脑后。与世无争，安然度日。作者本来谨慎，不与人争，所以才有“无仇无怨，何曾得罪半个人”的感慨。

此联以抒怀为主，而且叙事与抒怀缠绕在一起，上下联各两句，每联的前一句叙事略多，抒怀略少，后一句刚好相反，叙事较少，抒怀更多。再看第 135 联：

守拙怕来谗佞客；

养生还读老庄书。

“守拙”的意思是安于愚拙，不学巧伪，不争名利。“谗佞”指说人坏话与用花言巧语谄媚。

人生就是这样，你老实本分，不招惹别人，偏偏会有坏人找上你，想躲还躲不开，这就是上联所说的“守拙怕来谗佞客”。当然，这是作者的感慨，退休在家的日子，说不上就有“谗佞客”找上门来。

下联“养生还读老庄书”，养生养的是身体，是指在饮食和运动等方面的修为，除了养生，还要养心。如何养心，多读老庄的书，清心寡欲，处事无为，可以收到养身所不及的效力。

上联讲避祸，下联讲修养身心。主要是抒发自己的情怀，抒发内心的感慨，当然叙事的成分还是少不了的，比如，“来客”“养生”“读书”都是叙事的词语。

抒怀之作，最突出、最集中地表现在刘慕苏（2022: 117–119）的“自挽三联”。这三副对联是作者生前为自己预备的挽联，足见作者在抒怀中表露出的豁达，生死看淡，笑谈人生。先看第 117 联“自挽兼谢客”：

且勿悽惶，待飞天外参观，另有琴书传子弟；

殊深感谢，承到堂前吊唁，愧无言语对亲朋。

作者自注：人皆有死，我视之如飞天外参观；惟亲朋好友来吊，不能亲自应对招待，歉疚殊深。

这是作者为自己写的挽联，成于 2000 年。三年后的 2003 年，作者去世，对联被找出来，誊抄后贴于堂屋大门，落款是“慕苏公生前自撰预挽”。识字的人都驻足默念，细细思量，感慨良多。作者的抒怀得到了期待中的共鸣。

“且勿悽惶”是作者对家人的安慰，意思是不要悲伤惶恐，凄惨不安。为什么呢？人近七十，作者已经看淡生死，把生死看成是去仙界出一趟差，不久还会回来：“待飞天外参观，另有琴书传子弟”。飞去天外参观，怎么知道还会回来呢？还有琴书要传给后人，这琴书，也许是生前本有之物，也许是从天外带回。豁达如此，应该全无恐惧了吧。

上联是对子孙辈的交代，下联转而对亲朋好友做个交代。“殊深感谢，承到堂前吊唁，愧无言语对亲朋”。先是致谢，后又表达遗憾。为何遗憾，因为堂前聚集着大批的亲朋好友，自己却不能像生前那样招呼大家就座用茶。而且，那时候已经说不出话来了，怠慢了亲朋好友。“感恩”和“愧疚”是抒怀的主要内容。再看第 118 联“自挽兼自嘲”：

读书也无悔，教书也无尤，轻抛利禄功名，再世亦甘充字贩；

爱我者勿悲，知我者勿叹，试看古今中外，谁人能不见阎罗。

作者自注：曾经中途辍学，以后又未得到深造机会，未拿到相应的文凭，我自抓紧业余时间读书，对此从不后悔；四十余年教书，我亦从无怨尤。爱我者，不必为我伤心；知我者，不必为我叹息。教师曾被人称作“文字、公式贩子”，我亦甘受此讥。人若果有“来生”，自甘再去教书，经验或许多些。

自挽兼自嘲，更显作者的豁达。上联是对一生的回顾，以及对来生的期许："读书也无悔，教书也无尤，轻抛利禄功名，再世亦甘充字贩"。"无尤"，意思是没有过失。最后一句，"再世亦甘充字贩"，意思是来生还要做一个文人，做一个书生。"字贩"，卖字为生的人，此处是自谦，意思是此生无甚成就，无非卖字为生。

下联，"爱我者勿悲，知我者勿叹，试看古今中外，谁人能不见阎罗"，也是对自己亡故后前来吊唁的人说话，无非是种种劝勉，种种宽慰。自己是未来的亡者，反过来劝慰来宾，叫来宾如何消受啊。

每个人都有爱者，都有知音，就算有一小撮怨者，甚至仇者，人死怨断，所以也在宽慰之列。如何宽慰呢，"试看古今中外，谁人能不见阎罗"。人的命运都是一样的，都有相同的归宿，都会去见阎罗。众生平等，怨亲平等。作者把内心看淡一切、通体豁达的情怀抒发得淋漓尽致、纤毫毕现。再看第 119 联"自挽兼作遗嘱"：

遗产无多，惟有矮屋半椽，破书数卷；

所求亦少，但得平安二字，忠孝两途。

作者自注：书破而少，屋小而低，较之他人，犹多愧怍；然破书尚堪一读，矮屋亦可栖身，况系一世辛劳所积，敝帚自珍，故有一言为嘱：书虽破而宜读宜思，屋虽矮而勿典勿卖；为人处世，惟"平安"与"忠孝"最贵，余皆其次也。

上下联读完，确实是最好的遗嘱，是最善良的发心，也是最诚挚的抒怀。

"遗产无多，惟有矮屋半椽，破书数卷"，是写实的手法，但是读者可以读出一个安贫乐道、穷而益坚、乐以忘忧、豁达通透的老教师的精神风貌和真挚情怀。

下联写"所求亦少，但得平安二字，忠孝两途"，此联更显作者是澹泊之人，但求平安和忠孝而矣。

6.2.3 对联的劝慰与共情功能

对联的劝慰与共情功能是针对他人的不幸、苦难、丧亲等事时，通过对联所表达的内心共鸣。这是对联的重要功能之一。

刘慕苏（2022: 60）"曾某母丧联"是对联劝慰与共情功能的范例。

【慕苏公按】曾母七十六岁而终，其老伴先三个半月逝去。赞父母之恩爱，祝其相伴永生。言“来生”“此生”者，亦以寄托哀思。

享阳寿七十六岁高龄，茹苦含辛，昔日深恩何日报；

后父亲百有五天仙去，完因续果，来生福命此生修。

悼亡联，是对亡者的惋惜和悲伤，但是，再悲伤日子还得过下去，所以，对联作者在与孝家共情的同时，还必须给孝家以宽慰，促其从悲伤中解脱出来，这是撰联的技巧，也是一种人文主义情怀。此联就是好例子。

上联从叙事开始，“享阳寿七十六岁高龄”是写实，然后开始情绪的宣泄，“茹苦含辛”还是对亡者生前生活艰辛的评述，兼有感恩和悲悯的情愫，最后一句把悲伤的情感推到高峰。

在悼念亡人的情绪中，加进了许多的自责、愧疚和无助感，报不了老母的恩情，眼看要成为余生的最大遗憾了。作者代孝家叙事、抒情的同时，不能眼睁睁地看到一家老小捶胸顿足，痛苦得死去活来。所以，在下联中必须改换笔调，对孝家的情绪有一种引导，使其从悲痛中超拔出来，开始新的生活。

这和普通人去吊孝的道理是一样一样的，先在灵堂前号啕一顿，然后抹干眼泪，扶起孝子孝孙，多方开导，各种劝慰。这也是各方面共同的期待。所以，我们来看下联。

下联写“后父亲百有五天仙去，完因续果，来生福命此生修”。第一句承上启下，因为“后父亲百有五天仙去”写的还是老夫人，是对去世时间的补充说明，同时也把老母和老父牵扯到一起，准备开启笔锋的转换。

“完因续果，来生福命此生修”，是说父母一生相互扶持，积累了来生的功德和下一世的善缘，来生再做亲人佳眷，恩爱富贵，这就是“来生福命”。

刘慕苏（2022: 60）“曾某母丧联”是受当事人委托，代人说些劝慰的话语，代人来完成共情的功效。接下来的刘慕苏（2022: 120）“预挽老荆”，是作者“我手写吾心”的例子。

【慕苏公按】老荆多次索句，殊不忍为。书此聊以塞责：

无一朝懈怠，无一日清闲，百事赖操劳，最难忘产后挑水，路远挖薯，退休肩米；

愿千载逍遥，愿千秋安息，万般皆了结，只管去南海看经，瑶池赴宴，天国优游。

作者自注：老荆年轻时在家务农，生儿育女，弥月之内亦未能休养；“四属户”遇上“山上分薯”的季节，路远天黑，困难殊多；退休后赶场买米买菜须步行肩挑。况心区疼痛，风湿有年，尤多痛苦。

上联在叙事中实现与读者共情，下联在劝慰与共情中直抒内心的情愫。作者的健康状况比夫人差很多，所以为夫人预先写好挽联的同时，也把最诚挚的祝福留给了夫人：愿千载逍遥，愿千秋安息，万般皆了结，只管去南海看经，瑶池赴宴，天国优游。

6.2.4 对联的广告功能

“君子耻言利”是士大夫恪守的人生准则。细查之，此语出自苏洵《利者义之和论》的“君子之耻言利，亦耻言夫徒利而已”。对联虽然是文字游戏的一种，但是，对联是一种典雅的文言体，是高雅的读书人在唇齿间口吐芬芳的高端产品，言商言利之事原本是不太合时宜的。但是，进入后现代社会以来，一切都在被解构，一切都在被颠覆，各种信条、各种原则都在被消解。所以，对联的广告功能就越发突显了。作为对联语言学的发轫之作，不能不谈谈对联的广告功能。

上文我们探讨对联的本质时，分析了“开口笑”酒厂以征联的方式做广告，就是利用和发挥了对联的广告功能。在本节中，我们不再拿“开口笑”对联说事了，虽然刘慕苏（2022: 123–132）创作了十副以“开口笑”白酒为主题的对联，而且，每副对联都是典雅的上乘之作。

刘慕苏（2022: 165）的“路旁小吃店”就是受人之托题写的，对联贴在店门两侧，就是极好的广告：

物美价廉，小店但求君满意；

菜香饭饱，来宾始信我无欺。

路旁小吃店，小本生意，但是能做到“物美价廉”和“菜香饭饱”，就是最好的广告宣传了。

对联的广告功能可以细分为几种：一是宣传产品的质量与效果；二是宣传服务的质量；三是留住顾客，希望顾客下次再来。下面我们依次来举例和分析。

宣传产品的质量与效果，刘慕苏（2022: 109）“题某衣帽店”是一个例子。

集各地名优，岂惟裁剪得法，布料优良，兼之价格低廉，款式新颖；

着此间衣帽，非止老者宽舒，少年潇洒，尤令女郎妩媚，男士威严。

上联赞衣帽的原料与制作方法，涉及裁剪、布料、价格、款式，方方面面，都是最优。下联谈衣帽的另一方面，即穿在人身上的效果，不是从头说到脚，处处在在，一身光鲜，而是说男女老幼，各得其所，而且都是他们所期待的样貌，即老者宽舒、少年潇洒、女郎妩媚、男士威严。此间衣帽，魔力超群。

宣传服务的质量，刘慕苏（2022: 175）“照相馆”联堪称极好的例子：

谁不愿花极短时间，留住峥嵘往昔；

你也能以最佳形象，传诸遥远将来。

上下联不提照相，但是都在围绕照相来说事，照相可以把当下定格为一帧照片，这是照相的妙处。记录历史，传诸未来。上下联正是照此思路来写。

上联写“谁不愿花极短时间，留住峥嵘往昔”，照片一拍，就可以留住历史。所谓“峥嵘往昔”，指不平凡的岁月。

留住不平凡的岁月，可以写书，可以立传，可以拍电影，可以拍电视。但是，“花极短的时间”来“留住峥嵘往昔”，只有拍照这一办法，舍此无他。

下联“你也能以最佳形象，传诸遥远将来”。既是承继上联的风格，又是一种广告策略，是一种对于不确定顾客的劝诱：来吧，拍两张靓照吧。

对联可以作为店铺开张的庆贺，可以作为经营范围的自我描述，也可以作为增加业务量的广告宣传。一联多用，妙在构思。

对联广告功能的第三方面，留住顾客，希望顾客下次再来，我们来看刘慕苏（2022: 181）的“饭店”联：

温饱已舒心，到此处一层更上；

酒肴如适意，愿诸君再度重来。

上联写“温饱已舒心”，是说别处，求得一饱，哪里的饭店都能解决。但是，此处不同别处，“一层更上”，是说比别处更好，价更廉，味更美。不要太过狭见，以为此处是高层建筑。上联主要是做广告宣传，下联是想留住回头客，是本联的看点，也是本联选做例子所要证明的广告内容之一。这种广告的实施，在现实中非常常见：老板吃得满意吗？不满意请告诉我，满意请告诉亲朋好友。店家正是这样说的。下联实实在在地代店家留客，就差没给吃客一张名片了。

6.2.5 对联的教化功能

“教化”指教育感化。儒家提倡“政以体化、教以效化、民以风化”（见《诗·周南·关雎序》）。

刘慕苏（2022: 113）的“某中学楼梯口”联就体现了对联的教化功能。

【慕苏公按】该校教学楼九间教室十二间教员室，二、三楼诸室之师生全从此楼梯上下。此楼落成之日特撰此联，镌之于楼梯口两侧：

入斯楼，天天向上；

从此处，步步升高。

此联刻意求明快浅显，让初中学生均能读懂，细审发现，只有“斯”和“此”算是文言词，但也没有超出初中语文课本的用字范围，所以初中生完全可以读懂。

“天天向上”和“步步升高”都是口头禅，对联贴在楼梯口，上上下下的同学们，再怎么愚钝，也会会心一笑，甚至会发现其中的双关之意。

至于对联所表达的激励学生追求上进的价值层面的东西，也会以隐性认知的方式进入到学生的潜意识，成为学生终身受益的价值激励。

6.3 对联中的语境关系

对联中的语境关系是指对联的主题、作者与委托人的关系、对联叙述对象或内容等一系列要素之间的关系。这些要素在非对联文本中同样存在，但是对联语境毕竟有它的独特性，比如作者在对联赋义中的角色明显不同于非对联文本。一方面，对联作者没有署名权，或者说没有署名的机会，所以在对联解读中作者是缺席的；另一方面，对联作者又可以包揽当事人的话语权力和说话机会，说出当事人想说的话，发表当事人想抒发的感慨。在本节中，我们分几个方面来总结和归纳对联中的语境关系。

6.3.1 对联的语境提示功能

对联的语境提示功能是指对联在叙事或抒发情感中，间接地提示当下的读者以及日后的读者一系列与对联创作有关的事情，以及一系列与对联语义解读有关的语境要素。我们说当下的读者，是指对联在张贴期间来阅读对联的人。我们说日后的读者，是指对联脱离了当下的婚丧喜庆的语境，被编辑成为对联著作，读者阅读的不是门框上的对联，而是著作或对联汇编中的对联，比如《刘慕苏对联选编》（刘慕苏，2022）。

我们来看例子。刘慕苏（2022: 18）“贺杨师傅新构并娶媳”：

又获丰收，更喜长征跨大步；

修成金屋，便交哲嗣贮阿娇。

此联有一个明示的语境要素，对联的创作时间是“1978 年 11 月”。时间要素是一个暗示，可以引导读者的理解过程，包括理解对联的语境提示功能。

上联的“长征”是读者朋友都知道的一个词，不仅知道它原本的意思，也知道它的隐喻用法。但是，年轻读者有所不知的是，1977 年底修改了国歌，原来的《义勇军进行曲》的曲调不变，歌词改成“前进，各民族英雄的人民，伟大的共产党，领导我们继续长征……”没有这一语境内容，很多读者是没法读懂上联的。但是，这一额外的语境要素是由对联文本或对联本有的语境要素所提示或揭示出来的，如对联的创作背景，包括创作时间。

再看下联。“金屋藏娇”的故事是众所熟知的，虽然在当下社会演化出贬义来了，即购买新房赠予“小三”居住，但是这种用法只是典故的引申义之一，更经典的用法还是对于新婚宴尔的赞美，本联中就是这种用法。对联的语境提示功能，提示了“金屋藏娇”这种古典的或典雅的原处意义。对联为什么有如此这般的语境提示功能，也是由对联文本的文体独特性决定的。首先，对联是文言体裁，不是通俗的现代白话文，更不是流行的网络文本，所以“金屋藏娇”与“小三”关联不被提示，除非作者有意这么安排或引导。

再看刘慕苏（2022: 19）“贺刘治中新构”：

治国抓纲初见效；

中华人民大有为。

此联同样有创作时间作为语境要素，“1978 年底”，这一语境要素连同对联文本本身共同行使语境提示功能。

被提示的语境要素包括对联创作时的政治气氛和大政方针，即由华国锋开启的“抓纲治国”战略。

刘慕苏（2022: 11）“代拟邱君六十自寿联”，也是对联体现语境提示功能的例子：

人力可回天，矢志不移，定教家乡成大寨；

年华方度甲，壮心未已，要为革命立新功。

上联包含“大寨”一词，它提示了“农业学大寨”这一时代背景，是与对联创作有关的语境之一。

“农业学大寨”是20世纪60年代开展的一场运动，依据的是毛泽东于1963年发布的一项指示“工业学大庆，农业学大寨，全国学人民解放军”。大寨是山西省昔阳县大寨公社的一个大队（即现在的村），原本是一个贫穷的小山村。农业合作化后，社员们开山凿坡，修造梯田，使粮食亩产增产了。1964年2月10日，《人民日报》刊登了新华社记者的通讯报道“大寨之路”，介绍了他们的事迹，并发表社论“用革命精神建设山区的好榜样”，号召全国人民，尤其是农业战线学习大寨人的革命精神。此后，全国农村兴起了“农业学大寨”的热潮，“农业学大寨”的口号一直流传到70年代末。

6.3.2 对联的语境内嵌功能

对联的语境内嵌功能是比对联的语境提示功能更加直接、更加明示的功能，语境的时间要素被明明白白地内嵌在对联文本中，不需要读者进行语用推理。

我们先看刘慕苏（2022: 61）“某侄新婚联”：

择正月二十四之吉旦；

结三万六千日之良缘。

正月二十四是婚期，也是被内嵌的语境要素。下联数字对数字，“结三万六千日之良缘”，非常应景的对仗，但下联的数字并不是语境要素。

往深里看，“正月二十四”是实在的、客观的、无争议的，“三万六千日”，整整一百年，是一种心愿，是主观的，是美好的祈愿。所以，一实一虚，才构成对联中的对立、结构上的同一性、语义上的关联性、意境上的虚实感，这才是佳对。

再看刘慕苏（2022: 2）“乡政府1956年元旦门联”：

万众欢腾，庆祝一九五六年元旦；

全面规划，迎接合作化运动高潮。

上联内嵌了时间语境，“庆祝一九五六年元旦”，这个时间点也是对联的创作时间，即对联创作于“一九五六年元旦”前几天。

类似的体现语境内嵌功能的对联在刘慕苏（2022）中有多副对联。比如，刘慕苏（2022: 10）“1971 年元旦门联”：

七十年代开新页；

卅亿人民望北京。

时值 1971 年元旦，下笔就写“七十年代开新页”，从当下落笔，顺手拈来。时间语境被明确地内嵌在对联中。

6.3.3　对联的语境互文性

对联的语境互文性是说当下对联的语境框架与历史上某著名人物的处境具有高度的雷同性，而且这个历史上的著名人物同样创作了相应的诗文或对联，所以，当下的对联文本和历史上的某文本具有语境互文性。所谓语境互文性，是指两处语境具有相似性，而且从当下语境或当下对联文本可以激活或提取曾经的语境与文本。

我们看刘慕苏（2022: 76）“道九逝世门联”：

令高堂丧子，儿曹丧父，妻室丧夫，阵阵哀号惊天地；

叹世间无药，天道无凭，阎罗无眼，声声嗟怨对苍穹。

【慕苏公注】道九得年仅四十有四，且系独子，上有双亲，中有妻室，下有稚子二人。遭此变故，则彼一家罹“少年丧父、中年丧夫、老年丧子”三大不幸者俱全。语云：“贫而无怨难”，此情此景，安得无嗟无怨？笔者忝为道九之堂叔，悲痛之余，亦惟撰此联以唏嘘嗟叹。倘余能及韩文公十一之才，则亦步其后尘，仿《祭十二郎文》体例，作一篇《祭九郎文》也。

《祭十二郎文》是韩愈写的祭奠其侄十二郎的祭文，十二郎名韩老成，“八仙”中著名的韩湘子即是韩老成的长子。韩愈幼年丧父，靠兄嫂抚养成人。韩愈与其侄十二郎自幼相守，历经患难，感情特别深厚。但成年以后，韩愈四处漂泊，与十二郎很少见面。正当韩愈官运好转，有可能与十二郎相聚的时候，突然传来十二郎去世的噩耗。韩愈尤为悲痛，写下这篇祭文。

叔叔撰文祭奠侄儿，彼如是，此亦如是。韩愈的侄儿是老十二，称“十二郎”，此处亡者名“道九”，可以称作“九郎”。博学如刘慕苏老先生，哪能不浮想至此，因为可比性确实很强，体现了当下对联的语境互文性。

6.3.4 对联的逆向语境关系

所谓“对联的逆向语境关系”是指下联成为上联的语境，下联启迪上联的理解，这样的逆向启迪功能，是对联内部非常有趣的逆向解读过程。

刘慕苏（2022: 192）的“再题理发店”：

高曼倩一筹，任是年高，只伐毫毛休洗髓；

胜阿瞒百倍，屡经战胜，也除须髯不丢袍。

上联下笔便说“高曼倩一筹”，初看之下，不能理解，甚至不能断句，好在下联中的“胜阿瞒百倍”提供了一个句法参照。因为“阿瞒”的知名度比“曼倩”大。这样一对照，好歹知道了“曼倩”也是人名。心里有了底，才会去查“曼倩”是何方神圣。在网络时代，不一定要什么都知道，但是要知道什么不知道。“曼倩”是一般读者所不知道的，所以去检索它。互联网改变了知识的地位，更改变了获取知识的方式。

再查“曼倩”。得知东方朔字曼倩，这样的信息在当下语境中算是够用了：

东方朔（前 154 年—前 93 年），字曼倩，平原郡厌次县人，西汉时期著名文学家。汉武帝即位，征辟四方士人。东方朔上书自荐，拜为郎。后任常侍郎中、太中大夫等职。

局部的语义算是清楚了。但是，必须有更大的语境，才能有更宏观的了解，即把握上联的整体意义。也只有在更宏观的意义中，才能对“东方朔”或者说“曼倩”的指称有更深入的了解。

对联理解，有时候需要一个广博的宏大语境：上联“高曼倩一筹，任是年高，只伐毫毛休洗髓”。从“只伐毫毛休洗髓”来看，上联是把理发师和东方朔作对比。但是，“只伐毫毛休洗髓”又是怎么回事呢？

查找了半天资料，真真是“上穷碧落下黄泉”，查得很辛苦。终于找到了一个合理的解释。

上联说的是东方朔，或者说曼倩，人到暮年，开始学养生，求长寿。他是怎么做的呢？做了两件事，一是清洗骨髓，二是削除毛发，目的是彻底涤除自身的污秽，有脱胎换骨的意思。两件事合称为“洗髓伐毛”。

削除毛发，容易做到，现代人也都在做，当然不是为了养生。至于清洗骨髓，估计是一种气功修炼方法，是通过“真气”在骨髓中运行，带走废气，洁净骨骼。

“洗髓伐毛”涉及“毛发”。作者从“毛发”开始用典，与理发师傅的日常工作结合起来。而且，硬生生地说理发师比东方朔高出一筹。此话怎讲？因为理发师，只剃毛发，不洗髓。这里有一种默认，即只剃毛发，不洗髓，是更合理的。若是如此，东方朔也太笨了，多做了无益之事。文学或者说文艺美学，是禁不起这样分析的。

回来本联，“高曼倩一筹，任是年高，只伐毫毛休洗髓”，现在可以无障碍理解了。说的是，理发师比那个善于养生的东方朔（字曼倩）更高明，在年高的时候，养生还知道只剃毛发，不洗骨髓。哈哈，终于顺了。

6.3.5　对联语境的多元复杂性

如果深入地分析一下对联语境，可以发现名字嵌入时“一字涉三境”，即一个字的选用体现三重语境，体现对联语境的多元复杂性。

所谓的“一字涉三境”，其实是“一字具三义”。我们来看刘慕苏（2022: 59）“贺肖孚南新构”联：

孚佑斯民，政策浑如春日暖；

南来其雨，财源恰似海潮来。

此联嵌入了“肖孚南”的名字。我们以“南”字的语境多元复杂性为例。

“南”首先是人名的一部分，因为人名嵌入的需要出现在下联句首；其次，“南来其雨”是一个语典，即引用了古人的句子，出自殷商甲骨卜辞：

癸卯卜，今日雨。

其自西来雨？

其自东来雨？

其自北来雨？

其自南来雨？

知道言出有故，顿时觉得下联高大上起来了，不然，“南来其雨”一句，实在太突兀了。在没有必要表明具体方向或无法表明具体方向的情况下，“南方”（有时是“东方”）一般是文学作品中的首选，写“西方”或“北方”很少，因为西方让人想到日落、秋色、萧瑟，而北方让人想到寒冷、幽冥等。

第三，“南来其雨”引出了后续的陈述，下了大雨会怎么样啊，会涨大水，“水”字颇具文化意蕴，它让人想到钱财，比如“这个月有一百万的流水”，钱即流水，流水即钱，所以，“财源恰似海潮来”，顺承其上，多么自然。

6.4 语境结构与语义制约

语境的作用是双向的，对作者起作用，对读者也起作用。对对联作者来说，读者群体的语言能力是首先必须考虑的，这里所说的“语言能力”，就是通俗所说的“文化水平”。对联本身并不限定读者群体，但是，每一副对联都有与之相应的使用场合，每一场合都有某种主流的参与者人群，对联必须首先考虑这个主流的参与者群体，暂时地忽略非主流的人群。所谓非主流的人群，是指数量较少的非主要的参与者。比如说，三两个专家代表团去某中学支教，或者做一场学术报告，在这种场合，校门口贴出一副对联，中学学生就是主流的读者群体，或者说中学师生是主流的读者群体，那三两个高水平的专家可以暂时忽略，他们是当下语境中的非主流的读者群体。

语境对读者的作用，就是语境方便或妨碍读者对于对联的理解。对于低水平的读者来说，对联用词、用典比较通俗，就适合他们阅读。当然这里可以设定一个原则，就是对联的用词、用典可以略高于主流读者的当下水平，这样可以让对联具备提升语言能力的功能。这就与克拉申（Krashen, 1985）的“可理解性输入”理论暗合了。克拉申认为，提供给读者的学习材料必须满足“i+1”这一特征。“i”是学生的当下水平，“+1”是适当地增加难度，这个“1”具体怎么把握，就只能由教育者自己看着办了，运用之妙，存乎一心。

下面我们从三个方面来探讨对联语境与对联创作的关系。一是对联语境决定措词；二是对联语境与词汇结构变通；三是对联语境与词义创新。

6.4.1 对联语境决定措词

对联语境决定措辞是指对联的主流读者群体决定对联创作中使用什么样的词汇和典故。我们以刘慕苏（2022: 225）“金星村自来水厂联”为例：

万元资产　数月辛劳　日夜未尝停　常年奉送自来水；

百户村民　千秋事业　子孙都受益　四季长开不谢花。

此联说了三件事，出钱，出力，受益。没一个难字，没一个典故，极为通俗易懂。

这是作者精准把握读者群体语言能力的精彩案例。村民读得懂，就容易产生共鸣，村民会使用更多的溢美之词来赞美对联作者。相反，如果村民读不懂，也可能有更多的负面评价，因为村民可以获得的学习资源、学术资源远远少于其他人群，所以更看重有限的可以获取的阅读材料。

我们再看一个例子。刘慕苏（2022: 70）“鹅塘学区 1993 年庆祝‘六一’会场联”。过“六一”儿童节的人群，不用说，是少年儿童，所以要让他们读得懂，产生共鸣，并且让他们在阅读中有所收益，就必须在用字、用典上尽可能通俗、易懂。作者果然做到了这一点。

九三年六一来临，处处是歌声琴声笑声掌声，红旗面面迎风展；

千百万儿童庆祝，人人重德育智育体育美育，鲜花朵朵向阳开。

此联极为通俗，“九三年”对“千百万”，“六一”对“儿童”，“歌声琴声笑声掌声”对“德育智育体育美育”，“红旗面面迎风展”对“鲜花朵朵向阳开”，作者充分为少年儿童着想，没有一个高深难懂的典故，小学生基本上都能读懂。

6.4.2　对联语境与词汇结构变通

这里所说的对联语境，不同于上一节所说的读者语境，而是说对联的文本语境，即通常所说的“上下文”语境。

上下文语境对词汇结构变通的影响，主要是指上下联的句法结构、韵律结构对另一联的词汇结构有特定的要求，如必须满足平仄对仗的要求。

刘慕苏（2022: 55）“胜红新婚联”中有一个比较典型的例子：

胜友如云观花烛；

红星有烂照新房。

这又是一首嵌字联，上联开头写“胜”，下联以“红”字开头。“胜友”，指良友。“胜友如云”，指许多良友聚集一处。出自唐·王勃《秋日登洪府滕王阁饯别序》：“十旬休暇，胜友如云。千里逢迎，高朋满座。”

胜友如云，高朋满座，来干什么呀？必须点题了，来“观花烛”。“花烛”即“洞房花烛”，在没有电灯的时代，点蜡烛是通常的照明方式，红色的蜡烛，更显喜庆之气。在现代社会，电灯照明效果更好，红烛只有仪式意义了，实用功能完全褪去。

下联“红星有烂”是从《诗经》“明星有烂”改写得来。“红星有烂照新房”把“明星”换成“红星”，是在对联语境干预下所做的词汇结构变通。这里的对联语境，主要是为了嵌入名字的需要，所以把“明星”改为了“红星”。

同样的情形还可见于其他对联，比如刘慕苏（2022: 33–34）。先看刘慕苏（2022: 33）“刘正永新婚”：

正内正外，乾坤定矣；

永和永好，桃李报之。

此联包含四个四字格词组，简洁明快，朗朗上口，闻之悦耳，读之怡情。

“正内正外”，“言夫妇分别主持内外各项”，意思基本明确了。此语出自《易·家人》:“女正位乎内，男正位乎外”。后因以妻子守正道，尽妇职于家中谓之“正内”。

“乾坤定矣”出自《易经·系辞》:“天尊地卑，乾坤定矣”。乾为天，指男子；坤为地，指女子。天尊地卑，各安其序。

“永和永好”首先体现嵌字的对应，即“正”和“永”合起来是新郎官的名字，其次才是两联语义的延伸与关联。“永和永好”是永结同心的意思，也是新婚时常用的祝福语，以祈夫妻和谐，相濡以沫，家庭和睦。

“桃李报之”是“投桃报李”的结构讹变，这是本节用它作为例子的原因。因为上联有“乾坤定矣”，包含虚词“矣”，所以下联的“投桃报李”必须进行词汇结构的变通。变通的结果是“桃李报之”，包含虚词“之”。从句法结构来看，“桃李”对“乾坤”，“报”对“定”，“之”对“矣”。非常完美。

再看刘慕苏（2022: 34）“陆氏老伯逝世门联”：

风雨过重阳，念老父茹苦含辛，竟觅仙踪成惨别；

春秋逾七秩，叹儿曹思亲陟岵，更从何处睹音容。

“风雨过重阳”出自元代倪瓒的《江城子·满城风雨近重阳》。“风雨”比喻危难和恶劣的处境。

“茹苦含辛”也作“含辛茹苦”。辛：辣；茹：吃。形容忍受辛苦或受尽艰辛，出自宋代苏轼《中和胜相院记》:“无所不至，茹苦含辛，更百千亿生而后成。”

“仙踪”，仙人的踪迹。“觅仙踪”，此处指去世，即追随神仙的足迹羽化飞升了。

“春秋逾七秩”的“春秋”，指人的年岁，如春秋正富（年纪不大，将来的日子很长），春秋已高，春秋鼎盛。“春秋逾七秩”指年岁过了七十。

“叹儿曹思亲陟岵”的“儿曹”，指儿子辈，孩子们。“思亲陟岵”可见《幼学琼林 · 卷二 · 祖孙父子》的“慈母望子，倚门倚闾；游子思亲，陟岵陟屺”。解释：慈母渴盼远行的儿子，靠着大门不停地张望；游子思念家中的双亲，登上山冈远远地眺望。陟（zhì）：登上。岵（hù）：有草木的山。屺（qǐ）：无草木的山。爬到山上，朝亲人所在的方向眺望，这里比喻思念。

上联的“茹苦含辛”，更常见的结构是“含辛茹苦”。之所以把结构变通一下，是因为下联的“思亲陟岵”是平平仄仄，而且平仄结构相对较稳定，不容许改变，所以只能改变上联的平仄结构。把“含辛茹苦”的结构变通成为“茹苦含辛”，是“平仄平平”，考虑到“一三五不论，二四六分明”的原则，第二字和第四字就构成了平仄相对。

6.4.3　对联语境与词义创新

对联语境除了驱动词汇的结构变通，还可以促成词义的创新。

词义的变化，不管是词义变窄还是拓宽，也不管是升格（即由贬变褒）还是降格（即由褒变贬），是一个自然的、普遍的过程，任何语言都在经历这样的过程。对对联来说，句法对仗和韵律相对的要求，是推动词义创新的语境要素。这样的词义创新，能不能沉淀下来，成为词汇的新义项，就要看它的出现频次的多少，以及其他的社会文化因素是否需要和允准。

我们来看刘慕苏（2022: 56）“贺某翁伉俪同日六旬寿庆”联：

二甲重开，双星并耀；

一觞同祝，百岁相偕。

先看上联。“二甲重开”，“二甲”本来指两个甲子，即一百二十岁，在这里“二甲”的用法创新了，伉俪二人都满六十岁，合起来是“二甲”。说了“二甲”，又说“重开”，在语义学上叫作“同义反复”，虽有违语言的经济原则（即最简原则），但是修辞和语用的需要可以忽略语言的经济原则，这是由语言的人文性决定的，它不同于自然科学的严谨和唯一的特性。

“二甲”语义的改变以及“重开”的语义重叠现象，是由下联相应位置的词汇结构和句法关系所决定的。下联的“一觞同祝”是常规的、合理的词组结构，这种结构成为对联语境，并且促成了上联同一位置词组的语义创新，即“二甲”之夫妻两人各六十岁，并且允准“二甲”之后再使用“重开”这种语义创新，即“二甲重开”并不表示“二甲”翻了一倍，即“240岁”，而是夫妻各60岁。

再看刘慕苏（2022: 49）“代道元昆仲作其父丧门联”中，“花甲已重开”的用法。

【慕苏公按】道元之父，即吾堂兄，少聪颖，未学木工，即擅长造作，执斧凿为生，六十一岁时重病十日而卒。

得鲁班秘授，积一世辛劳，花甲已重开，正当宽怀娱晚景；

遭二竖为殃，遇旬间变故，沉疴胡不起，长教洒泪恨终天。

花甲已重开，在此指61岁，60岁称“花甲”，重开指次年了，这是一种俏皮的非正规用法。通常来讲，“花甲已重开”应当是指120岁。比如，有一副著名的对联，上下联分别是：

花甲重开外加三七岁月；

古稀双庆内多一个春秋。

根据上联的意思，两个甲子年120岁再加三七二十一，正好141岁。下联是古稀双庆两个七十，再加一，正好141岁。堪称绝对。

作者在这里玩了一个文字游戏，动机是好的：作者的堂兄，刚刚61岁就病故了，把年岁说长一点，寄托了对已亡之人表示惋惜的意思。除了这种语用动机之外，下联的“沉疴胡不起”的结构与“花甲已重开”的对仗关系，也是语境驱动的案例。但是，在当前语境中，我们很难判断，是“花甲已重开”这种语义创新用法驱动了“沉疴胡不起”的结构，还是后者决定了“花甲已重开”的语义创新，因为两者在各自位置上都不是唯一的词汇选择。

6.5 对联中的语用主体

对联中的语用主体，不同于其他文体中语用主体的数量和互动关系。因为，对联的作者和对联的委托人往往是分离的，两者不是同一个人。对于其他文体来说，文本作者自己写自己的心里话，不存在委托关系。

6.5.1　对联中的真实场景对话

对联的上下联体现真实场景对话，这在对联语境和对联创作中是不多见的。我们来看刘慕苏（2022: 1）“答老秀才问”。

【慕苏公按】1951 年春，余未至十七周岁，即从受业跃为授业。初入十三区第三中心高小办公室，见东西墙下各坐一人。西座之青年校长阅毕介绍信，云：“新老师来了！”示意余坐其右，即下楼泡茶。东座之邻村老秀才，方与校长交谈，见余来，亦起身相迎。此时端详片刻，似有所思，俄而他顾长吟：

老朽何知？当随后浪催前浪！

随即向余笑问：“新老师高姓大名？”

余答曰：

小生刘姓，为学三苏号慕苏。

老秀才始而一惊，继而惭怍，后乃饰以他语，拱手告辞。

从作者的按语中，我们了解了对联问答的因缘，也知道了对联记录真实场景对话的内容。这是对联代替日常文体参与对话交流的真实案例，体现了对联的实用功能，以及对联中不同主体实时交流的真实情况。

6.5.2　对联中的次真实场景对话

对联中的次真实场景对话，在各方当事人的在场性特征上，不及刘慕苏（2022: 1）“答老秀才问”的现场对白，但是对联内容的设计也是对现场对话的模拟，所以，我们称之为“次真实场景对话”。比如刘慕苏（2022: 8）“代贺陆咨尧新构”。

【慕苏公按】挚友伍君，与陆先生之女恋爱。陆老曾加否定，恋爱降温。数月后，陆家新构，伍君求我撰联，俾致玉成其事。乃欣然撰此，署伍君之名以贺：

咨札鲜呈，未知当代羲之，可曾正是乘龙客？

尧天再现，请效昔时秦穆，一样修成引凤台。

此联甚是有趣，是受人之托，以期玉成一段姻缘。委托方“伍君”必定提出了对联立意的目标，不然作者是断然不知此中缘由的。伍君提出了要求，受托方果然借用典故表达了委托方的意思。

“尧天再现”比喻“天下太平的时候”，这种时间交代略显唐突，但是为了对应上联的“咨札鲜（xiǎn）呈”，意思是“我很久没有听闻到消息了”，“咨札”代指信函。显然，作者故意卖了一个关子：哎呀呀，我消息不灵通啊，不知道你们老陆家的女婿（通过“王羲之”借指），是不是就是伍家公子（通过“乘龙客”借指）啊？要不是的话，可不要错过了一段美好姻缘啊！

从对联所表达的语义和几方当事人的关系来看，此联也是一个对话场景，我们似乎听到了伍先生在为儿子的事与陆先生沟通。

6.5.3 对联作者、委托人与第三方的隔空对白

对联体现作者、委托人与第三方的隔空对话，是与上一节所描述的“真实场景对话”相对并且体现互补关系的。所谓“作者、委托人与第三方的隔空对话”是指作者和 / 或委托人有意安排的信息传送方式，信息接收人是这种交际活动的第三方，而且作者和 / 或委托人是明确知晓第三方有可能或确定会通过阅读对联来读到对联内容，而且第三方也必定能完成对联理解中的相关推理，真实地还原作者和 / 或委托人的语用意图。

我们来看刘慕苏（2022: 97）“挽陆某”联。

【慕苏公按】陆某系某村干部，长我数岁，此时已属高年。客岁相遇谈心，渠以百年后之挽联相嘱，余慨然应诺，俟其寿终，乃挥泪为之联曰：

约我撰联，今来搦管铺笺，字里行间都带泪；

因君作古，此去骖鸾跨鹤，凄风苦雨总增愁。

上联写“我”，下联说“君”，写“我”时默认了“君”的言行，即“(君)约我撰联”；说“君”时，又是自述口气，省略了“我”，即“(我)因君作古”。第三方是对联读者，说得具体一点，是指委托人亡故后前来吊唁的人群。对联的信息传播对象是吊唁人群，委托人生前请作者预撰挽联，想向子嗣和亲友传达某些信息。所以，在追悼场景中，作者可能是缺席的，委托人是必定缺席的（因为已经亡故），只有吊唁的人群是隔空对话的第三方。这种对白式的文体把阴阳两隔的生者和亡者在文本语境中连接起来，也使作者和委托人在契约关系中实现了责任与义务的兑现，是对传统对联结构和语义关系的突破。

6.5.4　作者代替委托人发声

作者代替委托人发声时，委托人可能出现在对联的阅读语境中，但是在对联文本的角色设计中，委托人是不被考虑的。委托人所要说的话语，完全由对联作者说出，而且，对联作者可能深度进入到委托人的身份角色中，在对联的措辞中可能使用委托人的谦让用语。

以刘慕苏（2022: 88）“代堂兄贺其姨甥道高五十寿”为例。

【慕苏公按】位尊而年长之姨父，为年少位卑之姨甥祝寿，立意措辞自当不同。堂兄且嘱曰：道高为人处事优于同侪，应予赞美。道高在当地小学任教。

道义超群，我愿人人沾教泽；

高才满座，今闻句句祝遐龄。

“教泽”，指教化或教育的恩泽。对联的委托人是不会说“我愿人人沾教泽”的，因为“教泽”一词是对教育的效果和教育的必要性的充分肯定，只能由作者来说，不然就显得委托人不够谦虚了。所以，作者说此话时，是与委托人在信息传达过程中相互脱离的。所以，如果从词汇的指称内容来看，“我”是由作者代替了的委托人，而不是委托人自己现身说法。

作者代替委托人说话，一个最突出的特征是，作者可能使用只有委托人自己才能使用的谦逊用语。比如刘慕苏（2022: 211）“刘本煌（新颜村刘泽洪，彦安之孙，游晚玉之子）”对联中的主体谦逊特征：

本本源源小职一心参大道；

煌煌熠熠新坛四面现毫光。

此联也是嵌字联，把当事人的名字嵌了进去。上联嵌入“本”，下联嵌入“煌”。

上联中的“小职”是谦词，是作者代当事人刘本煌先生自谦，是自指的用法，相当于“我”。

6.5.5　作者主体的双声性

作者主体的双声性是说对联作者在对联中同时扮演两个角色，同时发出两种声音，这两种声音分别存在于上下联中。我们以刘慕苏（2022: 46）“横阳中学部分毕业生回校联欢”为例，上联是作者代替回校联欢的学生发声，感谢母校的栽培，春风化雨，完成了各个学科的学习。在下联中，作者来了一个华丽的转身，以老师的身份说话，典型的标志是第二人称代词“若辈”，点出了作者的言说对象和身份立场：

万里鹏抟，赖母校化雨春风，完六艺部门基础；

一朝鸠聚，凭若辈欢歌笑语，续三年灯火因缘。

像这样作者在同一文本中以两种身份说话，我们称之为“作者主体的双声性”（dialogism）。“双声性”这一术语是向俄罗斯符号学家巴赫金（1998）借来的。巴赫金（1998: 39）以超语言学为指导，以言语交际中活生生的具体的言语整体作为研究对象，在小说文本中发现了内部对话性，他把这种内部对话性称为“双声性”或“多声性”（polyphony）。

任何的文学作品，包括对联，作者写完了，交付给作者，作者就完成了自己的使命，从台前退到了幕后。作者一旦退场了，审读全由读者。但是，对联作者的身份是透明的，读者可以从对联文本的语气和叙事内容中看得出来。

6.5.6　对联主体的模糊性

对联主体的模糊性是指对联作者的身份具有两可的解读，不是确切的、唯一的身份认定。我们来看刘慕苏（2022: 51）“代拟肖君六十自寿联”：

腿还健，脑还灵，可知体魄还强，六十于今谁服老？

功不成，名不遂，惟有生徒不少，卅年教学我无它。

上联可以看作是自己说自己，也可以看作是旁人的评价，因为“腿还健，脑还灵”是藏不住的，也是装不出的，自己知道，旁人也看得出。“可知体魄还强”，强不强自己清楚，别人也能窥出端倪。“六十于今谁服老”，于人于己，说人自说，都是这个理，六十岁正是中年。所以，上联的说话主体具有模糊性。

下联不同于上联的两可解读，显然是作者代替委托人肖君自嘲（见 6.3.4 节），是自己说自己的口气，说者知道，听者也知道，若没有这样的视角认定，就成挖苦了，“功不成，名不遂”，若说他人确实太刻薄了，当面说人短，而且是白纸黑字，怎么可能呢？代肖君自嘲，视角一切换，反倒让人听出自谦或者是自嘲来了。

第七章　对联修辞学（上）：对联中的隐喻与转喻

本书的前三章是对联词汇学，篇幅较多，因为对联是一种“词本位”的语言使用形式。所以，在对联语言学的各个分支中，对联词汇学是最重要的领域之一。同样，对联是一种诗性语言，具有语言游戏的功能，各种修辞类型及其特定的修辞效果成就了语言的游戏功能，所以对联修辞学也分为三章。

但是，自从 Lakoff and Johnson（1980）开创了认知隐喻理论（该理论包括认知转喻）以来，隐喻和转喻就脱离了始自亚里士多德的修辞学传统，成为人们认知、思维和行动的根本方式。但是，为了在更广博的范围上囊括隐喻、转喻以及双关、比兴等各种修辞类型，我们采用了“对联修辞学”作为本章和此后两章的标题，所以，在我们的叙述体系中，认知视角包含在更广泛的对联修辞学中。

本章只谈对联文本中的隐喻和转喻问题，其他领域的修辞问题留待后两章来分析。相对于后两章来说，本章的内容最为丰富。首先，本章探讨了对联中的隐喻理论基础，包括对联中的隐喻如何鉴定、对联隐喻的伴随性体验基础、隐喻的历史文本互文性、隐喻框架的情感派生、对联隐喻的表达方式与表达效果。接下来，我们总结了对联中的隐喻类型，包括实体隐喻、关系隐喻、次级隐喻、拟物隐喻、字形隐喻、谜语隐喻、否定性隐喻、倒喻与博喻等。第三节是对联隐喻理论建构的进一步延伸，主要探讨对联隐喻的结构特征，既包括对联中的常规隐喻结构、偏正结构的隐喻关系、结构要件不完整的隐喻、源域与目标域联际分立的隐喻、包含隐喻推理的隐喻。

与隐喻并立的是转喻，所以本章的后两节分别探讨转喻和隐转喻的互动问题。在转喻问题上总结了对联中的转喻类型，归纳了语典的转喻必然性以及事典的转喻非必然性。隐转喻是隐喻和转喻的互动形式，我们的研究视角是对联中的隐转喻对仗规律，包括字面义对隐转喻、隐喻对转喻和隐喻对隐喻这几种形式。

7.1　对联中的隐喻理论基础

隐喻无处不在，没有隐喻就无法言说。对联也不例外。隐喻是现代语言学的重要研究课题，尤其是在认知语言学兴起后（自从 Lakoff and Johnson, 1980）。对联语言学是语言学的最新分支学科，所以忽略隐喻研究是没有道理的。本书的隐喻研究将从多个方面探讨对联中隐喻的特异性，这些内容与现有的隐喻研究内容尽量不重复。

研究一种语言现象，最好首先探讨它的理论基础，再从周边分析它的其他特征，包括对联中隐喻的类型、对联中隐喻的结构特征等。本书遵循语言学界的通常做法，先对对联中的隐喻理论进行探讨，在接下来的其他小节（7.2 和 7.3）中再分析对联中隐喻的其他特征。

7.1.1　对联隐喻举隅

在总结对联中的隐喻规律时，我们都会分别举例。但是，在进入理论研究之前，我们不妨对隐喻广泛使用这一现象做一个描述，谓之“隐喻举隅”。

我们看两个例子。刘慕苏（2022: 54）“何君悼继母联”如下：

爱儿曹百倍寻常，只少十月怀胎，寸草春晖何日报？

随老父卅年艰苦，最痛一朝跨鹤，骛骖仙驭几时回？

“寸草春晖何日报”出自唐代孟郊的《游子吟》诗，“谁言寸草心，报得三春晖。”后来用“寸草春晖”比喻父母恩情子女难以报答。此隐喻的相似性基础是沐浴春晖时的伴随性身体感知，即感受到温暖，从转喻发展为隐喻，从伴随性特征发展到相似性特征，即父母的关爱恰似春天的阳光（即“春晖”）那样，让儿女们感受到温暖。

对比一下，下联的“一朝跨鹤”不是隐喻，是基于事典的转移，即用人在升入天界时的交通方式（跨鹤）或交通工具（鹤）来转喻离去（即死亡），只有交通方式或交通工具与离去的概念临近，却没有相似性。

再看一个例子。刘慕苏（2022: 107）“贺方君小店”中的隐喻：

商品也如人品好；

财源更比水源长。

经济领域中的“水”隐喻。下联说财源，说水源。有源就有流，所以钱如水，财如水。同样的隐喻也可见于刘慕苏（2022: 197）“又拟某山村联”：

财源广阔水源长，外地焉能比此；

农业丰收诸业旺，他年远胜乎今。

上联说“财源广阔水源长，外地焉能比此”，“财”与“水”有天然的可比性，如流动性、积聚性，可以被挥霍，也可以被节约。

7.1.2　隐喻鉴定方法

对联有一个特点，文本与语境总是比较隔离。一方面，对联的作者没有署名的机会，在对联文本阅读时，对联的委托人完全代表了作者，作者基本上不成为对联的语境要素，当然，有限的例外是作者的自撰联，即自己写了自己用，但是这种情况并不多，因为对联作者是“公共知识分子”。另一方面，对联解读时所需的语境，不可能在对联中有充分的表达，原因是对联文本的篇幅太有限，一般是就事论事，夹叙夹议，语境的显性植入一般难以保障。所以，对联中的词汇是不是隐喻，必须调动额外的语言资源和认知资源，进行隐喻鉴定。本节就来谈谈对联中的隐喻鉴定。

对联不能提供充足的文本语境和作者语境，所以，对联只能对现实语境加以利用。对联中的隐喻，必定在现实语境中能找到对应的实体。比如刘慕苏（2022: 75）“刘基勇新婚联”：

基地育苗绵瓜瓞；

勇夫循径入桃源。

上联“基地育苗绵瓜瓞”的“瓜瓞”读作 guā dié，比喻子孙蕃衍，相继不绝。《诗·大雅·绵》：“绵绵瓜瓞，民之初生，自土沮漆。”《朱熹集传》：“大曰瓜，小曰瓞。瓜之近本初生常小，其蔓不绝，至末而后大也。”上联借大瓜小瓜比喻子嗣繁盛，这是贺人新婚的常见意象和通用主题，“育苗”让人想到“育儿”,“瓜瓞”都是一根蔓上的大瓜小瓜,对应的是大郎、次郎、三郎、四郎。

文本中有“瓜瓞”,现实语境中有大郎、次郎、三郎、四郎。虽然当下还是新婚,但是生儿育女是迟早的事,所以潜在的现实语境是可以利用来解读“瓜瓞”这一隐喻的语境要素。上联的“育苗”是与“绵瓜瓞”大同小异的隐喻,在此不做分析。

下联“桃源”,也是隐喻,“循径入桃源”这一说法有点油滑,是夫妻恩爱的修辞性描述,它的隐喻身份也如上联的“育苗”和“绵瓜瓞”一样,借助现实语境要素(即人的身体),隐喻身份就得到了成全,并且可以成功解读。

再看一个例子,我们用逻辑上的“反证法”,看看如何排除隐喻、确认转喻,这一过程可以证明隐喻对于语境的潜在支持。刘慕苏(2022: 65)“孟公镇中学新楼落成联”:

孟母已三迁而来此地;

公输教百匠以造斯楼。

在上联中,“孟母已三迁而来此地”是用“孟母三迁”的事典来表明此地是学校,而不是其它类型的所在,体现了典故的转喻用法。因为一般来说,对联文本脱离当下的具体语境,没有可以成为“孟母”映射对象的现实人物,也没有“三迁”可以类比的当下事件,所以,隐喻用法可以排除。一般来说,隐喻用法必须有在场的现实人物和现实场景,隐喻的功能是对现实人物和现实场景实现指称或描述,被指称或被描述的对象是在场的,因为在场,所以具有较强的可及性,较强的可及性可以确保在场的现实人物和现实场景成为主语,即称当已知信息。所以,对联中典故的转喻特性是由对联的去语境化(de-contextualized)特征决定的。

同样,在下联中,“公输教百匠以造斯楼”,在撰写对联之时,大楼已经盖好,“百匠”已经退场,他们的师傅“公输”更不可能在场。所以,“公输教百匠”这一典故只是转喻用法,联想到造楼的各种工匠,而不可能是隐喻用法。

在下文 8.2.1 中,我们还会谈到双关的使用动因,隐喻类双关的双重指称刚好是因为语境的参与,这与本节的隐喻鉴定方法是一致的。另外,在 8.2.2 节中,我们将谈到转喻类双关的使用有一个先决条件,那就是语境的缺失，与隐喻的鉴定方法刚好相对，所以这一发现与本节的隐喻鉴定方法是兼容的。

7.1.3 隐喻的伴随性体验基础

现代的认知语言学，基于身体化（embodiment）认知，即人的身体结构和身体体验是更复杂认知的基础（Lakoff, 1987）。人的身体在与外界互动时，会有一种伴随性的体验，所以隐喻就从基于身体体验的转喻过程演变成为隐喻，我们在7.1.1节中分析刘慕苏（2022: 54）“何君悼继母联”的“寸草春晖”时，已经做了较好的分析。

为了帮助读者理解，我们再看一个例子。刘慕苏（2022: 230）“某生母丧后新春联”如下：

春色几曾回？任他绿柳红桃，飞花遍地；

慈容何处觅？枉自卧冰求鲤，抱恨终天。

“春色”比喻慈母的关爱，与“寸草春晖”基于相同的概念单位，只是文字表达略有差异。春日和煦，让人感受到温暖，这种温暖是被母亲抱在怀里时所能感受到的，这就是现代认知语言学所说的“体验性特征”，通过此温暖和彼温暖的体验一致性，隐喻关系就建立起来了。

7.1.4 隐喻的历史文本互文性

隐喻的历史文本互文性是一个非常有趣、也非常值得研究的隐喻课题。所谓“隐喻的历史文本互文性”是指同一个隐喻喻体（即隐喻的词汇载体）在某历史文本中有相同的使用语境，并且表达相同的隐喻意义，而且当下的隐喻使用很容易激活历史上的类似使用，所以，当下的隐喻使用与历史上的某次使用体现文本互文性。

再以刘慕苏（2022: 75）“刘基勇新婚联”的“瓜瓞”比喻“子嗣”来作为例子：

基地育苗绵瓜瓞；

勇夫循径入桃源。

大瓜曰瓜，小瓜曰瓞，上联借大瓜小瓜比喻子嗣繁盛，这是贺人新婚的常见意象和通用主题，“育苗”也是隐喻，让人想到“育儿”。

用瓜瓞来比喻子嗣，在唐代还有一个有趣的例子，可以看作是“瓜瓞”隐喻用法的互文性历史文本，详情如下：

唐朝武则天有四个儿子。长子李弘被立为太子，太子仁德能干，武则天怕以后控制不了，就在他二十岁时候用毒酒毒死了他。李弘死后，武则天又改立次子李贤为太子，即章怀太子。李贤有才干，学识渊博，曾注释《后汉书》。他不满母亲的阴毒暴虐，预料到母亲也可能对他下毒手，就做了一首《黄台摘瓜诗》。诗曰：

种瓜黄台下，瓜熟子离离。

一摘使瓜好，再摘使瓜稀。

三摘尚自可，摘绝抱蔓归。

李贤本来意在劝母亲不要狠心把儿子都杀光，结果适得其反，武则天看后大为不满，又把他给废掉了。过了四年，又逼其自杀。李贤死时仅三十一岁。则天武后，本来是瓜瓞绵绵，子嗣繁盛，但是她下手太狠，都差点被她摘绝后了，瓜瓞被她摘完了，只能“摘绝抱蔓归”了。这首《黄台摘瓜诗》是“瓜瓞”隐喻用法的互文性文本，就我们的考证所及，它可能是“瓜瓞”喻体的最初使用，也是最早的互文性隐喻用法。

7.1.5 隐喻框架的情感派生

情感是隐喻语义的一部分，但是当“情感”与“认知”相对时，它们构成隐喻意义的两种不同方式。我们以刘慕苏（2022: 43）“教育工会俱乐部”联为例：

后人而乐，与人俱乐；

爱校如家，以校为家。

【慕苏公注】此俱乐部，亦即“教工之家”，为教工阅读、讨论、休息、娱乐场所。上联化用范仲淹“后天下之乐而乐”与孟子“无此他，与民同乐也”等句，又切“俱乐”之名；下联符合“全心全意”精神，又点出“教工之家”名称。

下联“爱校如家，以校为家”，平铺直叙的文字呈现。没有了典故，但使用了一个更加通俗的“家庭”隐喻。这是宗法制社会最常见的认知架构。任何机构，一旦套上“家”的认知架构，亲密感就油然而生，而且更主要的是，强化了个体对于机构的义务，因为个人对于家庭的付出是无条件的，这就是隐喻的认知功能以及道德和伦理上的劝化功能。

7.1.6 对联中隐喻的表达方式与效果

对联中的隐喻不同于日常话语中的隐喻使用。在日常话语中，使用隐喻可以服务于任何场合，满足任何的语义功能，比如可以是赞美，也可以是骂架、斗嘴，可以是恭维，也可以是贬损、侮辱。但是，对联的使用场合类型比较单一，一般是赞美、恭维等正面情绪的表达，如果要骂架、斗嘴、贬损、侮辱，就不如直截了当说出来，能够把仇恨、怨愤隐忍下来，文绉绉地写一副对联，这种情况可能有，但是肯定不会太多。既然如此，我们就可以对对联中隐喻的表达方式与效果做一点总结和归纳。

对联中隐喻的喻体，一般（或者说总是）大词小用，以便体现对于对联当事人的赞美与褒扬，这样的例子在刘慕苏（2022）中不胜枚举，俯拾皆是。

比如，刘慕苏（2022: 21）“贺伍开本新构”：上联的“鸿业”指“大业”，多指“王业”，在此联中比喻乡下人改了几间瓦屋农舍：

开鸿业于后昆，益昌益炽；

本家风于先世，日俭日勤。

“后昆”，亦作“后绲”，指后嗣，即子孙。“益昌益炽”是“昌盛”之义。唐代刘禹锡《代郡开国公王氏先庙碑》说，“自汉涉魏，益以炽昌。”

又比如，刘慕苏（2022: 22）“贺刘书庭新构”，同样是乡下人改了几间瓦屋农舍，下联的后半截“居然处士高风”，其中的“处士”原本指有德才而隐居不愿做官的人，后来泛指没有做过官的读书人：

书乃壁，画乃梁，自是高门杰构；

庭前菊，门前柳，居然处士高风。

刘慕苏（2022: 47）“刘氏南甫公陵寝”联，记录的是湖南刘氏始迁祖北宋时从江西迁居湖南新化，再在此之前，江西刘氏又迁自江苏彭城（即徐州）的刘氏。湖南刘氏自江西迁入后，八代单传，自第九代开始才人丁兴旺，联中把单传的八位先人用“八龙”来拔高：

承九世而中兴，千秋载德；

庆八龙之后继，四海扬波。

相反的例子也是有的。对联作为一种文体，一种文学形式，或者说一种文字游戏，唱赞歌、拍马屁是常见的功能，针砭时弊、批判现实也是它的功能形式。所以，批评性的隐喻意象非不能也、实不为也。刘慕苏（2022: 136）“闻某犯受审”中就有表达负面意义的隐喻意象：

廿载贪污，本来就秽声遍地；

一朝败露，安得不臭气冲天。

此联中的“秽声”是把“名声”比喻为“秽”。查《说文》：秽，芜也。从草，岁声。字亦作秽。“秽”就是“芜”，前者从“禾”，后者从“草”，都是田间长出的杂草。再查清代陈昌治刻本《说文解字》“芜”：薉也；从艸無聲；武扶切。两个字循环释义，是不太合理的。不管了，反正“秽”的本义是不希望它长出的杂草，是与人的德行完全不同的认知领域，隐喻成立，而且表达负面的批评义。

当然，在用“秽”来比喻“名声”之前，“秽”的语义已经嬗变成为“肮脏”，这本身是隐喻化的结果。所以，在此例中，负面隐喻意义的表达是在已经经历了辐式语义演变的基础上完成的：“秽”从原始义“杂草”开始演变，首先隐喻为“肮脏”，再用它来隐喻“坏名声”，以后还会有什么样的演变，我们暂时无法预见。

7.2 对联中的隐喻类型

对联中的隐喻类型非常丰富，远远多于专门研究对联的论著（如陈展，2014；胡雪丽，2020；陈仲义，2007；刘太品，2017；尹继兰，2012）的发现。在本节中，我们将举例和阐述八种类型。

7.2.1 实体隐喻

实体隐喻是用一个实体作为喻体去比喻另一个实体，这是最常见的隐喻类型。在 7.1.6 中的全部例子，都是实体隐喻。既然实体隐喻是最常见的，所以，在刘慕苏（2022）中的例子也最为丰富，所以，我们不妨再举几个例子，证明实体隐喻确实出现频率最高。这种举例策略，即对于出现频率最高的隐喻类型，可以适当多举几个例子，本身也具有隐喻的特征，举例这种策略使用的高频次是源域，对联中的隐喻类型的真实状况是目标域，两者体现类比层面的可比性和相似性，这就是隐喻所要表现的内容。当然，我们最好把这种现象叫作“元隐喻”，是对隐喻的隐喻性描述。

事不过三。我们的例子也最多举三个吧，它们同样支持对联中的隐喻具有拔高当事人地位和声望这一特征。

刘慕苏（2022: 56）“贺某翁伉俪同日六旬寿庆”，把一对老夫妻比喻为“双星”。“双星并耀”，本义指两颗星星一起闪耀在天际：

二甲重开，双星并耀；

一觞同祝，百岁相偕。

刘慕苏（2022: 72）“肖本寿新婚”，把新郎官比喻为“神仙”“攀桂客”“探花郎”：

本非天上神仙，却做月宫攀桂客；

寿及人间仁者，居然榜首探花郎。

刘慕苏（2022: 194）“再题理发店”，上联把理发师比喻为“文职高官”，至少省部级吧，不然也没办法“近中央陪首脑”。用这么高的官阶来隐喻理发师，拍马屁的效果非同小可：

像文职高官，得近中央陪首脑；

似武功小品，能攀绝顶演刀兵。

7.2.2　关系隐喻

关系隐喻必然涉及两个喻体，是两个喻体之间的某种联系或某种对比成为隐喻的内容，因为只有至少两个概念单位才有可能“关”联起来，或者彼此“系”缚。

我们来看刘慕苏（2022: 110）“香港回归”联：

俯仰即沧桑，世界将新，严冬将尽；

回归排伯仲，台湾其弟，香港其兄。

“台湾”为什么是“弟”，“香港”又为什么是“兄”？单独来看，我们实在无法找到相似点，因为“台湾”比“香港”面积更大、人口更多，实在不应该是“弟”。但是从两者的各种关系来看，我们终于找到其中有一种关系可以成为“兄弟关系”的有效比拟基础，那就是回归的先后次序这种关系。先回归的是兄，后回归的是弟。这就是关系隐喻。

7.2.3 次级隐喻

次级隐喻是首要隐喻之外并且依附于首要隐喻的另一种隐喻。在 7.2.1 的例子中，刘慕苏（2022: 194）“再题理发店”中，上联把理发师比喻为“文职高官”，是首要隐喻，“中央”和“首脑”是次级隐喻，是从“文职高官”这一隐喻框架中派生出来的次级隐喻。这里涉及的认知域是“官僚体系”，在这一认知域中，有不同层次、不同等级的官员，先被提到的是首要隐喻的喻体，据此派生的其他概念单位是次级隐喻：

像文职高官，得近中央陪首脑；

似武功小品，能攀绝顶演刀兵。

再看一个例子，刘慕苏（2022: 230）“某生母丧后新春联”：

春色几曾回？任他绿柳红桃，飞花遍地；

慈容何处觅？枉自卧冰求鲤，抱恨终天。

上联先说到“春色”，是首要隐喻的喻体。下文提到了“绿柳红桃，飞花遍地”。从隐喻的源域来讲，是对“春色”的炫染，从隐喻的目标域来讲，是对“母爱”进一步的隐喻性描述。所以，“绿柳红桃”和“飞花”就成了次级隐喻了。两个次级隐喻的喻体，依附于主体隐喻的喻体，因为只有在春天才有绿柳红桃、飞花遍地。

7.2.4 拟物隐喻

拟物隐喻是一种较不常见的隐喻类型，是把人比喻为物，与拟人隐喻相比，后者更常见。拟物隐喻是违背“大链条隐喻”（the great chain of being）（Lakoff and Turner, 1989）这一喻体选择顺序的，所以在实际使用中出现频率并不高。根据大链条隐喻理论，人、动物、人造物、自然物构成隐喻关系的选择序列，居于右侧的概念单位常用于理解左侧的概念单位，所以，用“动物”比拟“人”，用“人造物”比拟“动物”，用“自然物”比拟“人造物”，是常见的隐喻格式，相反是较少的隐喻现象。

我们来看例子。刘慕苏（2022: 133）“2001 年元旦”：

寿以年增，公元昨满双千岁；

福随时至，大地今添一片春。

上联说“公元昨满双千岁”，显然是把时间比喻为人，时间是“自然物”，或者说是人虚构出来的自然物，所以是拟物隐喻。下联说“福随时至”，“福”和“时”都是人构拟出来的自然物，它们都被比拟为人，可以自主运动，并且可以结伴而行。所以，也都是拟物隐喻。

7.2.5　字形隐喻

字形隐喻是根据字形的某种结构特征来设喻，用这样的结构特征来比喻人情、事态。比如，刘慕苏（2022: 63）“枝林森店开业”：

枝枝缀绿叶红花，林园竞秀，庭院增辉。问诸君兴致何如？且请斟半瓶美酒，点一支香烟，品两碟佳肴，尝几盘熟食；

森森画苍松翠柏，店铺招商，厅堂设宴。既此处风光不俗，正好约八路仙真，延四邻新友，会九州豪杰，迎千里宾朋。

枝林森，一木，二木，三木。聚木成林，林多成森。店家把店名叫作枝林森，无非是看重了积少成多的字形结构，积少成多对于商人来说，是一个良好的隐喻设定，聚沙成塔，集腋成裘。这就是字形隐喻。

受一木二木三木这种字形结构的启发，上联把数字递增的模式加以利用和升格，上联依次出现了“半”“一”“两”“几”这四个数字，从小到大，由少到多，呼应了字形结构隐喻的设喻方式。

7.2.6　谜语隐喻

谜语隐喻是把对联文本设计成为谜面，把对联主题默认为谜底。比如刘慕苏（2022: 94）“烟花爆竹店”就是谜语隐喻的例子：

此君有色有声，一霎时电闪雷鸣，添十分喜庆祥和热烈；

其状多姿多彩，千万朵争妍斗艳，撒几斛氤氲淡雅幽微。

上下联的文字表述都是谜语的谜面。上联从“色”与“声”出发来设计谜面，表述内容有“一霎时电闪雷鸣，添十分喜庆祥和热烈”，是从视觉和听觉来感知和描述“烟花爆竹”（谜底）的特征。下联继续设计谜面，但是只从视觉效果来描述，在特征类型上有了聚焦，谜底同样是“烟花爆竹”。上下联在谜面设计上是组合型的，或者说是合力型的，谜底始终是保密的，没有透露给读者（即猜谜人）。

在刘慕苏（2022: 176）“蜂窝煤厂”联中，对蜂窝煤的隐喻性描述，也是采用谜面和谜底的结构形式：

某君面赛包公，性赛张飞，心赛比干丞相；

此物居同地藏，终同回禄，功同中馈夫人。

上联说“某君”，其实是指蜂窝煤。从多个方面来描述，“面赛包公”是说煤的颜色，即民间传说和京剧中的黑脸包公。“性赛张飞”是说张飞性子急，《三国演义》有多次描写张飞急性子鞭挞士卒的文字，急成什么样子，性如烈火，像火那样急，与煤生火对接成功，所以也是脸黑的主。

在下联中，“此物”也指蜂窝煤，与上联的“某君”同指。“居同地藏”，是说煤原本深埋于地下，民间相信地下就是地狱。在《地藏菩萨本愿经》中，释迦牟尼佛说宣说了地藏菩萨的大愿，“我不下地狱，谁下地狱”，说的是地藏菩萨在度尽地狱众生之后，自己最后才成佛。所以，此句是指地藏菩萨去了地狱，度脱最苦众生。此句把煤的所在与地藏菩萨的地狱类比，是居所的比较。“终同回禄”，是说煤燃烧的时候，就像火神回禄一样，这是煤的最终结局，也是煤的宿命。“功同中馈夫人”，指煤的功用，是用来烧火做饭。“中馈夫人”本来指会做饭菜的女子。古时把女性为家人烹饪的劳动称为“主中馈”。

7.2.7 否定型隐喻

否定型隐喻是与常规的“A 是 B”结构不同的否定句结构。表面上是否定，其实是“卖了个关子”，是通过否定来提醒读者隐喻的结构和内容，这种用法在雷科夫等人（Lakoff et al., 2004）的著作标题中，故意用“不要去想大象”（Don’t Think of an Elephant）来表示不要在乎共和党（大象党，因为它的党徽上有大象图案），说“不要在乎”其实是一种提醒，是提醒民主党（驴党，因为它的党徽上有驴子的图案）要考虑一下共和党的执政主张。日常话语中也偶尔使用这种否定策略，比如“你尽管作践我，你放心，我不会打死你”，说“不会打死你”其实正是可能打死你，是一种戏谑式的威胁。

我们来看否定型隐喻的例子。刘慕苏（2022: 166）“酒店”联：

店似咸亨　孔乙己身形长沓；

时非唐代　李谪仙风范长存。

下联说“时非唐代”，是一个否定型的隐喻，其实正是把当下的场景比喻为“唐代”，有证据吗？当然有！下一句说的“李谪仙”（即李白），正是唐代诗人。另一个证据“时非唐代”对仗上联的“店似咸亨”，是两个隐喻相互对仗。

其实，从上下联两个隐喻对仗这种结构，我们可以看出否定型隐喻的存在依据：正是为了创造出一种新的隐喻结构，来和常规的“店似咸亨”产生对仗关系。不然，否定型隐喻是一种有标记的隐喻结构，在能够使用常规结构时，为什么偏偏要使用有标记的结构形式？肯定有某种驱动因素，这种驱动因素至少有一种是为了成全对仗。可参见新格莱斯会话含义理论（如 Levinson, 2000; Horn, 2006）。

否定型隐喻的例子不好找，我们再看一个例子。刘慕苏（2022: 72）“肖本寿新婚”联：

本非天上神仙，却做月宫攀桂客；

寿及人间仁者，居然榜首探花郎。

在刘慕苏（2022: 191）“再题理发店”中，我们看看“不打扑克”这一否定型的隐喻：

未近菩提，先修上界；

不打扑克，也剃光头。

“打扑克”是一个动词性隐喻的喻体，而且它以否定结构出现，其实就应该是“打扑克”，完整的隐喻表达结构是“理头发像打扑克”。为什么要用否定的喻体形式呢？这是因为对联语境决定了隐喻的结构，对联语境包括一联中词汇、句法、音韵等的呈现样式，对另一联产生结构上的压制力，迫使另一联与它结构相同，语义和音韵相对。在此联中，上联的“未近菩提”是动宾结构，而且有否定词“未”，下联为了对仗，就只好把“打扑克”说成“不打扑克”，从隐喻语境的构件上来看，否定的隐喻句和肯定的隐喻句等价，主要是语义效果不受影响。语义效果不受影响，节奏和音韵又得到了成全，所以“不打扑克”就成就了。此例我们在下文 8.2.1 节中还要分析它的双重指称现象。

7.2.8　倒喻

倒喻是把常规的“A 是 B”说成“B 是 A”，是倒过来设喻，与上文的“拟物隐喻”有一定的关联性，或者说拟物是倒喻的一种。我们没有把拟物隐喻看做倒喻的一种，因为“拟物”与“拟人”相对，是一种具有明显自主性的隐喻类型，它的可接受性较强，固化程度较高。相反，倒喻是故意地违反隐喻结构规范，以便收取特别的修辞效果（如突出本体和喻体的差别），或者产生陌生化的效果。

在刘慕苏（2022: 103）“贺菊兰女士新构”中，不言人品如菊如梅，而言梅菊如人品之高洁。

【慕苏公按】卿菊兰女士，孀居于农村，躬耕教子。儿辈成人，农商并举，家道日隆。客岁新构，亲邻往贺，赏其宅而赞其人。联曰：

菊蕊梅蕾，洁同人品；

兰庭桂院，巧夺天工。

上联“菊蕊梅蕾，洁同人品”是倒喻，即把本体和喻体故意颠倒。在隐喻的两个认知域的选择原则上，一般来说，熟悉的、具体的概念被用作喻体，不熟悉、抽象的概念被作用本体。在此例中，“人品”是抽象概念，因为难以理解，所以用更具体的概念（如“菊蕊梅蕾”）来帮助理解，体现隐喻的认知功能。所以，常规的隐喻结构应该是“人品像菊蕊梅蕾”，但是此处为了韵律和名字嵌入的要求，故意把本体和喻体反过来使用，变成了“菊蕊梅蕾像人品那么圣洁”。“洁”或者是它的双音节化的词“圣洁”，是隐喻的喻底，或者说隐喻的基础，所以如果要补充完整，可以说成“人品像菊蕊梅蕾那样圣洁”。

7.2.9 博喻

对联中的博喻是指在对联中密集地使用多个隐喻。比如，在刘慕苏（2022: 176）“蜂窝煤厂”联中，上联有三个历史人物充当喻体，下联有三位神佛的名字作为喻体，即“包公”“张飞”“比干丞相”“地藏（菩萨）”“回禄”“中馈夫人”：

某君面赛包公，性赛张飞，心赛比干丞相；

此物居同地藏，终同回禄，功同中馈夫人。

此联的博喻包括六个隐喻，上联三个，下联三个，六个隐喻处于对称与对仗状态。至于每个隐喻意象的具体意义，我们在 7.2.6 中已经做了解释，此处不再重复。

7.3 对联中隐喻的结构特征

隐喻包括四个构件，即本体、喻体、连接词和喻底。举个例子来说，“他像蚂蚁那样不知疲倦”。在这个隐喻中，四个构件全部齐备。“他”是本体，“蚂蚁”是喻体，“像”是连接词，“不知疲倦”是喻底。本体和喻体之间可以有不同的相似点，所以可能有不同的喻底。比如在这个例子中，我们可以找到不同的相似点，“他像蚂蚁那样渺小”“他像蚂蚁那样爬来爬去”“他像蚂蚁那样喜欢吃甜食”，如此种种。

对联中隐喻的结构特征是指隐喻的四个构件是否全部出现，是否按常规的排列顺序呈现等。对联中隐喻的四个构件的结构特征之所以值得研究，是因为对联有独特的语境规范，如联内、联际都有句法和语义的规范，两联之间有声调或平仄变化的要求，对于词汇重复和对称也有严格遵循的规范。另一方面，对联文本非常简短，说事直截了当，容不得常规的语境渲染。所有这一切，都是对联特有的行文规律和文本结构规范，对于对联的各个方面都产生制约，隐喻是对联中常见的选词和表义现象，所以，对联中的隐喻结构特征必定有不同于常规隐喻使用的地方，这就值得对联语言学来探索和总结了。

7.3.1 对联中的常规隐喻结构

先说说对联中的常规隐喻结构，在下文中说到非常规的隐喻结构时，好歹有一个参照和比较的基础。况且，常规的隐喻结构在对联文本中还是有较高的出现频率的，如果忽略了常规隐喻结构，读者也难以了知对联中隐喻结构样态的全貌。

我们来看刘慕苏（2022: 92）“贺唐友勇老师”中的隐喻结构：

三男如轼辙之并秀，一女若道韫之多才，堪夸满目青山，叶茂枝繁花更艳；
弥月贺令媳之弄璋，五旬庆尊壶之设帨，喜见盈庭瑞霭，年丰人寿日初升。

上联有两个隐喻，它们的四个要素齐备，而且是按常规的顺序呈现。第一个隐喻，“三男如轼辙之并秀”，“三男”是本体，“轼辙”是“苏轼苏辙”的简称，是当下隐喻中的喻体，“如”是连接词，“并秀”是喻底。在另一个隐喻中，“一女”是本体，“道韫”指谢道韫，东晋诗人，是才女的代称，描述下大雪的句子“未若柳絮因风起”是她成名并且流传千古的名句。“若”是连接词，“多才”是喻底。

我们再看一个例子。刘慕苏（2022: 169）“某处农贸市场开业联”：

客似云来，车水马龙新气象；

货如轮转，金山银海大规模。

上下联各有一个隐喻，而且都是结构齐备的隐喻。上联中的隐喻，包含本体“客”和喻体“云（来）”，下联的隐喻，本体和喻体分别是“货”和“轮（转）”。上下联的连接词，分别使用了“似”和“如”。上下联的喻底，分别是“车水马龙新气象”和“金山银海大规模”。这样的隐喻结构，与刘慕苏（2022: 92）“贺唐友勇老师”完全一样，都是常规的隐喻结构。

在7.2.7中，我们分析了否定形式的隐喻结构，对常规结构略有偏离，但是也可以算作常规结构，只是多了一个否定词。况且，这种结构也不是对联中特有的。所以，鉴于上文已经分析了，在本节中我们不另辟一节来单独分析，只是略提一下，我们来看上文分析过的两个否定型隐喻的例子，一个是刘慕苏（2022: 166）“酒店”联：

店似咸亨 孔乙己身形长杳；

时非唐代 李谪仙风范长存。

另一个是刘慕苏（2022: 72）“肖本寿新婚”联：

本非天上神仙，却做月宫攀桂客；

寿及人间仁者，居然榜首探花郎。

7.3.2 偏正结构的隐喻关系

偏正结构的隐喻关系有两种形式。一种是喻体修饰本体，两者压缩成偏正结构：如刘慕苏（2022：103）“贺菊兰女士新构”下联中的两个隐喻：

菊蕊梅蕾，洁同人品；

兰庭桂院，巧夺天工。

“兰庭桂院”是本体和喻体嵌套在一起的压缩格式，如果舒展开来，是“庭”如“兰”，“院”如“桂”。“庭”和“院”，当然可以巧夺天工，但是“兰”和“桂”可以巧夺天工吗？它们本来就是天工，是天工所造就的，非人力可为！这种差别是隐喻所必需的。

在“兰庭桂院”中是喻体修饰本体，再压缩成为一个偏正结构。偏正结构的隐喻压缩形式，还有一种结构刚好相反，是本体修饰喻体，比如刘慕苏（2022: 160）“凡佑先生补行追悼”中的“孙枝”：

愧儿曹昔日愚蒙，未报劬劳，饮恨深惭亏子职；

倘吾父今朝健在，频添福寿，含饴尽管弄孙枝。

下联中的“孙枝”，指从树干上长出的新枝，此处比喻幼小的孩子或孙子。两者压缩在一起，就成了与“兰庭桂院”结构刚好颠倒了顺序的偏正结构。

在刘慕苏（2022）中，“孙枝”结构的偏正式，远远多于“兰庭桂院”这种结构。比如，在刘慕苏（2022: 122）“偶感示儿曹”中，“学海”“宦海”“书山”“冰山”，都是如“孙枝”结构的偏正式隐喻：

破浪乘风，游学海休思宦海；

临深履薄，上书山勿羡冰山。

7.3.3　结构要件不完整的隐喻

在 7.3.1 中，我们分析了四个结构构件齐备的隐喻，在本节中我们来看看结构构件不齐备的对联。在刘慕苏（2022: 14）“哀悼周总理逝世”中，上联出现“人间”一词，证明了“周总理”的凡人身份，下联出现了“仙约”和“天上”等源域词汇，但是联系词“像”“如”或“似”等连接词以及喻底都没有。所以也是结构要件不完整的隐喻：

为恤民情，乃赴人间施政务；

因为仙约，忽升天上正乾纲。

再看一个例子。刘慕苏（2022: 31）“为某中学 1983 年毕业典礼撰联”：

他日高飞，勿忘此三年立雪；

今朝盛典，相期尔万里乘风。

“高飞”是动词性隐喻的喻体，本体是“在事业上取得成就”。当然，还有一种理解，是把“高飞”看作是“同学们像雄鹰那样高飞”的喻底，喻体“雄鹰”隐去了。从这个例子我们可以看出对联的隐喻环境对于对联结构的制约，对联因为文本长度受限，不能确保每副对联像非对联隐喻那样表达完整。

7.3.4 源域与目标域联际分立的隐喻

源域与目标域联际分立的隐喻是指上下联共同表达一个隐喻，隐喻构件部分出现在上联，另一部分出现在下联。这种分立的隐喻包括两种类型。一种是上联是源域，下联是目标域。另一种刚好相反，上联是目标域，下联是源域，上一节（7.3.3）引用的"哀悼周总理逝世"（刘慕苏，2022: 14）就是这种类型。

我们先看第一种。在刘慕苏（2022: 45）"杨成新新婚"中：

成对成双，鹣鹣鲽鲽；

新郎新妇，我我卿卿。

上联是源域，说的是"鹣鹣鲽鲽"，其中鲽是比目鱼，鹣是比翼鸟，下联是目标域，即"新郎新妇"。隐喻框架是"新郎新妇像鹣鹣鲽鲽"。喻底是源域和目标域共有的概念特征，此联中的喻底很特别，分为两部分，其中"成双成对"是喻底的一部分，但它偏重于源域，"我我卿卿"是喻底的另一部分，但它偏重于目标域。如果表达完整，该隐喻是"新郎新妇像鹣鹣鲽鲽，成双成对，我我卿卿。"

源域与目标域联际分立的隐喻，还有一种形式。它与在刘慕苏（2022: 45）"杨成新新婚"中的隐喻结构刚好相反，上联表达目标域，下联表达源域。比如刘慕苏（2022: 167）"自来水设施"中：

钱如当用君须用；

水可自来客必来。

上联说的"钱"是目标域，下联说的"水"是源域，构成了"钱是水"的隐喻架构。上联"钱如当用君须用"，是说钱该用要用，当花则花，不做守财奴，不做吝啬鬼。下联"水可自来客必来"，先说水自己来，因为本来就是自来水，水来了，就有客来，客来了就有钱赚。客源就是财源，财源比作水源，所以"水""钱""客"三者互相关联。

7.3.5 包含隐喻推理的隐喻

隐喻结构包括四个结构要素，我们在 7.3.1 中已做介绍。其实，隐喻还有一个额外的要素，即隐喻推理。隐喻推理是推理方式的一种，但是它不像逻辑推理那样具有可信赖性，只具有或然性。

我们来看一个例子。刘慕苏（2022: 73）"贺袁景生新构"中的隐喻包含了隐喻推理的内容：

景色清幽，况岩门后峙，榜壁斜陈，凉井得铜箍，智水仁山多景致；

生气蓬勃，喜桃李芬芳，芝兰馥郁，苍松偕翠柏，池鱼林鸟满生机。

在下联中，教师的职业，以隐喻的方式来说，是培育桃李，是种植芝兰，是把弱小的树苗培育成为参天大树。在桃李、芝兰、苍松翠柏之外，还有附带的收益，那就是“池鱼林鸟”。因为在桃李、芝兰、苍松翠柏的森林里，还有“池子”可以养鱼，也还有各种小鸟飞行在森林中。教师的职业是培植有价值的林木，至于林中的“鱼鸟”等收益，是隐喻推理的结果。这些林中收益，当然也归教师所有，所以，这些额外收益本身也是额外的喻体，是教师工资收益之外的回报，比如学生工作后逢年过节给老师寄送的小礼物。

7.4 对联中的转喻

转喻（metonymy），在汉语界也称借喻或借代，是从一个概念联想到另一个概念，并且因此用一个概念指称或借代另一个概念的思维过程和语言使用方式。

在现代认知语言学出现之前，转喻的定义是事物名称之间的借代关系，是语言形式之间的借代，并没有进入到抽象的概念层面。认知语言学把客观事物内化到人的概念系统的过程称为“概念化”，并且从概念化的过程、方式、结果来研究语言，这就是从人的认知规律来研究语言，认知语言学因此得名。

我们先看看名称间的借代是怎么回事。比如，用身体特征借代一个人，如“那个高鼻子走过来了”，也可以用空间距离很近的事物来借代另一个事物，空间距离越近，转喻的效果越好，比如可以用“拐杖”借代老人，因为拐杖就在手里；用“红球衣”借代某球队，也可以用首都借代一个国家，比如“莫斯科与华盛顿正在举行会谈”。

空间距离近，不是必然会产生借代关系，因为一个人可能在相近的两个事物之间或一个事物的部分与整体之间建立了借代关系，另一个人可能听不懂、理解不了，因为另一个人并没有建立类似的关联。所以，客观世界的空间临近关系或者感官可以认定的属性特征是靠不住的。一定要通过概念化，即被人脑所认可并且内化到现有的概念系统中，才能在概念系统中依据概念关系的远近建立概念间的借代关系。概念关系越近，就越有可能建立转喻关系。也就是说，概念关系与空间关系不是必然重合的。

所以，与其用非必然的空间邻近性来定义转喻，还不如用概念邻近性来定义转喻，这就决定了转喻的最重要特征是“概念邻近性”（conceptual contiguity）。根据这一定义性特征，转喻可以分成很多种类。在 7.4.2 中，我们要专门分析对联中的转喻类型，所以，在此我们不拟多说。

7.4.1 对联转喻举隅

转喻像隐喻一样，是一种非常常见的语言现象、修辞现象和思维现象，在日常话语中常用，在对联中同样常用。在进入到更深入的研究之前，我们先从现象层面举例和介绍，称为“对联转喻举隅”，恰如在 7.1.1 中我们也是先对隐喻现象做了“对联隐喻举隅”。

在刘慕苏（2022: 48）“代周某撰联贺其岳父六十大寿”中：

六旬寿庆，三颂筵开，过<u>铁锁</u>之长桥，共仰老人星耀；

万里征途，<u>八房</u>竞秀，兴<u>金樽</u>而祝嘏，唯尊<u>岱岳</u>峰高。

当事人有子女八人，用他们分别居住的房子来借代他们，称为“八房”，也许他们家住房不够用，八个儿女可能挤住在四个房间里，但同样可以用“八房”来借代，这就证明了我们上面所说的客观的、非概念化的借代过程靠不住。做寿必备酒，备酒必有酒器，酒器可称金樽，所以用“金樽”借代美酒，女儿祝寿，估计女婿也来了，事实上没来并不要紧，因为概念化可以包容与真实情况不符的情况，所以用“岱岳”借代岳父。

“岱岳”的转喻建构与流传的原委，涉及一个典故，属于“事典”这一类型。唐明皇要封禅泰山，让张说为封禅使，张说的女婿郑镒本是九品官，按照老规矩，封禅以后，自三公以下都能迁升一级。只有郑镒靠了丈人，一下子升到五品官，唐明皇看到郑镒一下子升了四级，感到很奇怪，就询问原因，他说“此泰山之力也”，意思是说“这是因为靠了泰山之力”。自此，“泰山”或“岱岳”就产生了转喻用法。

7.4.2 对联中的转喻类型

对联中的转喻类型不是一两句话所能讲清楚的，类型较多，篇幅较长。接下来，我们一样一样地来介绍。

（一）条件代过程。比如在刘慕苏（2022: 46）“横阳中学部分毕业生回校联欢”中：

万里鹏抟，赖母校化雨春风，完六艺部门基础；

一朝鸠聚，凭若辈欢歌笑语，续三年灯火因缘。

对联中的转喻“灯火”，原本泛指灯烛，此处借指读书或学习，因为读书要有照明这一外在条件，所以“条件”就可以转喻学习这一“过程”。

（二）居住地代人。在“代周某撰联贺其岳父六十大寿”中：

六旬寿庆，三颂筵开，过铁锁之长桥，共仰老人星耀；

万里征途，八房竞秀，兴金樽而祝嘏，唯尊岱岳峰高。

“八房竞秀”的“八房”指八个儿女，是用居住地转喻人。又比如刘慕苏（2022: 153）“游府杨孺人墓碑”：

与山川并寿；

荫子孙诸房。

下联“荫子孙诸房”，是说游府杨孺人庇佑子孙后世，房房发达，世世昌隆，也包括以“房”代“人”。

（三）容器代内容。在刘慕苏（2022: 48）“代周某撰联贺其岳父六十大寿”中：

六旬寿庆，三颂筵开，过铁锁之长桥，共仰老人星耀；

万里征途，八房竞秀，兴金樽而祝嘏，唯尊岱岳峰高。

“金樽”亦作“金尊”，酒樽的美称，是用盛酒的“容器”代替酒这种“内容”。

（四）部分代整体。如刘慕苏（2022: 178）“缝纫店”联：

都夸量体裁衣手；

足慰依人作嫁心。

上联说“都夸量体裁衣手”，以“手”代“人”，是“部分代整体”的转喻用法。下联“足慰依人作嫁心”，以“心”代“人”，也是“部分代整体”的转喻用法。

7.4.3　语典的转喻必然性

事典和语典的关系，我们在上文已经介绍过了。典故是转喻的载体，由于事典和语典的差别，我们不妨把典故分成事典和语典来分别探讨它们与转喻的关系。

先看语典的例子。刘慕苏（2022: 49）“代道元昆仲作其父丧门联”：

得鲁班秘授，积一世辛劳，花甲已重开，正当宽怀娱晚景；

遭二竖为殃，遇旬间变故，沉疴胡不起，长教洒泪恨终天。

“二竖”是事典的例子，用来指疾病，是转喻用法。此典出自《左传》：竖：小子；二竖：指病魔。春秋时期，晋国国君晋景公得了重病，梦见体内有两个小孩，一个说名医来了快逃吧，一个则说躲到膏肓之间。秦桓公派名医缓前去为其治病，把好脉后摇头叹息说：“大王的病已经到了肓上面，膏下面，药力是无法到达的。”没过多久，晋景公就病死了。语典转喻的必然性基于语境的变化，将原初语境中的适用性搬到当下的语境中。

7.4.4 事典的转喻非必然性

刚才（7.4.3 节）说了语典必然是转喻用法，我们从语境的非在场性做了证明。接下来，我们要提出事典的转喻非必然性。

我们来看刘慕苏（2022: 86）“堂嫂伍氏逝世门联”：

助夫成家，竭力持家，何事抛家离故地？

断机教子，伤心哭子，今朝寻子赴泉台。

事典中的事件要素不一定在当下语境中具有对应的内容，比如下联的“断机（杼）”这一子事件是孟母教子的一部分，但是现代社会没有手工织布的机器了，所以“断机（杼）”只能让人联想到当下的完整事件场景，即“教子”，所以该事典具有转喻的功能。

再看看刘慕苏（2022: 65）“孟公镇中学新楼落成联”，此例在 7.1.1 中已经分析过了，所以此处的分析从简：

孟母已三迁而来此地；

公输教百匠以造斯楼。

在上联中，“孟母已三迁而来此地”是用“孟母三迁”的事典来表明此地是学校，而不是其它类型的所在，体现了典故的转喻用法。在下联中，“公输”这一典故也是转喻用法，借代造楼的各种工匠。

我们再看一个相反的例子：事典的使用因为有当下的语境对应性，所以成了隐喻。语境对应性表明典故的使用涉及了不同于典故当时场景的另一个语境，这另一个语境是另一个认知域，当两个认知域构成对比时，就从只涉及单一认知域的转喻变成了涉及两个认知域的隐喻。看一组例子。

刘慕苏（2022: 4）“贺陈立延新婚”和刘慕苏（2022: 18）“贺杨师傅新构并娶媳”都使用了“金屋藏娇”这一事典：

贺陈立延新婚联：

立雪在吾门，昔年负笈登堂，视予犹父；

延娇贮金屋，今日齐眉举案，敬尔如宾。

贺杨师傅新构并娶媳联：

又获丰收，更喜长征跨大步；

修成金屋，便交哲嗣贮阿娇。

“金屋藏娇”这一事典是众所周知的，但是在当下社会演化出贬义来了。所以，这一事典是隐喻用法，因为涉及两个认知域，并且体现相似性，与基于联想和概念邻近性的转喻完全不同。

7.5　上下联的隐转喻对仗

7.5.1　字面义对隐 / 转喻

字面义对隐 / 转喻，是指对联的一边是字面义，另一边是隐喻或转喻。我们来看刘慕苏（2022: 1）“答老秀才问”。

【慕苏公按】1951 年春，余未至十七周岁，即从受业跃为授业。初入十三区第三中心高小办公室，见东西墙下各坐一人。西座之青年校长阅毕介绍信，云：“新老师来了！”示意余坐其右，即下楼泡茶。东座之邻村老秀才，方与校长交谈，见余来，亦起身相迎。此时端详片刻，似有所思，俄而他顾长吟：

老朽何知？当随后浪催前浪！

随即向余笑问：“新老师高姓大名？”余答曰：

小生刘姓，为学三苏号慕苏。

老秀才始而一惊，继而惭怍，后乃饰以他语，拱手告辞。

早在 1951 年，旧时代的秀才健在者尚多，迂腐的老夫子看到少年才俊登门求职，随口吟出一联，炫耀也罢，刁难也罢，都在情理之中。对联作者当时年方十七岁，高中肄业，能随口答出下联，应答自如，合情应景，实属不易。

从修辞的视角来看，“后浪”和“前浪”是隐喻，是位置隐喻，体现前一代人和后一代人之间的位置关系，也是关系隐喻，因为后浪紧随并且敦促前浪前进，体现两者之间的隐喻性关系。

“后浪”和“前浪”在下联位置的用词，分别是“三苏”和“慕苏”这两个专有名词，都是字面义。所以，上下联之间的对仗关系是字面义对隐喻的修辞结构。

7.5.2 隐喻对转喻

隐喻对转喻是说上下联之间一边是隐喻，另一边是转喻，两者在相同位置，并且构成对仗关系。

刘慕苏（2022: 230）“某生母丧后新春联”：

春色几曾回？任他绿柳红桃，飞花遍地；

慈容何处觅？枉自卧冰求鲤，抱恨终天。

【慕苏公注】因母不能尝所得之鲤而终天抱恨，故虽有满园春色，亦无心观赏，致误认为春色未曾到来。

上联的“春色”比喻慈母的关爱，现代隐喻理论认为隐喻的基础是伴随性体验。春日和煦，让人感受到温暖，这种温暖是被母亲抱在怀里时所能感受到的，这就是现代认知语言学所说的“体验性特征”，通过此温暖和彼温暖的体验一致性，隐喻关系就建立起来了。在提到“春色”之后，下文又提到了“绿柳红桃，飞花遍地”。从隐喻的源域来讲，是对“春色”的炫染，从隐喻的目标域来讲，是对“母爱”进一步的隐喻性描述。所以，“绿柳红桃，飞花遍地”就成了次级隐喻了。

下联从“慈容”入手，是转喻性的说法。“慈容”转喻母亲，是以部分代整体，即用容颜来代表整个的人。“慈容何处觅？”是隐晦地说母亲仙逝了。

7.5.3 隐喻对隐喻

隐喻对隐喻，上下联都是隐喻，而且位置相同。我们来看例子。刘慕苏（2022: 193）“再题理发店”：

势若参禅，须心静头低手敛；

形同拍戏，受雨淋雪压风吹。

先看上联，“势若参禅，须心静头低手敛”。前一句“势若参禅”是隐喻，说完整一点，是“理发像参禅”，理发和参禅有什么相似点呢？这就是喻底，即“须心静头低手敛”。心要静，头要低，手要敛。这里说的是理发师傅。这神态还真有点像老僧参禅。老僧入定，要眼观鼻、鼻观心，心静如水，迦趺而坐，双手结印。

再看下联。“形同拍戏，受雨淋雪压风吹”。形同拍戏，如上所说，又是一个隐喻，后句又是喻底。拍戏，这里说的是拍外景。拍外景是辛苦的，不同于室内拍摄，挨雨淋，挨雪压，还挨风吹。此三者，刚好对应了理发的全过程，“雨淋”是洗头发，“雪压”是将一大把雪状的摩斯覆于头顶，然后涂抹均匀，“风吹”更好理解，是用电吹风。

上联拿老僧参禅来比喻理发师傅，下联说顾客在理发店的遭遇像是拍戏。隐喻对隐喻，意象精巧，喻底表达准确，而且构成次级隐喻的对仗，它们与主题契合紧密。

第八章　对联修辞学（中）：对联中的双关修辞

双关是对联中非常多见的修辞手法和表义策略，这种现象与对联简洁的文体特征和较短的篇幅特征直接相关。对联文本为什么采用简洁的文体特征，并且篇幅普遍较短？一方面，因为对联是文言体裁和韵文风格，它不像日常话语或其他书面文本那样在结构和语义上有较多的羡余性（redundancy）；另一方面，简洁的结构规范和语义内容更容易在另一联中形成对仗结构，包括词汇结构对仗和韵律对仗。既然对联的结构和语义非常简洁，那么，为了用有限的语言形式表达更充沛的语义内容，双关就是一种有效的表义策略。不仅如此，双关也能增加对联文本的典雅性和诗性效果。

8.1　对联中双关效应的产生机理

对联中双关效应的产生机理是对对联中双关现象和双关效果产生原因的探讨，重点是对联中使用什么样的语言材料和表义策略，才可以实现一词两义的效果。下面我们从隐喻、典故、文本引用、人名与地名嵌入等几个方面来总结对联中双关效应的产生机理。

8.1.1　隐喻产生双关

隐喻产生双关是指隐喻词汇的两种意义（字面义和非字面义）在对联文本中都能产生语义连贯。

比如，在刘慕苏（2022: 183）“理发店”联中：

逐一周旋，似向头丝课税；

再三修饰，全凭手艺挣钱。

上联的“周旋”是一语双关，隐喻义是理发师和顾客之间的互动与交涉，是由此处的语境所选择的，字面义是词典中的释义内容，即理发剪刀绕着头皮转圈圈，隐喻义比字面义更加突显，对联语境表明它的当下用法与理发有关，所以，对联语境可以突破更常用的隐喻义，激活并回归原本的字面义，并因此产生双关效应。

下联的“修饰”也是双关，它产生双关效应的方式以及与语境的关联方式也与上联的“周旋”相同。“修饰”的隐喻义指通过外在的手段使某客体更加美丽或整洁，字面义是用刀剪修一修，用粉饼和化妆品饰一饰。隐喻义比字面义更加突显，所以此处也是通过语境的作用从隐喻义回归了本来义，所以也构成双关。

隐喻产生双关效应的现象还可以是惯用语的隐喻义和它本有的字面义构成的双关。同样，惯用语的隐喻更加突显和常用，所以惯用语意义就是隐喻义，对联文本的当下话题可以使惯用语激活并且重新调用原本的字面义，因此构成双关。

为什么对联中的隐喻和惯用语总是隐喻义更突出，而不像日常话语或其他的非对联文本那样字面义更加突显？这个问题非常值得研究。我们的初步解释是对联文本太简短，语境不够丰满，有限的主题和情景语境只够让约定俗成的隐喻词汇和惯用语与当下的隐喻义产生冲突，并因此还原本有的字面义。如果要让字面义更突显的词汇产生隐喻用法，则需要更强势、更丰满的语境要素才能成就，这是简洁的对联文体和简短的对联篇幅难以实现的。对这一结论的实证研究是一个很有趣也很有研究价值的课题。

我们接着来看惯用语的隐喻义还原和双关效应的产生过程。刘慕苏（2022: 66）“孟公镇中学新楼落成联”，此联嵌入了“中学”二字：

中是不倚不偏，若斯楼不屈不移，顶天立地；

学则无涯无岸，喜尔辈无拘无束，破浪乘风。

上联的“不倚不偏”“不屈不移”和“顶天立地”都是双关，隐喻义更加突显，体现了对联作者对学生品格的勉励，希望学生有正直、高尚的人格，其次是当下的主题驱动惯用语的隐喻义回归到对于大楼的字面义描述，“不倚不偏”和“不屈不移”是对大楼建筑质量的赞美，房子结构正直，不是危房，而“顶天立地”是对大楼高耸、巍峨的描述。两种意义同时成立，产生双关效应。

我们再看一个例子。刘慕苏（2022: 94）“烟花爆竹店”：

此君有色有声，一霎时电闪雷鸣，添十分喜庆祥和热烈；

其状多姿多彩，千万朵争妍斗艳，撒几斛氤氲淡雅幽微。

上联的“有色有声”，下联的“多姿多彩”，都是赞美之词，是隐喻用法，从赞美之词回归到描述用法，体现某种与事实相符的真值，是不及隐喻义那么突显的字面义用法。当它们用于对烟花爆竹的字面描述时，流光溢彩是谓“色”，震耳欲聋算有“声”。形状多样是“多姿”，色彩艳丽是“多彩”。但是对于人（即人格化的“此君”）来说，“有色有声”是一种赞美，常作“有声有色”，或许换作“风声水起”，指有能力、有才华，事情做得好。“多姿多彩”比喻绚丽的人生。

除了单个的隐喻和惯用语之外，对联中还常见多个隐喻连缀使用，产生更强的双关效应。多个隐喻的连缀使用也是由对联中的对仗结构决定的，因为对联不仅是联际对仗，也包括联内的排比结构产生对仗，详见上文 2.3 对联内和联际对仗的分析与总结。

我们先看看联内的多个隐喻形成连缀，并产生多个双关用法的案例。比如，刘慕苏（2022: 188）“再题理发店”联：

业属毫微，技夸绝顶；

衔称待诏，功托升官。

上联有两处双关，是两个隐喻并排使用所产生的双关重用。“毫微”指细微，像头发丝那么小。“毫”字从毛，指细长而尖的毛。“业属毫微”是说在三百六十行中，理发行业没什么了不起的，此其一义，另一义是说这一行与细微的头发丝打交道，用现在的网络术语来讲，没什么高大上的。其实，是不是“高大上”，必须分开来说。头发“高高在上”，所以“高”和“上”还是可以说的，但是“不大”。“技夸绝顶”也是双关。“绝顶”，就是剃个光头，绝了个顶。另一义是指最高级别，“技夸绝顶”是赞誉师傅手艺好。

再看下联，“衔称待诏，功抎升官”。“衔”是“官衔”的意思，“待诏”是等待皇帝下诏重用，也是一语双关，另一义是理发师必须随时等待顾客招呼，不能推诿，不能拖延，如同侍奉君王。所以，“衔称待诏”的意思是，官衔很高，称作待诏，在皇帝身边待命。“功抎升官”的意思是：功劳很大，应该加官进爵。有功就要封赏，就要升官，此其一义。另一义是把顾客的帽子摘了，准备剪头发。“官”同“冠”。

两个隐喻连缀，除了像刘慕苏（2022: 188）“再题理发店”联那样，还可能两个隐喻压缩成为一个四字格词组，在更简缩的结构内产生两个双关的连用。比如，刘慕苏（2022: 189）为理发店撰联：

靠如斯善拍能吹，保我终生待诏；

能若是低头就范，包你即刻升官。

上联的“善拍能吹”是双关，“拍”的是衣裳，或围裙，以便撢去黏附的头发。“吹”是用吹风机，或者用口吹去细碎头发。同时，两字又各有隐喻义，即“吹牛”“拍马”。“善拍能吹”是基于双关的调侃。人在官场，如果“善拍能吹”，当然可以“保我终生待诏”，可以随时奉皇帝诏命，当大官，发大财。

下联的“低头就范”也是双关，理发当然要低头，要接受理发师来摆弄位置，“低头”让理发师摆弄过了之后，崭新的发型就出现了，这就是“范”，可能是大明星的“范”，这便是“就范”的隐喻义。另一方面，如果“低头就范”，“包你即刻升官”，这是一种旧时官场套路。“低头就范”是“装孙子”，当然可以即刻升官。

“善拍能吹”和“低头就范”各有两个隐喻，而且都是动词性隐喻，是压缩型的隐喻连缀，共四个隐喻，产生了四个双关。

8.1.2　典故产生双关

典故产生双关分为事典和语典两种情况，产生的双关效果也有两种情况，一种是隐喻型的双关，上一节已经分析过了，还有一种是转喻型的双关，即转喻的字面义是两种意义中的一种，联想义是另一种，由此构成双关。

我们先看事典产生的隐喻型双关，比如刘慕苏（2022: 190）“再题理发店”联：

可在其间三握发；

也宜此处一弹冠。

上联的“三握发”是周公的故事。周公勤于国政，洗发时多次挽束头发停下来不洗，进食时多次吐出食物停下来不吃，急于迎客，或处理政务。后遂以“三握发”比喻为了招揽人才而操心忙碌。形容礼贤下士，求才心切。这个典故是历史事件，所以是事典。事典的隐喻义是突显的，它的字面义是当下的主题，即“理发店”，所激活的，“三握发”说明理发师洗头发时，洗得细致，服务周到，不怕花时间。

下联的“弹冠”，也是事典，并且也是双关用法。理发师傅理完头发，帮顾客取来帽子，附带用手指弹去冠上的灰尘，是为了拉近与顾客的心理距离，图个回头客。双关的另一面，“弹冠”指准备做官。语出《汉书·王吉传》:“吉与贡禹为友，世称‘王阳在位，贡公弹冠’，言其取舍同也”，说的是一个叫王阳的人上位当了官，他的好朋友贡公也弹一弹（或者是掸一掸）自己帽子上的灰尘，准备做官。后来用“弹冠相庆”指一人当了官或升了官，他的同伙也互相庆贺。

语典，即古人的诗文中的词汇，用于当下的对联文本中，产生一种基于联想的替换，这就是转喻用法的范例。比如，刘慕苏（2022: 177）“鞋店”中的“足下”，作为第二人称的借代用法，是转喻用法：

千里行程，始于足下；

一流鞋店，近在眼前。

其实，下联的“眼前”也是语典，也是转喻用法，用“眼睛之前”来借代不远的距离。“眼前”没有“足下”那么典型，是因为“眼前”在现代汉语中的使用频率更高了，语典的地位被撼动了，而“足下”仍保留古汉语的文言特色，在现代汉语中的使用受到语境的选择性限制。

还有一个例子是刘慕苏（2022: 173）“冷饮店（冰厂门市部）”联：

消三分暑气；

存一片冰心。

下联的“冰心”是语典，典出唐代王昌龄《芙蓉楼送辛渐》的诗句“洛阳亲友如相问，一片冰心在玉壶”。虽然一方面是说字面义的“冰”，另一方面其实指向“冰”的隐喻义，取冰的“晶莹明亮”的特质而设喻。“冰心”，像冰一样晶莹明亮的心，比喻心地纯洁，表里如一。双关由是彰显。

8.1.3　文本引用产生双关

文本引用产生双关，比隐喻和典故产生双关更容易理解，因为进入对联的被引用的文本，只要它能够被识别，它是携带了曾经的使用语境一同进入到当下对联文本的，所以，产生双关是必然的。但是，作为双关，我们总是希望当下的对联文本中的意义与曾经的使用语境中的意义有较大的区分度，而且，区分度越大，双关的效果就越好。

在刘慕苏（2022: 35）“代贺伍玉福新构”中，既有人名嵌入，还有先前文本的引用：

玉作台阶金作柱；

福盈华厦喜盈门。

上联嵌“玉”，下联嵌“福”，把伍玉福的名字嵌入联中。上联说“玉作台阶金作柱”，是从《红楼梦》中摘句得到，并且嵌入到当下的对联语境中：“贾不假，白玉为堂金作马。”似这等嵌入，是对肖君新建房屋的赞美，玉啊，金啊，富丽堂皇，美轮美奂。但是，细微的遗憾是上面所说的“区分度”不大。

下联，“福盈华厦喜盈门”，包括两个双关语。“华厦”谐音“华夏”，既指眼前的漂亮房子，也指我中华古国。从小家的“华厦”推而广之，想到中华之“华夏”，家国情怀，一语两说。另一个双关更典型，是“喜盈门”的用法。此联撰于1983年，两年前的1981年有一部电影，叫作《喜盈门》，导演是赵焕章，主演是王书勤和温玉娟等，上映后，大致经过两年时间，终于轮到了湖南的农村地区，1983年把“喜盈门”写入对联，是很应景的写法。当下语境中的意义和电影名字的语义区分度足够大了，所以是更好的双关用法。

更极端的文本引用产生双关，可见2.5.4中的对联单边引用，即上联是他人的，甚至是前人的，只有下联是当下作者所撰。比如，刘慕苏（2022: 85）“曾君六十、其母八十同日寿联”：

天增岁月人增寿；

母杖朝廷子杖乡。

上联“天增岁月人增寿”，是明代潮州状元林大钦所写的一副极受人欢迎的春联对子。借用状元公的上联，慕苏公对了一个下联。上联在参与下联对仗和赋义的同时，还携带了状元公彼时彼地的场景和意义，由此产生双关。我们在此不多说，以免重复。

8.1.4 人名与地名嵌入产生双关

人名和地名嵌入到对联中，我们在2.2中已有阐述。在此，我们只谈人名和地名嵌入的语义效果，即产生双关，所以与2.2的内容具有互补关系。

在刘慕苏（2022: 26）“梁济生新构”联中：

济世有方，兴家有道；

生财无算，蕃衍无疆。

上联的“济世”指救世，济助世人，是梁济生医生的职业。此外，“济”是人名的一部分，是专有名词，有对人的指别功能，所以双关的语义效果就成就了。

同样，下联的“兴家”指“振兴门庭”。《南史・后妃传上・高昭刘皇后》：“后母桓氏，梦吞玉胜生后，时有紫光满室，以告寿之。寿之曰‘恨非是男’。桓笑曰‘虽女亦足兴家矣。’”“生财”的“生”字，也是人名的一部分，所以，双关义同样成立。

人名嵌入有时不仅产生双关，还可能是“三关”，即产生三种意义。当然，三关也算是双关。正如语言学的“二语习得”理论（如Krashen, 1985），是研究成年人在学习第二语言时的习得规律，它不同于母语环境下的第一语言习得。但是，学习第三、第四、第五种语言时的规律是与学习第二语言基本一致的，所以第三、第四、第五种语言的习得也算是“二语习得”。

在刘慕苏（2022: 74）“陈建田新婚联”中：

建设趁良时，曲曲新歌迎丽日；

田园多雅趣，双双彩蝶舞东风。

“建”是人名的一部分，此其一义，另外“建设”还有两种意义：

上联所谓的“建设”，指称对称可大可小，可宽可窄，可公可私，既可以指国家建设，也可以指家庭建设。从下文来看，应该是指国家建设，“新歌”“丽日”都是与国家层面的宏大叙事联系在一起的。这是一种文化认定。但是，“建设”指家庭建设是不可忽略的另一种意义：一对新组建的农民夫妻，结婚后要另立门户了，有自己的责任田，在自己的“田园”去播种属于自己的希望。三种意义，或者说三种歧义，都依赖语境，体现“双关”（其实是“三关”）的语境依赖性。

最后，我们再看看地名嵌入产生双关，如刘慕苏（2022: 87）“金沙村工农桥联”。

【慕苏公按】金沙，村名。该村有山冲，名“高笕冲”，其处有小溪，溪上架桥，由社教队倡修并资助，村民踊跃出钱出力所建，故名曰“工农桥”。联曰：

桥号工农，人争贡献；

水流高笕，地富金沙。

上联的“桥号工农”，“工农”二字是引用型嵌入，所以是不产生双关的。下联的“高笕”和“金沙”，既是地名，又是完全融入到当前语境并且产生了不同于专名意义的新用法，所以是地名嵌入产生了双关意义。

为方便读者理解，我们不妨注释一下“笕”字，“笕”读 jiǎn，是引水的长竹管，架在田间用作灌溉，所以“水流高笕”既是灌溉用水流经“高笕”这个村子，又指灌溉用水通过像水管的“高笕”流入农田。

8.1.5　上下联的双关对仗

上下联的双关对仗是指上下联的相同位置都是“双关 / 典故”，它们主题相关，意义相对。刘慕苏（2022: 190）“理发店”：

可在其间三握发；

也宜此处一弹冠。

上联的“三握发”是隐喻，也是周公的故事，即有关周公的典故。

周公原名姬旦，周武王的弟弟。武王在建立周王朝两年后病故，年幼的成王即位，由周公来辅佐。从成王十三岁到二十岁，周公代行天子职权。一心朝政，忠心不二。据孙世祥的文集《神史》中的《第八十节》记载，周公“一沐三捉发，一饭三吐哺，起以待士。”意思是，洗发时多次挽束头发停下来不洗，进食时多次吐出食物停下来不吃，急于迎客。后遂以“三握发”比喻为了招揽人才而操心忙碌。形容礼贤下士，求才心切。

下联的“弹冠”，既是隐喻，也是一个典故。理发师傅理完头发，帮顾客取来帽子，附带用手指弹去冠上的灰尘，是为了拉近与顾客的心理距离，图个回头客。双关的另一面，“弹冠”指准备做官，是典故的隐喻性使用。语出

《汉书·王吉传》:“吉与贡禹为友，世称‘王阳在位，贡公弹冠’，言其取舍同也”，说的是一个叫王阳的人上位当了官，他的好朋友贡公也弹一弹（或者是掸一掸）自己帽子上的灰尘，准备做官。后来用“弹冠相庆”指一人当了官或升了官，他的同伙也互相庆贺。

把理发店的对联写成这样，实在是富于创意了。作者通过对“其间”和“此处”设喻，硬生生地把“三握发”和“一弹冠”与理发店拉上了关系。

8.2 对联中双关的使用动因

对联中双关的使用动因是说对联中为什么要使用双关。对于这个问题，我们在本章开篇的时候说了一下，对联文本的篇幅有限，为了提高对联文本的语义表达效率，用有限的词句资源表达尽可能多的语义内容。这是一个总的原则，具体来说是怎么回事，我们在本节中展开来讲。

8.2.1 产生双重的指称

产生双重的指称是针对名词来说的。一个名词产生双重的指称效果，一个突显，另一个的突显程度略低，但是高明的对联作者可以通过精巧的词句结构安排，对名词突出的语义内容善加利用，对较不突显的语义内容通过有限的主题信息和情景信息加以成全，这样一来，名词的双重指称就成就了。

在刘慕苏（2022: 191）“再题理发店”中：

未近菩提，先修上界；

不打扑克，也剃光头。

修菩提，是佛家用语，“菩提”是觉悟或解脱之意。所谓“先修上界”，“上界”指头顶，“修”就是修剪头发了。但是，凭着对佛教教义的理解，并因此构成双关。

再看下联，“不打扑克，也剃光头”，是利用了扑克牌打法来说事。扑克牌打法中的“剃光头”是指让对方没有得分，即大获全胜，称作“剃了对方的光头”。此处是比喻用法，是把头发全部剃去和扑克牌的打法相提并论。

在稍作解释了之后，我们来分析一下双关是如何产生的。上联先说“未近菩提”是一种言辞语境的铺陈，激活与佛教有关的一个场景，这一场景为下一句“修上界”的首选义的激活与提取准备了语境，即为去世后进入天界（外道和民间所称的“天堂”）准备资粮，这一过程就是“修”。至此，我们已经理解了一种指称，它是“修上界”的首选义。另一种指称义是非首选义，必须由主题义和当下的情景语境把突出的首选义暂时“拖拽”回来，进入当下的非首选的理解。当下的主题义是理发店的工作，即修剪头发，当然也包括烫染等非常规的服务，至少可以帮助对于“修”的理解，“修”从刀，作用对象是须发。另一方面，从认知语言学的“身体化特征”（embodiment）来看，人的身体结构是上下直立的，有“上”和“下”的结构方位，如果是其他动物，可能只有“前”“后”之分。对人来说，“上”对应头颈部位，“下”对应双足。至此，“上”的方位指称也明了了，“上界”的字面义借助“上”的方位指称也可以确定为头颈部分，或头脸部分。在“修”和“上界”这两部分的字面义都明了了之后，它们就会互相激活，互相成全，产生修剪头发、胡须等字面义。至此，“修上界”的双关义的理解过程就揭示出来了。

再看下联，“不打扑克”是语境要素，是否定形式的隐喻结构（详见 7.2.7），这一结构为“剃光头”的隐喻义准备了语境，即扑克中的“得零分”。字面义的激活，即激活“把头发全部剃去”的意义，还得靠当下的主题意义和场景语境，即与理头发有关的主题和场景。

8.2.2　回应语境的缺失

上一节（8.2.1 节）指出，双关的使用动因必须有语境的成全，因为默认的突显的意义是隐喻性词汇本有的，而非默认的、不突显的意义必须由语境来成全。本节说说这种情况的反例。我们发现，转喻类双关用法刚好相反，没有语境参与才能成就转喻类的双关。这种对比，我们在上文 8.1.2 节中已经证明，有现实语境参与才能确定对联词汇的隐喻用法，因为现实语境所确定的现实认知域可以成为隐喻的目标域，它与隐喻词汇的字面义所确定的认知域之间产生隐喻映射。如果没有现实语境所确定的另一个认知域，那么对联词汇的语义解释始终在同一个认知域中间完成，所以，该对联词汇就可能是转喻用法。从转喻类双关的使用条件来看，语境缺失是先决的条件，所以，转喻类双关是回应了语境的缺失。

我们来看例子。刘慕苏（2022: 55）“胜红新婚联”如下：

胜友如云观花烛；

红星有烂照新房。

上联写胜友如云，高朋满座，来干什么呀？必须点题了，来“观花烛”。“花烛”即“洞房花烛”，在没有电灯的时代，点蜡烛是通常的照明方式，红色的蜡烛，更显喜庆之气。在现代社会，电灯照明效果更好，花烛退出了新房的装饰之列。所以，“花烛”只是转喻用法，借代婚礼仪式，“观花烛”也是转喻用法，指参加婚礼。

总结一下，“花烛”和“观花烛”的转喻用法，产生了字面义之外的另一种意义，并且因此成就了双关。转喻义的产生是因为现实语境缺失，是语境的缺失产生了转喻，所以可以说转喻类双关是回应了语境的缺失。

应当指出的是，在当代语境下，某些落后地区的婚礼可能仍然依赖蜡烛照明，或者虽然通了电，但是婚俗传统保留较好，在电灯照明之外，可能同时还点了红烛。在这些情况下，转喻产生双关也不能排除，但是，“花烛”和“观花烛”的客观性的指称意义是主要的，只有当“花烛”和“观花烛”的客观性指称意义退场了，它们的转喻用法才是绝对的和排他的。

8.2.3 源于谐音词汇的使用

前两节（即 8.2.1 和 8.2.2）探讨了两种双关使用的动因，它们是语境决定的隐喻类双关和语境缺失所决定的转喻类双关，这两种动因都指向语义，是语义决定了双关的使用。除了语义驱动之外，语言形式也可以成为双关的动因，比如，谐音词汇的使用可以产生双关。

我们来看例子。刘慕苏（2022: 57）“向某戊辰春节挽丁父联”：

严父遽辞尘，怕趁春风陟岵；

慈帏幸无恙，好将菽水承欢。

上联中“怕趁春风陟岵（zhì hù）”中的“春风”是双关，节令上春节时有春风，另外，“春风”比喻父母的恩情，“春”谐音“椿”，“椿”比喻父亲，所以“春”与“椿”谐音产生了双关。

再看一个例子。刘慕苏（2022: 184）“理发店”中也有谐音词汇的例子：

喜到临头，岂可一毛不拔；

风来拂面，能教万象更新。

上联故意玩了一个谐音，“喜到临头”谐音“死到临头”，好在字面上是吉辞，所以顾客和读者还是可以接受的。况且，下文又有一个双关来呼应，“岂可一毛不拔”。如果是“死到临头”，当然要破财免灾，“一毛不拔”是不明智的。

如果是“喜到临头”，先要问何喜之有了，理个发，焕然一新，或者还是新婚了，过节日了，出席某种盛大场面了，这些情况下，当然最好理个发。不过，既是理发，拔“毛”何止一根！

同音字本身并不能产生双关，还必须有上下文语境和句法关系的配合。在此例中，如果只有“喜”和“死”谐音是难以产生双关效果的，我们注意到，“死到临头”是固化程度很高的俗语，所以，用“喜”置换“死”，其实是汉语固化词汇的仿用。刘宇红和谢亚军（2007）对热水器广告词“随心所浴”和摩托车广告词“骑乐无穷”的仿用规律的分析，可以解释“喜到临头”是如何通过谐音产生双关效果的。

谐音产生双关效果在刘慕苏（2022: 185）中也有体现：

即刻可升官，何妨小坐；

一生充待诏，不复他求。

“升官”，“官”通“冠”，去掉帽子，准备开始理发。

8.2.4　产生幽默或油滑的效果

对联中的双关除了提高形义表达的效能之外，从语用层面来看，还可以产生幽默或油滑的效果。幽默是指语义上的趣味性，尤其是在读者语义期待落空之后产生的意外的语义效果。油滑是幽默的一种，指的是“油腔滑调”，在刘慕苏（2022）中，婚联中出现油滑效果或者叫油滑双关的概率很高，所以，我们在本节的标题中把“幽默”和“油滑”并列起来。

我们先看一个幽默的例子。比如，刘慕苏（2022: 191）“再题理发店”联的幽默性双关：

未近菩提，先修上界；

不打扑克，也剃光头。

此联把佛教的修炼方法和打扑克的方法用于描述理发过程，“上界”和“光头”的说法实在是出人意料，幽默效果极佳。

我们再看刘慕苏（2022: 17）“题王大新新婚洞房”中的油滑性双关：

大治年头，要苦干还要巧干；

新婚夫妇，做日班更做夜班。

此联作于 1977 年 1 月，“大治”是指“抓纲治国”，是 1976 年 10 月粉碎“四人帮”之后在 1977 年的元旦社论中提出来的。1977 年 2 月 7 日两报一刊在社论《学好文件抓住纲》中正式提出“抓纲治国”，中共十一大政策报告中被定为战略决策。政纲刚刚提出，就进入了对联的构思中，时效性是没的说了。“苦干”和“巧干”也是当时提出来的口号，即“苦干加巧干，革命加拼命”，所以把“大治之年”和“要苦干更要巧干”拼缀到一起，在语义上是高度关联的。此联中的“苦干”“巧干”“日班”“夜班”，更属当时常用词语。至于它们与夫妻生活的关联，成年人都不难理解。

油滑修辞产生的双关效果，刘慕苏（2022: 13）“戏题伍蒲兰新房”中也有使用：

蒲叶荫浓，花径不曾缘客扫；

兰阶苔绿，蓬门今始为君开。

伍蒲兰是一位初中女教师，也是作者慕苏公的同事。新娘子请同事写一副对联贴在新房门上，熟络的同事关系，而且又是异性，油滑一下也未尝不可，联中的“花径”和“蓬门”指什么，成年人自然是懂的。作者也很老实，在此联的标题中说了是“戏题”。

还要指出的是，上下联的后两句是引用来的，原本并没有油滑之义，也没有双关效果。引用的来源是杜甫的《客至》诗的后两句：

舍南舍北皆春水，但见群鸥日日来。

花径不曾缘客扫，蓬门今始为君开。

在引用杜甫诗的同时，在两句前各加上一个冠冕。这样的冠冕是很不容易加上去的，因为不仅要与原来的诗句语义连贯，而且在整体上，上下联的语义还必须圆融。不仅如此，加上去的两个冠冕，还嵌入了伍蒲兰老师的名字，即“蒲叶荫浓”和“兰阶苔绿”，这种高难度的文字摆弄，实在出神入化，叫人拍案叫绝！

8.3　对联中双关的修辞特异性

对联中双关的修辞特异性是指由对联的文体特异性和文本特异性所决定的在双关词汇和双关效果上的独特之处。这些特异性是对联语言学不同于普通语言学的重要表现，也是对联语言学的研究价值和研究必要性的体现。

8.3.1　对联中双关的语境依赖性

对联中双关的语境依赖性是指对联中的双关依赖对联的词汇范畴对仗、语义内容对仗和音韵（包括平仄）的对仗。语境依赖性决定了对联双关的词汇选择和词汇赋义。

比如，在刘慕苏（2022: 73）“贺袁景生新构”联中，人名嵌入产生的双关受到对联文体和对联语境的制约，并且对后者产生了依赖性：

景色清幽，况岩门后峙，榜壁斜陈，凉井得铜箍，智水仁山多景致；

生气蓬勃，喜桃李芬芳，芝兰馥郁，苍松偕翠柏，池鱼林鸟满生机。

上联写“景”，下联写“生”。“景”是袁景生老师的“景”字，也是新房周边的美丽景致，这两者都是上联选“景”的语境基础。所以，以“景”字开头，既指人，又说景。人名的“景”是真实存在的，是对联起笔的硬性要求，风景的“景”是半硬性要求，是当地多个有趣的地名和与之相关的景色的概括，这也是语境依赖性，如果没有值得一说的景色，人名嵌入的双关模式可能就要取消，对联结构的运思就要改弦易辙。

联首“景”字的语境特征，也影响了下联以“生”开头的双关格局：“生”是袁景生老师的“生”字，也是讲袁景生老师的营生，即以教书为职业，在下联中通过“桃李芬芳，芝兰馥郁”等与教师职业高度关联的隐喻陈述来表达。所以，下联“生”的双关，不仅依赖下联的局部语境及其文言体裁，还要受到上联语境的影响，主要是对于语义关系的依赖。比如，上联所描述的更大尺度的景致（如挂榜、铜箍等地名）对应下联对于花花草草和具体树木的描绘，这些具体的微观景致决定了下联“生气蓬勃”的“生”的选字理据，并且成就了下联的嵌字双关。

8.3.2　双关的关联不足现象

对联中双关的关联强度受到两个条件的制约：一个是作者的才智水平的

制约，另一个是语言的形义资源有限性的制约。作者才智水平又涉及两个方面，一是作者才智水平的绝对高度，另一个是作者发挥才智水平的稳定性和恒常性。因为对联作者撰写对联时，不是每一次都可能或愿意付出无限的努力来做到才智可能发挥的极限，这里涉及语用学的关联理论（Relevance Theory）（Sperber and Wilson, 1986/1995）所讲的“最佳关联”，而不是“最优关联”。话语理解的效果是所付出的认知努力和语境关联（即解读效果）的最佳平衡，即“最佳关联”。因为话语理解时，理解者并非总是付出最大的认知努力，但也不是无视理解效果的质量，理解者总要在两者之间找到一个最佳的平衡点位。只有无视认知努力和时间付出，不惜任何代价，才有可能做到“最优关联”。这不是真实存在的话语解读。同样，对联作者也要在付出的认知努力和对联质量之间找到一个最佳平衡点位。作者愿意付出无限的时间和认知努力，除非对联质量与作者的利益有生死攸关的关联，所以我们无法期待对联作者总是能够或愿意付出无限努力并追求对联质量的无限完美。

在刘慕苏（2022: 82）“题‘红梅’香烟”联中：

红到枝头香益烈；

梅笼烟霭景尤奇。

由于名字嵌入（如商标名字嵌入）的要求与当下主题不合拍，一下笔就偏离了主题的深入阐述的赋义要求，比如，“红梅”的“红”必须与香烟的某一方面产生关联，才能满足双关的要求，作者匠心独运，想到了香烟点火后的红色火光，下联的“梅”字与香烟的关联同样不容易，作者想到了梅花盛开时节江南的烟雨迷蒙，与吸烟时的吞云吐雾可以关联，虽然概念距离有点远，影响了双关中某种关联的强度。

8.3.3 如何弥合双关中的语义割裂

这一节是 8.3.2 所探讨的双关的关联不足的解决方案，不过，我们在此换了一种说法，叫作“如何弥合双关中的语义割裂”。

我们来看一个例子。刘慕苏（2022: 83）“题‘玉兔’牌香茶”：

玉润珠圆，一缕香凝杯盖；

兔飞乌走，三馀茶入书房。

商品和商标虽然没有关联，但是将商标名称作为首字嵌入对联中，居然也可以回归到商品本身的特征或形状上来。从“玉”开始说事，嵌字的任务算是圆满了，但是，“玉润珠圆”既非茶树之外形，也非茶叶之形状，连茶杯也沾不上边。嵌字的任务是硬性任务，这就要考验作者的才智了。正为作者捏了一把冷汗，只见紧接着写下“玉润珠圆，一缕香凝杯盖”，此处的“玉润”和“珠圆”，指的是杯盖上凝结的水珠。这种引导妙得出奇，不直接说杯盖上的水珠，而是先写“一缕香”。“一缕香”飘起来了，它的载体是水汽，水汽飘过，必定先在杯内憋屈了一阵，在杯盖上留下了水珠。雅士哪能不留意杯盖上留下的“玉润”和“珠圆”呢？若是俗人，揭开杯盖，一通咕咚，定然忽略了杯盖上的景象。所以，上联间接地赞颂了杯的主人，茶的主人，也就是饮茶者的雅趣。从“玉”字嵌入，到茶杯上的水珠的性状，再到“一缕香”，这样的联想序列，终于使关联的强度最大化了，弥合了对联双关中潜在的语义割裂。

8.3.4　礼貌效应优先于双关效应

在对联的双关设计中，由于对联的语境不充分、文本太简洁，所以在对联解读中容易产生误解。为了避免误解，对联作者可能选择礼貌效应，而放弃双关效应。

在刘慕苏（2022: 71）“猪婆洞水井联”中，作者是这样写的：

猪羊已自随人旺；

婆媳何须为水愁。

“猪婆洞”应该属于不雅地名，很容易产生以人为目标域的隐喻联想，因为“人”总是可以成为默认的目标域，所以，为了避免不必要的联想与冒犯，最好的办法是去隐喻化，并且刻意地朝转喻化的方向安排对联词句。比如，上联以“猪”开头，以隐喻的方式建立关联，比如“猪”过上好日子了，或者“猪”喝上干净的水了，言者无意，听者多心，极容易以猪比人，甚至是以猪自比，这种“代入式”联想是自然产生的，无须提醒，也无须挑拨。但是，高手如慕苏公之辈，把猪与人对立地来，从猪说到人，“猪羊已自随人旺”，“猪羊”是“猪羊”，“人”是“人”，人旺猪羊也旺，此种立意，两相撇开，避免了不必要的牵扯，建立转喻关联为目标的词汇邻近性与概念邻近性。这种做法可以概括为礼貌原则驱动下的“去双关化”，是对联语境下为避免冒犯所采取的词句组织策略。

第九章　对联修辞学（下）：其他修辞现象

在对联修辞学的第三部分，我们探讨隐喻、转喻和双关以外的其他修辞现象，既包括一些小众化的辞格现象，如比兴手法、互文手法、通感手法、顶针格、委婉修辞、叠音修辞、戏谑修辞、拈连修辞等，也包括对联中常见的文体风格，如雅俗并举、反话正说、反问句、语义曲笔、以讹取娱、谜语风格，也包括对上下联的对话结构和视角结构的探讨。

9.1　对联中小众化的修辞类型

本章分为两节，我们在本节中先总结刘慕苏（2022）中出现了哪些小众化的修辞类型，在下一节中（9.2）总结对联的文体风格。文体风格也是一种修辞现象，如雅俗并举、反话正说、语义曲笔等。

9.1.1　对联中的比兴手法

比兴是中国诗歌中的一种传统表现手法，最早见于《周礼》（李学勤，1999）：

比者，比方于物。诸言如者，皆比辞也。……兴者，托物于物则兴者起矣。取譬引类，起发己心，诗文诸举草木鸟兽以见义者，皆兴辞也。

宋代朱熹（1994）比较准确地说明了“比、兴”的基本特征，他说：“比者，以彼物比此物也”；“兴者，先言他物以引起所咏之辞也。”所以，比就是譬喻，是对人或物加以形象的比喻，使其特征更加鲜明突出。“兴”就是起兴，是借助其它事物作为诗歌发端，以引起所要歌咏的内容。有的“兴”兼有发端与比喻的双重作用。“比兴”二字常联用，专用以指诗有寄托之意。

在对联中，比兴手法也较多见。刘慕苏（2022: 57）“向某戊辰春节挽丁父联”：

严父遽辞尘，怕趁春风陟岵；

慈帏幸无恙，好将菽水承欢。

先解释一下几个典故。“陟岵”或“陟屺”，是“陟岵陟屺”（zhì hù zhì qǐ）的缩略。陟：登、升。岵：有草木的山；屺：无草木的山。登上山头，往父母所在的方向遥望。

“慈帏”，亦作“慈闱”或“慈帷”，古汉语中母亲的代称。

“慈帏幸无恙，好将菽水承欢”，是说虽然作者去世了，幸亏母亲还健在，还可以在母亲面前尽孝。

“菽水”指豆和水，泛指饮食。

“承欢”，侍奉父母使其欢喜。

此联就春谈春，用的是比兴手法。春天来了有春风，在春风中登高遥望故乡的方向，这不是实际发生的事情，而是取“比”。“比”的是什么呢？以“春”比“椿”，“椿树”是父亲的象征物，具有可“比”性。在此基础上再“兴”，即兴发对于父亲的思念，“严父遽辞尘”，聊聊几个字，哀怨之情溢于言表，并且在下联中提出要把对于父亲的思念用于加倍地孝养母亲。至此，“比”和“兴”的完整过程就完成了。

9.1.2　对联中的互文手法

“互文”出自《雍也》篇“参互成文，合而见义”。它是古汉语中一种特殊的修辞手法，指互文见义，在有意思相对或文句相关的词句里面，前后两句词语互相呼应，互相交错，意义上互相渗透、互相补充，使文句更加整齐和谐、更加精练。互文分为如下几种形式：

（一）单句互文：在同一句子中前后两个词语在意义上相互交错、渗透、补充。比如：

烟笼寒水月笼沙——杜牧《泊秦淮》，常被误解为“烟雾笼罩着寒水，月光笼罩着沙”，其实，互文的解释是“烟雾与月光同时笼罩着寒水和沙”。下文的互文例子，都应该这样理解，为了节省篇幅，我们不再一一说明。

又比如，秦时明月汉时关——王昌龄《出塞》；主人下马客在船——白居易《琵琶行》。

（二）对句互文：下句中含有上句已经出现的词，上句中含有下句将要出现的词，上下句的意义相互补充说明。比如，岐王宅里寻常见，崔九堂前几度闻——杜甫《江南逢李龟年》；将军角弓不得控，都护铁衣冷难著——岑参《白雪歌送武判官归京》。

（三）排句互文：互文的句子在两句以上，互相渗透互相补充，来表达完整的意思。比如，东市买骏马，西市买鞍鞯，南市买辔头，北市买长鞭——《木兰辞》。

我们回到对联中的互文词句。在刘慕苏（2022: 37）“贺陈代恒新构”中，“培兰植桂”和“积玉堆金”都是互文手法：

代衍诸丁焉，培兰植桂；

恒足其财矣，积玉堆金。

如果把互文的表达方法还原成为常规的说法，是“培植兰和桂”“堆积玉和金”。显然，还原之后，音韵和语义表达的效果差了不少，这就是互文手法的存在理由。在“培兰植桂”和“积玉堆金”的平仄对仗中，考虑到“一三五不论，二四六分明”的原则，“培兰植桂”中的“兰桂”是平仄，而“积玉堆金”中的“玉金”确是“仄平”，二四两字非常分明，而且，上联仄声“桂”收尾，下联以平声“金”结束。在此，我们不去区分到底是互文成就了对仗，还是对仗驱动了互文，我们宁愿承认两者都是。因为两者都证明了互文的妙处。

9.1.3 对联中的通感手法

通感又叫“移觉”，是用形象的语言使感觉转移，将人的视觉、嗅觉、味觉、触觉、听觉等不同感觉互相沟通、交错，彼此挪移转换，将本来表示甲感觉的词语移用来表示乙感觉，使意象更为活泼、新奇的一种修辞格式。举两个例子：

一、朱自清《荷塘月色》：微风过去，送来缕缕清香，仿佛远处高楼上渺茫的歌声似的……光与影有着和谐的旋律，如梵婀铃上奏着的名曲。

此段文字中有两处通感用法，前一处是用听觉感知的“渺茫的歌声”来描述嗅觉感知的“缕缕清香”。后一处是用听觉感知的“名曲”来描述视觉感知的“光和影”。这两处通感都是用隐喻的方法表达出来，所以通感与隐喻缠绕在一起。读者能够把隐喻剥离出来辨别出通感，我们的目的就达到了。

二、宋代词人宋祁《玉楼春 · 春景》：绿杨烟外晓寒轻，红杏枝头春意闹。后一句“红杏枝头春意闹”，是用听觉感知的“闹”来描述视觉感知的“春意”。另外，同一种感官也有不同的感知方式和感知内容，一般来说，两种感知是很难打通的，一旦打通，就应该算作通感，这种观点能不能接受，可以进一步探索，比如前一句的“晓寒轻”，是说早晨的寒意很轻，寒意是温度感知，轻是重量感知，两者的差距不言自明。如果认可两者在身体触觉感知中的较大差距，通感的看法是可以接受的。

接下来，我们回到对联中的通感手法。刘慕苏（2022: 67）“杨溆新新婚”联曰：

溆水潺潺，直待是我我卿卿，哝哝唧唧；

新桃灼灼，正恁般恩恩爱爱，蜜蜜甜甜。

“新桃灼灼”是一种视觉感知，而“恩恩爱爱，蜜蜜甜甜”是心意识的感知，涉及两种感官，所以叫作通感。《心经》说到“眼、耳、鼻、舌、身、意”这六种感官，也就是“六根”，“新桃灼灼”和“恩恩爱爱，蜜蜜甜甜”涉及两种“根”，即眼根和意根。《心经》还说到六根分别感知六种现象，叫作“六尘”，即“色、声、香、味、触、法”，“新桃灼灼”和“恩恩爱爱，蜜蜜甜甜”分别是色尘和法尘。

9.1.4 对联中的顶针格

顶针格又称顶真、联珠或蝉联，指用前一句结尾之字作为后一句开头之字，使相邻两句蝉联。比如，白居易《长恨歌》中有“忽闻海上有仙山，山在虚无缥缈间”。苏轼的回文词《菩萨蛮 · 回文夏闺怨》中的每两句之间都有顶针相连：

柳庭风静人眠昼，昼眠人静风庭柳。

香汗薄衫凉，凉衫薄汗香。

手红冰碗藕，藕碗冰红手。

郎笑藕丝长，长丝藕笑郎。

顶针格在对联中也时有出现，比如刘慕苏（2022: 84）“曾君六十、其母八十同日寿联”：

花甲尚称儿，儿孙多福；

遐龄先祝母，母子皆康。

上联第一句以“儿”字结尾，下一句以“儿”字开始。同样，在下联中，第一句以“母”字收尾，下一句以“母”字开始。这种辞格在语气和气势上更有力量。

9.1.5 对联中的委婉修辞

委婉就是不言其事，故意把话说得含蓄、婉转一些，叫做委婉语。比如，在刘慕苏（2022: 114）“悼胡某”中。

【慕苏公按】胡某五年前遇意外而下肢瘫痪，其妻弃之而去。胡某有女，外出为童工以奉父。此人处境虽甚艰难，然乐观开朗，上体甚为强健。忽一夜，室内无光，邻人急趋视之，胡已溘然逝去久矣。兄弟亲朋为之殡殓，并贴挽联：

上体尚康强，未知殁在何时，死于何疾；

此身今解脱，休问事由谁主，人落谁家。

胡某死得突然，也死得蹊跷，“未知殁在何时，死于何疾”，只能说到这个份上了，各种缘由只能存疑，这属于修辞学上的委婉用法。

最后一句，“休问事由谁主，人落谁家”。“休问”就是不要问。为什么不要问？一是不便问；二是就算不问，大概也能猜得到。“事由谁主”，这里的“事”当然是丧事，人死了总得有人来主持料理后事。谁来主事呀？当然是亡者的兄弟们，此问看似多余，其实是为了排除掉一个人。下一句“人落谁家”，“人”指何人，读者不难理解，也属于委婉用法。如果还不能理解，估计是读者忽略了“慕苏公按”的解释。

9.1.6. 对联中的叠音修辞

叠音是指两个相同的音节重复使用。叠音词的使用，不仅是词汇层面的语言现象，还可能进入到修辞层面，即通过叠音词的使用产生某种修辞效果。比如，刘慕苏（2022: 67）“杨溆新新婚”：

溆水潺潺，直待是我我卿卿，哝哝唧唧；

新桃灼灼，正恁般恩恩爱爱，蜜蜜甜甜。

新婚蜜月，伉俪情深，出入成双成对，大量使用叠音词，可以体现音与义的结构像似性，即双音节的两字重叠，对应了语义上的成双成对，也对应了语境上的新婚场景。此联使用了十组叠音词：潺潺、我我、卿卿、哝哝、唧唧、灼灼、恩恩、爱爱、蜜蜜、甜甜。词汇成双成对，人也成双成对，出入相随，形影不离，恩爱无限。这就是修辞效果。现代修辞学也把这种现象称作形义"像似性"（iconicity），具体来讲是"数量像似性"。

"像似性"最早是由柏拉图在《对话录》（*Cratylus*）中提出来的，比如"布谷鸟"的字音像鸟的叫声，又比如"伞"的字形像伞撑开后的外形。现代语言学所讲的像似性至少包括三方面：距离像似性、顺序像似性和数量像似性。

距离像似性是指词汇间的距离与实际的物理距离或心理距离有像似性，比如"我爸我妈"，没有用"的"字，即没有说成"我的爸我的妈"，因为亲情很近，不要被"的"隔开，相反"我书我笔""我桌我椅"就没有那么亲密，需要用"的"隔开。参见吉翁（Givon, 1994）。

顺序像似性是指词汇的顺序和人或物体的排列顺序、位移顺序具有对应性，比如"他回宿舍睡觉去了"，"回宿舍"这一事件发生在前，"睡觉"这一事件发生在后，所以在句子中也按事件发生的顺序排列。参见戴浩一（1984）。

数量像似性，在刘慕苏（2022: 67）"杨溆新新婚"中的叠音词的使用中已经得到了体现。我们再举一个例子，"写字"和"写写字"，前者用了一个"写"，是单次行为，后者用了两个"写"，是多次行为。这就是数量像似性。在词汇读音的口腔开闭的大小上，也体现数量像似性，世界上绝大多数语言的"大"都是圆唇的韵母，"小"都是开口很小的韵母。另外，我们在强调某词时，总是把它读得更重，拖得更长，这些都是数量像似性。

9.1.7　对联中的戏谑修辞

戏谑是一种修辞手法，我们在 8.2.4 中探讨双关的语用动因时，提到幽默或油滑是双关用法的驱动因素，本节的戏谑修辞与之有一定关联，但是，此处的戏谑修辞与上文的幽默或油滑是互补关系，因为我们认为，把话说得风趣一点，趣味性强一点，是一种修辞策略，而幽默或油滑只是一种语用效果。

我们来看刘慕苏（2022: 172）"瓜菜店"联：

有瓜不倩王婆卖；

凡事留将顾客评。

上联说“有瓜不倩王婆卖”，典出俗语“王婆卖瓜，自卖自夸”。王婆的瓜，不一定不好，但是由于她“自卖自夸”，所以被理所当然地认定为“不好的瓜”，也就是“不倩”。在传统农业社会，商业不发达，商人地位低下，卖瓜者也被着实歧视了一把。其实，“自卖自夸”是再正常不过的事情了，你卖瓜，不说自己的瓜好，谁买你的。这样说试试看：“我的瓜虽然不咋的，还勉强能吃，各位客官不妨过来一试。”估计就没人买了。所以，作者故意把“王婆卖瓜，自卖自夸”加以变通，先把卖瓜的店家戏谑一下，实际是要恭维她的瓜质量好，因为在下联说了“凡事留将顾客评”。对于顾客反馈的自信，把戏谑的负面意义冲抵掉了。

再看刘慕苏（2022: 180）“渔具店”联中的戏谑修辞：

贤者方能乐此；

太公曾购于斯。

上联“贤者方能乐此”是平铺直叙，但是下联“太公曾购于斯”，戏谑修辞的真面目就显露出来了。原来，几千年前的姜太公钓鱼，他的钓竿、草帽居然是在此店买的，这样说来，此店可就是经营了几千年的老店了。作者是在戏言，读者也不会当真。双方心领神会，各自莞尔。这就是修辞的效果。

9.1.8 对联中的拈连修辞

拈连（zeugma）是指利用上下文语义关系，把通常只用于甲事物的词语顺势拈来，巧妙地运用在乙事物上的一种修辞方式。在语法和语义上和甲事物搭配的词语，本来不能和乙事物搭配，搭配之后，虽然不合事理，但依靠上下文语境，往往能产生独特的修辞效果。运用拈连时，不能仅仅追求句法上的联系，而应从语义出发，把握事物间的内在关系。只有语义相符，才能“拈”得自然，“连”得贴切。

先看一个例子。“他吃了一次霸王餐，也吃了一顿胖揍”，两个“吃”，前者是字面义，后者是隐喻义，表示挨。两个“吃”拈连在一起。拈连不只是存在于汉语中，在英语等其他语言中也有存在。

再举一个英语的例子，He lost his coat and his temper. 他丢了上衣，也丢了

脾气（即发了脾气）。在此例中，动词 lost 支配 his coat 和 his temper，同样，lost 有两个意思，隐喻义和字面义同形异义，做句子的谓语，这就是拈连。

在对联中，拈连现象也时有出现。比如，刘慕苏（2022: 192）“再题理发店”联：

自是情长，万缕千丝连主客；

非夸技巧，一时三刻换容颜。

“情长”，原本是“纸短情长”，出自徐枕亚《玉梨魂》第八章：“言尽于此，愿君之勿忘也。……临颖神驰，书不成字，纸短情长，伏惟珍重。”

“情长”的“长”是隐喻说法，是形容词隐喻，比喻情义很深重。另外，“万缕千丝”指头发，从情长到头发长，包含了“长”的两种用法，一是隐喻义的长，一是字面义的长，这就是拈连用法。但是，对联不同于其他文体，对联文体的简洁性可能使得对联中的拈连在字面上不完整，需要更多的理解和推理，所以不像“他吃了一次霸王餐，也吃了一顿胖揍”，也不像 He lost his coat and his temper。在上联中，“长”的隐喻用法“情长”是明确说出来了的，“头发长”没有明确说出来，但是可以通过两种推理来明确：一是“万缕千丝”指头发，并且是“自是情长”的下文，加上“长”具有两种意义，就可以推知“头发长”是被隐含的。另一种推理，也是因为在“自是情长”后用了“万缕千丝”，前者驱动后者进行通感式的超常感知，从“万缕千丝”的数量多感知出长度大。

所以，对联中的各种修辞现象，无不体现对联的文体特征和文本特征，即结构不一定完整的文言体裁和过于简洁的文本特征，使得对联中的修辞现象（如拈连）需要更多的推理。

9.2 对联的文体风格

对联的文体风格，从整体上说是文言体裁、韵文风格，以及由此产生的简洁的文本、不充分的语境、严格的对仗等特征。这一规律，我们在上文不断提到，因为正是这些文体风格决定了对联的词汇、句法、语义、语用、修辞等方面不同于日常话语和其他非对联文本的诸多特征，也正是这些特征决定了对联的语言学研究价值。接下来，我们要从五个具体方面探讨对联的文体风格。

9.2.1 雅俗并举

对联是高雅的文字游戏，所以“求雅”是对联总体的文体学追求，比如，刘慕苏（2022: 230）“某生母丧后新春联”：

春色几曾回？任他绿柳红桃，飞花遍地；

慈容何处觅？枉自卧冰求鲤，抱恨终天。

词汇和典故的选用，多个隐喻的选用，工整的对仗，都说明此对联是非常雅致的文学形式，把对母亲的怀念写得清新脱俗，雅趣尽现。这种风格的对联是对联的主流和常态，但是，像其他文体一样，对联的生命力总是与它的普及程度联系在一起，少数文人在象牙塔里玩的文字游戏，如果没有广大的中低层社会民众的参与、喝彩、追捧、模仿、试手，对联的生命力难免是脆弱的。所以，一旦深入民间，对联就有了最广泛的群众基础。一方面，民间的婚丧嫁娶、建屋造坟有真实的对联需求，不管是真实地对于传统和文字本身的热爱，还是出于附庸风雅，在门边、墙头、墓碑两侧，粘贴或者镌刻一副对联，实在是一件风雅的事情，可以增加喜事的喜庆之气，也可以让丧事更添一层哀愁。另一方面，民间的读书人一旦有了较多的古代文字、文学的积累，就会主动地承担起作为对联这种文学形式或文字游戏形式的传承人的责任，并且在修为不断加深之后成为高水平的对联作者。做了46年中学教师却只有高中肄业学历的刘慕苏老先生，就是典型例子，他的著作《刘慕苏对联选编》（刘慕苏，2022）中有大量的上上之作，丝毫不逊色于历史上的对联名篇。

回到对联“俗”的方面。对联文本，像其他的任何口头和书面文本一样，是必须考虑到读者群体这一语境要素的。对于乡民，对于田间地头的婚丧嫁娶，对联就必须入乡随俗！“入乡随俗”这一词汇用在此处实在太妙！因为“俗”有“俗”的妙用，可以得到最广泛、最强大的认可，甚至可以培养出一群新的对联爱好者，甚至成为未来的对联创作者和对联文学的高端传人。

我们来看看“俗”的对联怎么写，有什么特征。刘慕苏（2022: 215–216）“刘登康求作谢神求福对联”，主题是“谢神求福”，对联的委托人是乡下村民，这些语境要素决定了对联必须走“俗”的路线。两联如下：

第 215 联：

求五谷丰登六畜兴旺；

愿四时顺适八节平安。

第 216 联：

靠政策英明举国城乡皆富裕；

托神灵庇佑合家老少得安康。

第 215 联，先“求”后“愿”，涉及“五谷”“六畜”“四时”“八节”。每词每句都是村民读得懂的，所有求愿都是村民渴慕的事情，所以才能唤起村民的共鸣与好感。

第 216 联，上联说人事，下联说神灵，对联工整。但是，上下两联似乎略有违和感，因为“政策”的制定者在整体上是信仰无神论的。几千年的“神州”，近几十年已经变成了“无神之州”了，但是村民不在乎这种违和，他们既期盼明君，也需要神明保佑。

凡事都有例外。“俗”中见“雅”，从当下的时间或事由入手，看似大俗，实则大雅，作者可以借此体现随意、率性，信手拈来，一气呵成，因为这种写法本身体现了一种洒脱的美感，也体现了作者豁达的人生态度和深厚的语言功力。比如刘慕苏（2022: 19）“贺刘治中新构”：

治国抓纲初见效；

中华人民大有为。

此联之妙，妙在俗中见雅。首先，此联嵌入了当事人的名字“治中”，另外，此联作于 1978 年 10 月，当时正是华国锋主持“抓纲治国”的时代，从名字的“治”马上想到“治国抓纲”，时值 1978 年，当然是“初见效”。下联也是如此，既然是“治国抓纲”，就要看看民众的反应，或者是民众的表现，“中华人民大有为”就这样成了，不仅嵌入了名字的“中”字，而且词汇对仗和韵律都是极佳的效果，故谓之“大俗”见“大雅”。

“大俗大雅”的对联，我们再看两副把时间直接写进对联，原原本本，完完整整，在随意中见巧思，在率性中表露雅致。

其一是刘慕苏（2022: 61）“某侄新婚联”：

择正月二十四之吉旦；

结三万六千日之良缘。

自然，洒脱，信手拈来。正月二十四是婚期，思绪万千，落笔在当下，从时间入手，数字对数字，结三万六千日之良缘，非常应景的对仗。

其二是刘慕苏（2022: 2）“乡政府 1956 年元旦门联”：

万众欢腾，庆祝一九五六年元旦；

全面规划，迎接合作化运动高潮。

上联嵌入“庆祝一九五六年元旦”，下联交代当时的时事，即“迎接合作化运动高潮”。大词块的整体嵌入，看似也是大俗，但是从语义和对仗来看，实在也是大雅。雅在信手拈来，严丝合缝，恰到好处，妙手天成。

9.2.2 反话正说

反话正说是日常话语中常见的文体风格，以便求得反讽的效果。在对联中，某些措辞虽然也可以称作“反话正说”，但是，因为对联文本无法匀出相应的词句来解释缘由，所以，直接把反的说成正的，推理的任务留给读者了。说得直白一点，就是作者没有机会做到完美的表达，采取“反话正说”的策略，把理解和推理留给了读者。读者能不能如作者所愿，不一定，很多情况下是要让作者失望的。如果是汇编成书的对联作品集，那就好办多了，作者或其它注释者可以在对联文本之外，不惜篇幅地添加注释，可以务求语义清晰之完美。比如，刘慕苏（2022: 20）“贺慕英新构”联：

慕胜地，起宏图。成霸非仙，担水有井。汲猪洞甘泉，酿重阳甜酒。取石罐，执金壶。题龙凤挂榜，看狮虎雄姿。朝东岭，倚西荡。睹阳和之景，完建屋之功。祥发田家，茅生癞子。仰望北京城，衍百代风流人物。

英杰才，经纶腹。赤心向党，全力为公。事业余教育[①]，搞文艺宣传。读宝书，攻理论。尊马列精神，学工农品德。沐春光，沾夏雨。兴肯构之歌，得迁乔之喜。欣逢大治，预卜繁昌。紧跟华主席，奔万里锦绣前程。

此联的当事人“慕英”是作者刘慕苏的胞弟，此联的主题是胞弟建新房子以作贺喜。此联涉及大量的地名，在此不做注释，读者可参见 1.3.5 中引用此联时的注释。接下来，我们来看“正话反说”的例子。

---

① 请注意断句，“事”做动词用，即从事，“事业余教育”即从事业余教育。

上联的“祥发田家，茅生癞子”就是“正话反说”，没有解释，估计读者断然难以看懂，所以我们上面所分析的“正话反说”的效果，确实是依赖注释的。

“祥发田家，茅生癞子”，既是两个地名，也有两处双关。田家，指主人所在的村名，即田家村，是一个村级行政单位，在当时叫“大队”，即“生产大队”，一个生产大队管十几个生产小队。“茅生癞子”，指癞子傍，地名，位于新居正后方。因“癞子”一词略显不雅，作者反其义而言之，“茅生癞子”，生“茅”生“毛”，人地两宜，取一代二。

9.2.3 对联中的反问句

反问句是一种修辞手法，因为它采用问句的句法策略，却不表示提问，甚至没有疑问，是言此而意彼的修辞策略。反问句的语义表达有一个规律：形式上的肯定问句，偏偏表达否定义，相反，形式上的否定问句，却表达肯定义。我们来看例子。

刘慕苏（2022: 230）“某生母丧后新春联”：

春色几曾回？任他绿柳红桃，飞花遍地；

慈容何处觅？枉自卧冰求鲤，抱恨终天。

上联的反问句“春色几曾回？”春色不曾回！母亲丧亡后，孝子孝女们伤痛难熬，沉湎在寒冬般的悲痛中。下一句还有一个对比，“任他绿柳红桃，飞花遍地”，自然界的春天来了，但是孝子孝女们心灵的春天迟迟不来。

下联也是一样。“慈容何处觅？”慈容无处觅！哪怕效法晋代王祥（字休征）卧冰求鲤，慈母也无法消受了。这就是反问句的语义。

一般来说，反问句比常规的陈述句语气更强，所表达的情感更加强烈。从此联的两例中，我们可以得到验证。

9.2.4 语义曲笔

语义曲笔是故意不把话说透，采用拐弯抹角的方式，通过读者的推理，完整理解作者的意图。

我们来看刘慕苏（2022: 95）“彭君小店联”：

世俗但知钱是宝；

此间偏以誉为珍。

开店就是为了赚钱，不赚钱何以养家？但是，作者选择了一种超然的态度，此店也成了一个世俗认知之外的超然所在："世俗但知钱是宝"，此店如何呢？暂时不说，要挑明这一点，还得在下联中完成，"此间偏以誉为珍"。不仅是对上联的回应，而且又超越了"钱"。这就是"语义曲笔"的效果。

再看一个例子。刘慕苏（2022: 108）"缝纫店"联：

舒适潇洒轻盈，休夸我缝纫入时，剪裁得法；

美观大方庄重，总为你身材出众，举止超群。

此联也体现了对联中的语义曲笔，不夸而夸，不秀而秀。上联写"舒适、潇洒、轻盈"，先做描述，描述什么？当然是新衣、新裤、新裙、新褂。已经做到了"舒适、潇洒、轻盈"，还必须自谦一番，所以赶紧说"休夸"，却实在是请人来夸，所以说"休夸我缝纫入时，剪裁得法"，这是一种欲盖弥彰的写法。作者代店家发声，所以谦逊是必须的，语义曲笔就成了合理的策略选择。

9.2.5 以讹取谀

"以讹取谀"是指通过词义讹误的手段，来收取谀人的效果。所以，讹误是蓄意的，取谀也是蓄意的。

在刘慕苏（2022: 61）"代道元昆仲作其父丧门联"中：

得鲁班秘授，积一世辛劳，花甲已重开，正当宽怀娱晚景；

遭二竖为殃，遇旬间变故，沉疴胡不起，长教洒泪恨终天。

【慕苏公按】道元之父，即吾堂兄，少聪颖，未学木工，即擅长造作，执斧凿为生，六十一岁时重病十日而卒。

【慕苏公注】无师自通，非鲁班秘授而何？重病而卒，显系二竖为殃所致。良医不起沉疴，宜乎终天抱恨。鲁班，传说中百匠之师，此专指木工之祖。二竖，犹言病魔，语本《左传》。

上联说"花甲已重开"，60 岁称"花甲"，"重开"就应该是 120 岁了。但是，作者故意说错，故意出现讹误，朝对当事人有利的方向夸大或美化，所以"花甲重开"在此指 61 岁，重开指次年了，这是一种俏皮的非正规用法。"谀人"的效果，是为了谀称亡者高寿。

9.2.6 谜语风格

上文 7.2.6 节，我们分析了谜语隐喻，是说隐喻的使用采用谜语的结构形态。本节说对联的谜语风格，是说对联的行文采取谜语的做法，对联文本是谜面，对联主题是谜底。两节的内容安排和表述风格明显不同，势同互补。对联中的谜语风格，有三种形式：

（一）典型的谜语风格，如刘慕苏（2022: 174）“玻璃店”联：

是门窗常用之材，雨来挡雨风来挡风，依然肌骨通明纤尘不染；

乃闺阁必需之物，他看像他我看像我，妙在须眉毕肖毫发无差。

上联说玻璃的用处——门窗常用之材，玻璃的功能——雨来挡雨、风来挡风，玻璃的品质——肌骨通明、纤尘不染。

下联换了镜子来说，是玻璃的制成品，说镜子的用处——闺阁必需之物，镜子的功能——他看像他、我看像我，镜子的品质——须眉毕肖、毫发无差。

上下联一一对应，用玻璃的制成品来对应玻璃这种原材料，谈的都是玻璃。但是，偏偏不提玻璃二字。给人的感觉，是上下联合起来是谜面，玻璃店是谜底。

（二）次典型的谜语对联，它的典型性不及上一种，因为在谜面中出现的谜底的代用词汇，如使用了“此君”“此物”等词。所以，典型的谜语像一道算术题，等式左边是谜面，算出等式右边的答案，就是猜出了谜语。次典型的谜语，像一道代数题，如式子中间有代数符号，如 x 或 y，这里的 x 或 y 对应“此君”“此物”等词。我们来看刘慕苏（2022: 176）“蜂窝煤厂”，上下联不提“煤”（这是谜底），但是都在围绕“煤”来说事，并且在上下联中出现了代数式的符号“此君”“此物”：

某君面赛包公，性赛张飞，心赛比干丞相；

此物居同地藏，终同回禄，功同中馈夫人。

此联中有多个典故，我们在上文 7.2.9 中引用此联时已做注释，在此不再重复。

（三）不典型的谜语，是指关联项缺省性谜语，把该嵌入的词汇缺省出来，让读者在语境中找到缺省的是什么，所以缺省的内容其实也是代数式中的 x 或 y。在此联中，读者知道“儒释道”合称“三教”，所以故意把“道”省去，说成“合儒释而三教皆通”，是缺省性嵌入。

合儒释而三教皆通，普修大道；

润膏泽则万民有幸，争赴新坛。

儒释二教，加上此处隐含的道教，合起来就是三教皆通。言下之意，是说当事人道教已经通达了。

9.2.7 上下联的对话结构

上下联的对话结构被我们认定为一种修辞关系，即为了表达的顺畅而采取的一种言语策略，属于消极修辞的范畴。所谓消极修辞，是为了把话说通顺，是满足最低要求。与之相对的“积极修辞”，是为了追求美文的效果，是比把话说通顺更高的要求。

我们来看刘慕苏（2022: 108）“缝纫店”，上联和下联分别有“我”和“你”，是“我”与“你”的隔空对白：

舒适潇洒轻盈，休夸我缝纫入时，剪裁得法；

美观大方庄重，总为你身材出众，举止超群。

“我”与“你”都不在对话的现场，是作者的行文需要把听话人带到了现场，以便产生顺畅的对联文本。

再看一个例子。刘慕苏（2022: 165）“路旁小吃店”：

物美价廉，小店但求君满意；

菜香饭饱，来宾始信我无欺。

上联有第二人称的“君”，下联有第一人称的“我”，两者在相同位置上形成对仗，体现对联内部的语义对话性：做事无愧良心，但求“君满意”和“我无欺”而矣。

9.2.8 上下联的视角结构

上下联的视角结构是与对话结构相关但是又大异其趣的消极修辞方式。我们把这样的视角结构分为“自述视角”“他者视角”与“视角转换”三种形式。

先看“自述视角”，是对联作者的自述形式，如刘慕苏（2022: 58）“戊辰春节吾家孝联”。

【慕苏公按】先考铸卿公为退休中医师，享寿八旬，于丁卯年（1987 年）病逝。吾家戊辰春节有联云：

岁序更新，儿辈思亲长抱痛；

天公召诊，吾翁著手便成春。

上下联都是作者自述的口气，上联的“儿辈”是作者的自称，也包括同辈甚至下一辈的众人。下联的“吾”也是作者的自称，而且“吾”是复数形式，对应现代汉语的“我们”。上下联两个第一人称，体现了对联修辞中的“自述视角”。

再看“他者视角”。所谓的“他者视角”是指对联作者作为旁观者，来叙述、赞叹、谴责发生在他人身上的事情。比如刘慕苏（2022: 45）“杨成新新婚”联：

成对成双，鹣鹣鲽鲽；

新郎新妇，我我卿卿。

【慕苏公注】鹣鹣，比翼鸟，鲽鲽，比自鱼，皆所以喻夫妇和合。语本《尔雅》。我我卿卿，言夫妻相爱，此皆现成句法，不期得以成联。以上联之鹣鲽，喻下联之夫妇；上联起兴，下联则直陈之。

对联联首分别嵌入了新郎官“杨成新”的名字的一部分。作者置身事外，冷眼旁观，把自己的所见、所思、所感写出来，体现他者的视角。

第三种是“视角转换”，是在对联内部中途改变视角。如刘慕苏（2022: 44）“毕业班学生家长会”联：

为父不惰，为师不惰；

愿子成材，愿女成材。

上联源自《三字经》的典故，如师如父，“师”与“父”是并列的，父母给予儿女肉身的物质基础，老师在肉身的基础上塑造出精神来，用佛家的说辞，老师给予学生的是“法身慧命”。所以，从哪一方面来讲，“师”与“父”都配并立而称，等同而敬。

所以上联包含两种视角，既有为家长代言，又有作为人师的自述，你们的儿女，就是我的生徒，二者同指。所以，“为父不惰，为师不惰”并举，就有了充足的理由，你们不许偷懒，我们也不会偷懒，都是为了孩子们好。

再看下联。作者从上联两可的双重视角中抽身出来，下联专门为家长代言，“愿子成材，愿女成材”。

这种视角转换，不是显性的，是通过分析揭示出来的。我们再看一个显性的视角转换。刘慕苏（2022: 154）“魁文叔祖母墓碑”中，上联写“祝”，下联写“愿”，所祝者是亡人，所愿者是后辈，视角转换体现为受话人的差别：

祝此母千秋安息；

愿吾宗万代昌荣。

第十章　对联文化学

语言是文化的载体，对联也是文化的载体。文化包括器物、制度和价值观等许多方面，若细论对联中的文化现象，或细论对联的文化基础，非百十万字的长篇巨著不足以尽陈。所以，本书只选择对联中的宗教文化和民俗文化来说说，挂一漏万，以偏概全。

本章分两节，先谈对联中的宗教文化，包括佛教文化、道教文化，也包括宗教文化中的佛道不分现象以及宗教文化与民间文化杂糅的现象。对联中的民俗文化，涉及民俗文化中的“天”概念、草木文化、方位文化、酒神文化和寿诞文化等。

10.1　对联中的宗教文化

对联中的宗教文化在整个文化中的代表性，是不言而喻的。既涉及典籍、法器等物质文化方面，也以一种约定俗成的方式影响了全民的生活和交往方式。换一个视角来看，在对联中，宗教元素无处不在，或隐或显，或专门为宗教人士、宗教场所、宗教活动创作对联，或对非宗教人士的行为、处事进行宗教价值的评判，如此等等。况且，宗教是一个范畴宽泛的概念，在中国语境下，宗教包括佛教、道教、民间信仰等多种形式，所以宗教对于文化的影响力实在是不可忽略的。

10.1.1　对联中的佛教文化

佛教自东汉传入东土震旦古国，经历了长期的磨合和接受过程，直到禅宗六祖把见性成佛的理念和中华文化固有的修心和内求的传统文化结合起来，才完成了佛教中国化的历史过程，成为中华文化中血乳交融的一部分。而且，佛教中国化也使中华文化的文化架构得到了最佳的平衡和最广延的拓展。儒家的“仁义礼智信”和“君臣父子”的伦理观念规范了人们的世俗生活方式，道家的出世间的价值文化和修仙成圣的生活体验，在儒家的现实生活之外补足了精神生活的板块，物质与精神的双重追求奠定了中华文化的基本框架。人们的人生信条和生活态度在儒道两宗之间反复切换，人生适意时心里想的是“天行健，君子以自强不息”，要自强，要突破，要建功立业，要回报社会；人生失意，国人可以马上开启另一种人生，切换到另一种操作系统，马上摆出了清净、无为、与世无争、远离世俗的生活架势，无欲无求，纵情山水，避世归隐，渴慕羽化成仙，白日飞升。但是，儒道二家的互补在尺度上太小了，主要还在现实生活的态度上，出家离世做道士道姑还是极少的人群的选择，哪怕是在魏晋时代，七位贤者也只是归隐竹林，饮酒、吟诗、作画，行事乖张，远离俗套。所以，在中华文化的世俗的二元对照之外，还需要一个超验的文化板块，思考死后的去处，思考此生与来生的衔接。佛教东传尤其是佛教本土化，刚好弥补了中华文化所稀缺的一部分，六道轮回的理念，善有善报、恶有恶报的价值圭臬，特别是念佛成佛、十念必成的净土思想，把成佛成圣的门槛降到了最低，给佛教进入到世俗生活，俗圣融合，念佛生活化，生活念佛化，准备了至极圆融的理论基础，所以到隋唐之际，古城长安已经是一副“家家观世音，户户阿弥陀”的极乐盛景。

道理讲清了之后，我们来看看对联中的佛教文化。

刘慕苏（2022: 114）“悼胡某”。

【慕苏公按】胡某五年前遇意外而下肢瘫痪，其妻弃之而去。胡某有女，外出为童工以奉父。此人处境虽甚艰难，然乐观开朗，上体甚为强健。忽一夜，室内无光，邻人急趋视之，胡已溘然逝去久矣。兄弟亲朋为之殡殓，并贴挽联：

上体尚康强，未知殁在何时，死于何疾；

此身今解脱，休问事由谁主，人落谁家。

“解脱”一词是常见的佛教用语，指摆脱苦恼，得到自在。其实在佛教传入东土之前，早有此词。比如，《史记·酷吏列传》：“……於是解脱，诈刻传出关归家。”佛教是东汉永平十年（公元 67 年）传入东土的，可见，司马迁的时代，佛教还没有传入，也可以证明此词是后来才成为佛教的专用术语的。台湾的宗教环境更好，所以受台湾发音的影响，大陆很多的佛教音、视频作品，把“解脱”读作 xiè tuō。

再看刘慕苏（2022: 155）“经奎叔祖墓碑”：

前人多德泽；

后代必昌隆。

上联“前人多德泽”，是说祖上这位老先生积累了很大的德泽。积累是原因，善因有善果，这善果便是下联所说的“后代必昌隆”，善有善报。佛说，“因该果海，果彻因源”。“该”表示包容、包括，是一种很少用的意思了，属于古汉语留存到现代的语言化石。如是因，如是果。

在刘慕苏（2022: 191）“再题理发店”中：

未近菩提，先修上界；

不打扑克，也剃光头。

修“菩提”，修“上界”，都是佛家用语。“菩提”是觉悟或解脱之意。佛说众生本来是佛，只因迷了心性，才是凡夫。生命的最终归宿是成就菩提，得以圆满的解脱。所谓“先修上界”，“上界”是天界，是六道轮回中的三善道之一。

又比如，刘慕苏（2022: 121）“悼田叟”联。

【慕苏公按】同村某田叟，好谈佛理，极俭朴、衣食器用，珍惜过于恒人。每外出，凡道旁、旷野散落之秸秆、枯枝、菜根、瓜蒂，必尽数捡回以为用。邻里传为美谈。此叟谢世之日，余因作此联以为哀悼。

常珍惜一丝一缕一粟一齑，人尽其心，物尽其用；

既参透万劫万复万生万死，留也无虑，去也无忧。

下联的“万劫万复”是佛家用语。佛家谓一成一毁曰一劫。此处仅取生死之意。

10.1.2 对联中的道教文化

道教是中国的本土文化，有更多的民众基础。在刘慕苏（2022）中，专门为道士或修道者撰写的对联有十余副。刘慕苏（2022: 54）“何君悼继母联”：

爱儿曹百倍寻常，只少十月怀胎，寸草春晖何日报？

随老父卅年艰苦，最痛一朝跨鹤，鸾骖仙驭几时回？

“跨鹤”，指乘鹤、骑鹤，道教认为得道后能骑鹤飞升。“一朝跨鹤”，是委婉地说继母去世了。人死不能复生，但是希望继母再回来相聚，鸾骖仙驭，落脚在庭前，让儿女们尽点孝心，这是一种基于道教信仰的朴素愿望。

对联中的老庄情怀可见刘慕苏（2022: 135）“家居”联，是慕苏公退休后的自我抒怀：

守拙怕来诡佞客；

养生还读老庄书。

下联“养生还读老庄书”，养生养的是身体，是指在饮食和运动等方面的修为，除了养生，还要养心。如何养心，多读老庄的书，清心寡欲，处事无为，可以收到养身所不及的效力。

对联中的老庄情怀，还可见于刘慕苏（2022: 73）“贺袁景生新构”联：

景色清幽，况岩门后峙，榜壁斜陈，凉井得铜箍，智水仁山多景致；

生气蓬勃，喜桃李芬芳，芝兰馥郁，苍松偕翠柏，池鱼林鸟满生机。

上联先说“景色清幽”，中华文化深得老庄玄学之妙，喜欢清静，更喜欢幽渺，于清静中方可实现无为，于幽渺中方可感悟虚无，所以“清幽”是最重要的景色特征。

10.1.3 对联文化中佛道不分的传统

前两节分别介绍了对联中的佛教文化和道教文化，接下来我们看看对联中佛道不分的传统。从宗教学来讲，佛道不分是很不合理的现象，但是，从文化学来讲，存在的就是合理的，佛道分立、相互砥砺是合理的宗教现象，佛道杂糅、佛道融合也是合理的文化现象。

下面我们来看看对联中佛道不分的传统。刘慕苏（2022: 100）“伍母逝世联”：

萱苑忽凋零，任子哀孙恸雏啼，化鹤遽归西竺国；

蓬门遭变故，遵母嘱师传父命，守灵不设道场坛。

上联“化鹤遽归西竺国”，“化鹤”是道家的信仰，比喻成仙，“西竺国”

是释迦如来示现的地方，民间长把“西竺国”混同于“西方极乐世界”。下联的“守灵”和“道场坛”也都是道家概念和道家术语。

“西竺国”和“道场坛”分别指佛道二教，并且在上下联中对仗，也见于刘慕苏（2022: 221）“刘登康求作白事联”中：

慈母抱沉疴撒手遽归西竺国；

儿曹遵教导虔心敬礼道场坛。

在刘慕苏（2022: 157）“颐先生”联中，作者分明把“佛仙神”罗列在一起：

勇挑重担，矢志耕耘，闲暇昔攻书，三理兼通医命地；

永别辛劳，长辞拮据，逍遥今化鹤，千秋常伴佛仙神。

下联说“永别辛劳，长辞拮据，逍遥今化鹤，千秋常伴佛仙神”，人一死，当然永别辛劳，万缘放下，再无辛劳，这是一种解脱，同时也“长辞拮据”，贫穷不再如影随形，果报了结了，轻轻松松，辞别尘世，羽化成仙，就是“逍遥今化鹤”，从此逍遥自在。但是，“常伴佛仙神”显然是把佛道两教混合、杂糅在一起了。

10.1.4　对联中的民间信仰与宗教的杂糅

上一节讲佛道杂糅，接下来我们来看看民间信仰与宗教的杂糅。所谓民间信仰，主要指民间的鬼神信仰。在刘慕苏（2022: 222）“刘登康求作白事联”中：

忍上望乡台想见音容空有泪；

遽升极乐国欲闻教诲杳无声。

上联的“望乡台”，是民间信仰中亡灵回归阴曹地府的一处必经所在。“望乡台”原指古代久戍不归或流落外地的人为眺望故乡而登临的高台，既可能是人为建造的，也可能是自然形成的。后来，随着佛教地狱体系的引入，望乡台从现实建筑演变为虚幻存在，成为神话传说中鬼魂们可以眺望阳世家中情况的地方，有时也借指阴间。

民间信仰与佛教的杂糅是在下联提到亡者“遽升极乐国”。《阿弥陀经》《佛说无量寿经》和《佛说观无量寿佛经》是净土信仰的三部基础经典，三经都认为，往生极乐国是弹指间的事，不经过望乡台，没有中阴身，也不下阎罗殿。所以，“刘登康求作白事联”中有明显的民间信仰与佛教信仰的杂糅。

又比如，在刘慕苏（2022: 142）“代伍善兵拟”中提到的“英灵”：

英灵居此地；

美誉播人间。

“英灵”是一种民间信仰，此处指先人的亡灵。“英灵居此地”，说英灵居留此地，显然是受道教的影响。道教认为人有三魂七魄，除了转世升天的魂魄之外，还有一份魂魄留守坟茔。

10.2 对联中的民俗文化

对联中的民俗文化是指对联文本中所体现的与传统习俗有关的并且与广泛的民众生活有关的观念、做法与禁忌等。民俗文化的范围和类型非常广泛，一是因为它涉及民众生活的每一方面；二是因为民俗文化的内容具有向上归并和向下细分的不确定的等级数量。所以，民俗文化的“颗粒”大小是很难确定的。

10.2.1 民间信仰中的“天”概念

汉文化中的“天”概念，是其他国家难以理解的民俗、哲学、宗教概念，它不同于外族的空间概念、空气概念、天堂概念、空性概念，是一个集社会学、民俗学、文化学、宗教学多种学科信念和知识体系的杂糅的概念单位，同一文化下的不同人群在不同场合、不同心境下有不同的理解，概念边界和概念范围因人而异但是又能彼此理解的概念实体。

刘慕苏（2022: 16）“哀悼毛主席逝世”联：

天欲鼎新，马恩列斯迎大驾；

地犹多故，亚非欧美失良师。

上联讲“天”，是因为马、恩、列、斯已升天界；下联说“地”，是因为亚非欧美分属各地。天地各表，显顶天立地之义。

“天欲鼎新”的“天”是句子的主语，是“鼎新”行为的实施主体，是语义上的“施事”。既有某种责任和权力，又体现某种办事能力和某种主体能量，而且也具有某种崇高的德能和威望，以至于它可以差遣“马恩列斯”去迎接某人的大驾。

再看刘慕苏（2022: 104）“代撰沈君挽胞弟联”：

少未能使汝勤学，长未能使汝成家，壮未能使汝康强，今复如斯，我诚有恨；
生也许由天安排，死也许由天掌握，命也许由天注定，古来若此，人岂无尤！

此联中的“天”是某种超越世俗的权威，它可以安排、掌握、注定人的富贵寿夭，即按照自己的好恶，或者说按照人的德行和作为，来决定人的一切。作为被决定、被操控的人，是没有机会、没有权力抗辩或申诉，只能无可奈何地默默接受。

10.2.2　对联中的草木文化

中国是一个传统农业社会，耕种粮食作物，栽培果木瓜蔬，再加上中国传统的风水、堪舆学说，以及对各种植物的根茎、花果等的养生和药用价值的追捧，共同构成了中国社会的草木文化，包括对于花草树木的直接经济价值的取舍、吉凶好恶上的群体无意识判断、治病养生上的药学价值认定，以及个人体验与好恶上的非理性偏好等。

在刘慕苏（2022: 99）“题东岭中学联”：

东山桃李三千顷；
岭上楩楠十万株。

在农村，“东山”和“岭上”最适合做的事情当然是稼穑或种植，作者没有标新立异的发挥，果然选择了种植。上联的“桃李”是经济植物，花果都可以换钱，而且“桃李”隐喻学生和门徒，是授业收徒的对象，是为师者毕生心血的成就与回报。下联的“楩楠”，读作 pián nán，是指黄楩木与楠木，皆大木，即栋梁之喻也，与“桃李”之喻侧重的意象不同，后者喻指“芬芳”或“果实”。

在刘慕苏（2022: 100）“伍母逝世联”中：

萱苑忽凋零，任子哀孙恸雏啼，化鹤遽归西竺国；
蓬门遭变故，遵母嘱师传父命，守灵不设道场坛。

“萱”，一种草本植物，叶条状披针形，花黄色或红黄色，供观赏。“萱苑”，或“萱堂”，指母亲或母亲居住的地方。常与“椿”联用，“椿萱”指父母，在古诗文和对联中常用。“蓬门”，谦称自家住屋，源自杜甫的《客至》诗，“花径不曾缘客扫，蓬门今始为君开”，意思是长满花草的庭院小路，还没有因为迎客打扫过。一向紧闭的家门，今天才第一次为你崔明府打开。

除了约定俗成的象征义之外，某些草木还体现民俗禁忌，成为不吉或不祥的象征物。比如在刘慕苏（2022: 7）“贺高绍槐父子新构”中：

绍志且充闾，振高氏家声，宗其义、宗其礼、复宗其智；

槐前还植柳，仿先贤宅卜，必也兴，必也富，亦必也昌。

【慕苏公按】高姓在我地仅此一家。绍槐叟有三子，名宗义、宗礼、宗智。新构时，邻人求作贺联云。

下联的“槐前还植柳”，“槐”和“柳”是两种常见乔木。有一个民间信仰是“（屋）前不栽桑，（屋）后不栽柳”，因为古人把“桑”和“丧”同音，“柳”和“流”（流放）谐音。所以，种“桑”“柳”要慎重。种“槐”是肯定没问题的，但是为了嵌入名字的“槐”，只好拿“槐”说事。单说“槐”不好，所以不妨把“槐”和“柳”放到一起来说。种“柳”呢，不种到屋后总归是可以的，种到屋前，而且是“槐”前，忌讳就破了。从“桑柳”的种植习俗出发，到为“槐”字营造一个句子语境，着实费了一番思量。

“（屋）前不栽桑”，隐含了屋后栽桑是可以的。不然，家乡怎么又称作“桑梓”呢？“桑梓”，也称“梓里”，指故乡，比如刘慕苏（2022: 141）“代伍善兵拟”：

令名传梓里；

大德荫儿孙。

“令名”，指美名，好名声，如“令名远播”。“令名传梓里”，指美好的名声在家乡留传，其中“梓里”指故乡。梓树是民间在屋前屋后常见的树种，“椿树”也是，民间有“椿王梓将”之说。

10.2.3　对联中的方位文化

对联里的方位文化对东南西北等四个方位赋予不同的含义，表达不同的象征意义，体现特定的词汇搭配，并且在搭配选择和文化解读中体现约定俗成的一致认同。

我们先看两个与“东”有关的搭配与含义表达。刘慕苏（2022: 74）“陈建田新婚联”：

建设趁良时，曲曲新歌迎丽日；

田园多雅趣，双双彩蝶舞东风。

上联嵌“建”字，下联对应“田”字。在下联中，先说“田园多雅趣”，何为雅趣？阳春三月，东风徐吹，春光和煦，草长莺飞，彩蝶翻飞，成双成对。这样的场景是迎娶新娘、新婚燕尔的象征场面，这是本联的主题。这一切都落实到一个方位和一种气象，即“东”与“东风”，因为中国的地理位置在北半球，地貌结构是西高东低，东部沿海面临太平洋，气候类型是季风性气候，所以，春天一来，就起东风，方位与气象绑定了之后，农时与地貌变化也相应同步，所以“东”就总是与温暖、和煦、丰收、希望等关联到一起。这就成了方位文化的一部分。

“东”的文化象征意义确立了之后，就与季节上的“春”建立了固定的联系，构成了一个互文性的微型语义场，见此知彼，见彼知此。比如，刘慕苏（2022: 80）“退休前不久口占”联，引用了李煜词中的“一江春水向东流”：

读《归去来辞》，两袖清风朝后转；

听《阳关三叠》，一江春水向东流。

若从逻辑规则来细细考察，这种关联是经不起推敲的，因为节令过了春天，到了夏秋冬，江水依旧东流，既然是一年四季都是江水东流去，又何必强调“一江春水向东流”？这就是民俗文化与科学命题之间的不兼容性，我们强调方位文化，就不应该也没必要做科学考察与逻辑推理。

方位文化的语言石化，体现方位文化的某些历史故事以惯用语的形式沉淀在一种语言的词库中，比如“紫气东来”，在刘慕苏（2022: 200）“合忠”联中，“中通紫气自东来”就是老子骑青牛过函谷这一故事在对联语境中的运用：

中通紫气自东来，心念先师函谷开；

合炼金丹修正果，忠诚得道达三才。

如果说“东”的文化内涵基于中国的地貌结构，那么“南”则基于中国位于北半球的地理位置，北半球的气象特征是南热北冷，加上中国主体的农业经济，全年气温偏高有利于农作物生长和产量提升，所以，“南”相对于“北”来说更具有招人偏爱的文化特性，比如君王的龙椅坐北朝南，叫作“南面称王”。所以，“东”与“南”在指称方位时，通常是首选，所以才有“东山再起”之说，也才有陶渊明的“悠然见南山”。

“东”和“南”的这种用法，我们各举一例。刘慕苏（2022: 99）“题东岭中学联”：

东山桃李三千顷；

岭上楩楠十万株。

“东岭”拆词后，再组词成“东山”和“岭上”，是常见的拆词重构方法。在农村，“东山”和“岭上”最适合做的事情当然是稼穑或种植，播种希望，收货财富。

在刘慕苏（2022: 59）“贺肖孚南新构”中，“南”虽然是人名嵌入，但是在嵌入后的语境中完美地承载了“南”本有的文化内涵，即温暖、湿润的南方，确保了“财源恰似海潮来”：

孚佑斯民，政策浑如春日暖；

南来其雨，财源恰似海潮来。

下联的“南来其雨”，出自殷商甲骨卜辞：

癸卯卜，今日雨。

其自西来雨？

其自东来雨？

其自北来雨？

其自南来雨？

作者选择“南来其雨”，是人名嵌入与对联语境中合适的文化含义两者合取的结果。

说了“东”和“南”，我们再看看“西”和“北”。“西”和“北”作为方位意象，在对联中用得较少，因为对联的主题以贺喜、赞美、歌颂、谀人为主。相对来说，“西”又比“北”用得略多，因为在挽联中，说人亡故往往用“西去”“西归”等词，大抵是因为西方是日落的方位，这一自然现象加上“一生堪比一日”的隐喻结构，所以，“八九点钟的太阳”比喻青年，正午的太阳比喻盛年，“最美不过夕阳红”比喻晚年，“日薄西山”比喻将死的时刻。隐喻关系又产生了转喻用法，即日落的方位转喻人的死去。“西去”“西归”就得到了解释。佛教传入后，八大宗派之一的净土宗有异于其他宗派“不着相”的空性思想，把极乐世界定位为“西方”，成为“西方极乐世界”，是指方立相的方便法门，这一思想加深了“死亡”与“西方”的关联。另一方面，近代以前，去印度的交通路线是先到西域和中亚，再往南到达印度，所以“天竺国”也称作“西天”或“西竺国”，人死也称作“西归天竺国”或“遽归西竺国”，比如刘慕苏（2022: 221）“刘登康求作白事联”：

慈母抱沉疴撒手遽归西竺国；

儿曹遵教导虔心敬礼道场坛。

“北”在汉文化中，总是与“败北”相关，即表示失败。这种用法可能与君王“南面称王”的传统有关，“南面称王”中“南”的文化首选原因我们在上文已经解释过了。既然君王面南而坐，那么失败投降的人就必须“面北称臣”，失败必须面北，所以就有了“败北”这一说法。

10.2.4　对联中的“酒神文化”

“酒神文化”与“日神文化”相对。西欧和北美的文化传统，看重对外在理性所标记的超越世界的追寻，即尼采所说的“日神精神”。以中国为代表的东方文化，重在对个体内在情绪的抒发，是尼采所说的“酒神精神”。日神，名字唤作阿波罗，他的原则是讲求实事求是、理性和秩序。酒神的名字是狄奥尼索斯，他的原则与狂热、过度和不稳定联系在一起。中国的酒神文化，出了一大批放荡不羁的酒仙，因酒误事的酒徒也不在少数。前一类有李白、刘玲，后一类有袁绍帐下的淳于琼。酒神文化在世俗生活中的体现就是宗法制传统和熟人文化。没事喝两壶，友情日渐深。逢寿摆三桌，越喝越长寿。

酒神文化在对联中的体现是常有的事，比如刘慕苏（2022: 93）“酒店”联：

欲长精神，且请吃三杯酒去；

也生灵感，许能做一道诗来。

喝酒可以“长精神”，也可以“生灵感”，这是对高人来说的。高人有高人的境界，长精神有如武二，所以“且请吃三杯酒去”。生灵感恰如李白，有酒助兴，何止一道诗哩！斗酒诗百篇，或许也是可能的。

在刘慕苏（2022）中，对酒神和酒神文化的讴歌之作，最集中的体现在“开口笑”酒厂的征联和作者意犹未尽的其他创作。比如，刘慕苏（2022: 123–126）“开口笑厂应对联”的四副应对之作：

上联：开口笑饮开口笑

对一：醉翁操练醉翁操（醉翁操：词牌名，又琴曲名）

对二：钓诗钩起钓诗钩（钓诗钩：酒之别名）

对三：合家欢聚合家欢（合家欢：一家大小合摄的照片）

对四：透瓶香过透瓶香（透瓶香:《水浒传》第23回“店家称‘我这酒叫透瓶香，又唤作出门倒’”。）

更多以“开口笑”为主题的对联，我们在6.1.2“对联的本质”这一节中做了介绍和分析，此处不再重复。

10.2.5 对联中的寿诞文化

寿诞，尤其每逢整十的大寿，在中国民间是人际交往和乡邻聚会的重要机缘，各自按自己的经济实力，摆上三五桌，十数桌，或几十桌。这种排场一般不会委托给酒店或饭店来做，而是全村人一起上阵，有的负责采买食材，有的负责清洗摘菜，有的下厨翻炒煎炸，有的负责筹借桌椅板凳，有的负责端盘上菜，最后，还要有人负责清理残局，包括处理剩饭剩菜，清洗杯盘碗筷，把桌椅板凳送还各家各户。除此之外，还要请当地的读书人写几副对联，刘慕苏（2022）中的寿联，绝大多数是这种场合的产物。所以，寿诞佳节少不了对联，甚至农村的寿诞催生了寿诞对联。所以，我们谈寿诞文化，主要聚焦于寿诞联，至于筹办酒席的过程理当一并略去。

寿诞联的内容，一般是对当事人（即寿星）的生平成就进行一番褒扬，或者对当事人的人生远景做一番夸大式的预言或展望。由于寿星本人一般不是对联作者，所以对于吹捧的内容一是不必难为情，二是不必太较真。回顾过去可能有诸多的夸大，展望未来可能不着边际，甚至离题万里。对联本身就是文字游戏，若想把它当报告文学来读，或者当作理性预期来理解，就是“图样图森破”（即天真、幼稚）了。接下来，我们举几个例子。

寿联例一，刘慕苏（2022: 11）“代拟邱君六十自寿联”，此联作于1972年3月，字里行间信心饱满，斗志亢奋，过的是“革命的生日”，柔情蜜意和温文尔雅基本不见了，所以，特意为读者交代一下年代背景，以免读者讶异。

人力可回天，矢志不移，定教家乡成大寨；

年华方度甲，壮心未已，要为革命立新功。

寿联例二，刘慕苏（2022: 48）“代周某撰联贺其岳父六十大寿”，此联作于 1986 年 8 月。

【慕苏公按】周某之岳父有子女八人，家住铁锁桥边。年代变了，换了人间，对联的可读性明显增加了，非常唯美的一副对联，读之如沐春风，如啖甘饴：

六旬寿庆，三颂筵开，过铁锁之长桥，共仰老人星耀；

万里征途，八房竞秀，兴金樽而祝嘏，唯尊岱岳峰高。

寿联例三和例四是为同一人同一诞所做，不妨一同列出。刘慕苏（2022: 50–51）“代拟肖君六十自寿联”，此二联作于 1986 年 9 月，是近五十年中的最佳岁月，国家包容开放，各种改革朝气蓬勃，旧制度旧法规被大手笔、大气度地革除，如摧枯拉朽，如波涛汹涌。

【慕苏公按】肖君，吾友也，执教三十余年，寿庆时已退休居家，嘱代撰“自寿联”。两联如下。

（一）

花甲喜开颜，愿儿曹发愤图强，为党为民多出力；

古稀欣在望，看老伴宽怀识体，克勤克俭最关心。

（二）

腿还健，脑还灵，可知体魄还强，六十于今谁服老？

功不成，名不遂，惟有生徒不少，卅年教学我无它。

上面举例证明的是“寿诞文化中的对联”，接下来，我们看看“寿联中的寿诞文化”，视角完全切换到了另一方向。民间寿诞，可以因为各种原因，“改日做生”，可以是天气原因，可以是为了把不同日的夫妻寿诞改到同一日，不在同年同月同日生，可在同年同月同日做寿诞，这种观念，这种做法，就是文化要素的典型案例。我们来看两个例子。

刘慕苏（2022: 111）“代拟慎初六十自寿联”。庆生的当事人刘慎初，本应六月初八做生，因天热而推迟半年至腊月十六，腊月指十二月，作者的文字游戏表达为“月对二六”。下联的“义取双百”也是一个文字游戏，“双倍”（谐音“双百”）之义，贺者亦有祝“双百”之辞，因顺其意而写成：

月推二六，日选十六，喜度六旬甲子；

客颂一百，义取双百，欣承百岁金言。

刘慕苏（2022: 228）“与老伴改为同日做生自寿联”，顾名思义，是作者慕苏公换了一个日子，以求与夫人同一日做生。此种心态，究其根源，无非是“独乐乐，不如与众乐乐”，当然还可能兼有经济预算和减少人事操劳的考虑，办两次寿宴的开支用于办一次可以提高庆典的规格，办两次酒席的劳心劳力合并为一次寿宴，主客的辛劳与奔波也可以减省一半。这种心态、这种做派是典型的文化现象。若是普及开来，就成了风俗，是文化的另一种形态。联曰：

且改为同日做生，夫度古稀妻度甲；

相期到百年偕老，寿宜增益病宜蠲。

参考文献

Chomsky, N. Aspects of the Theory of Syntax[M]. Cambridge, Mass.: The M.I.T. Press, 1965.

Fillmore, C. Frame Semantics [A]. In the Linguistic Society of Korea (ed.) . Linguistics in the Morning Calm[C]. Seoul：Hanshin, 1982: 111–137.

Givón, T. Irrealis and the Subjective[J]. Studies in Language, 1994,18: 265–337.

Grice H P . Logic and Conversation[J]. Studies in Syntax & Semantics Speech Acts, 1967, 38(1): 101–136.

Halliday, M. A. K. Text as Semantic Choice in Social Context[A]. In Teun A. van Dijk and János S. Pet?fi (ed.) Grammars and Descriptions[C]. Walter de Gruyter, 1977, 176–226.

Halliday, M. A. K. An Introduction To Functional Grammar[M]. London: Edward Arnold, 1985.

Hopper, P. J. and E. Traugott. Grammaticalization[M]. Cambridge: Cambridge University Press, 2003.

Horn, L. More Issues in Neo- and Post-Gricean Pragmatics: A Response to Robyn Carston's Response[J]. Intercultural Pragmatics, 2006, 3(1): 81–93.

Krashen, S. The Input Hypothesis: Issues and Implication[M]. London: Longman, 1985.

Lakoff, G. and M. Johnson. Metaphors We Live by[M]. London: The university of Chicago press, 1980.

Lakoff, G. & M. Turner. More than Cool Reason: A field Guide to Poetic Metaphor[M]. Chicago: University of Chicago press, 1989.

Lakoff, G. Women, Fire, and Dangerous Things: What Categories Reveal about the Mind[M]. Chicago: The University of Chicago Press, 1987.

Lakoff, G., Dean, H., Hazen, D. Don't Think of an Elephant!: Know Your Values and Frame the Debate—The Essential Guide for Progressives[M]. Michigan: Chelsea Green, 2004.

Lauwers, P. & D. Willems. Coercion: Definition and Challenges, Current Approaches, and New Trends[J]. Linguistics. 2011, 49 (6): 1219–1235.

Leech, G. N. Principles of Pragmatics[M]. London: Longman, 1983.

Levinson, S. C. Presumptive Meanings: The Theory of Generalized Conversational Implicature[M]. Cambridge, MA: MIT Press, 2000.

Sperber, D. & Wilson, D. Relevance: Communication and Cognition[M]. Oxford: Blackwell，1986/1995.

Tai, James H–Y(戴浩一). Verbs and Times in Chinese: Vendlar's Four Categories [A]. In D. Testen, V. Mishra, and J. Drogo (Eds.) Papers from the Pracessions on Lexical Semantics[C]. Chicago: Chicago Linguistics Society, 1984: 289–296.

Trier, J. Mark DeWolfe Howe Research Materials Relating to Life of Oliver Wendell Holmes, Jr. LAW, MMS,239, 18–4. Harvard Law School Library, Historical & Special Collections, 1930.

巴赫金 . 巴赫金全集 (第三卷)[M]. 石家庄 : 河北教育出版社 , 1998.

车万育【清】. 声律启蒙 [M]. 长沙：岳麓书社出版社 , 2002.

陈展 .《红楼梦》修辞叙事研究 [D]. 湖南师范大学 , 2014.

陈仲义 . 沉默与空隙，隐喻与转喻——论简政珍的诗说与诗写 [J]. 台湾研究集刊 , 2007（3）: 89–98.

冯胜利 . 汉语韵律句法学 [M]. 北京 : 商务印书馆 , 2013.

胡雪丽 .《秦腔》对联的修辞学探究 [D]. 阜阳师范大学 , 2020.

李学勤 . 十三经注疏 (21 册)・周礼 [M]. 北京 : 北京大学出版社 , 1999.

李渔【清】. 邓启铜注释 . 笠翁对韵 [M]. 武汉 : 长江文艺出版社 , 2018.

刘慕苏 . 刘慕苏对联选编 [M]. 南京 : 江苏凤凰出版社 , 2022.

刘太品 . 对联文体与修辞 [J]. 白城师范学院学报 , 2017(1): 12–20.

刘宇红 , 谢亚军 . 从构式语法看汉语成语的仿用 [J]. 解放军外国语学院学报 , 2007, 30(6): 10–13.

马建忠【清】. 马氏文通 [M]. 上海:（上海）商务印书馆，1898.

索绪尔 . 普通语言学教程 : 1910 ～ 1911 索绪尔第三度讲授 [M]. 长沙 : 湖南教育出版社 , 2001.

杨大方 . 对联论：文化语言学视角下的研究 [M]. 北京 : 中央民族大学出版社 , 2011.

尹继兰 . 对联与语文教学研究 [D]. 苏州大学 , 2012.

朱熹 . 朱字语类 [M]. 北京：中华书局 , 1994.